Single, Obladi Oblada

싱글,
오블라디
오블라다

박진진 지음

은행나무

사랑할 때 이야기하는 것들

둘보다 하나가 행복한 이유

내 비록 마놀로 블라닉을 신고 잇백을 들지 못할지라도

싱글, 세상의 중심에서 불만을 외치다

사랑할 때 이야기하는 것들

쿨? 개나 물어 가시지

언제부터인지 모르겠지만 쿨하다는 것이 마치 온 국민이 지향해야 할 국민 대표 정서처럼 되어버렸다. 그들은 일은 물론 사랑에서조차 이 쿨을 강요한다. 사랑을 해도 쿨하게, 헤어질 때도 쿨하게. 쿨의 반대인 핫은 오직 패션 아이템에서만 명맥을 유지할 뿐이다. 그나마 그 핫마저도 좀 부담스러웠는지 요즘 뜨는 백은 '핫한 백'이 아닌 '잇 백 (It Bag)'이라고 한다. 영어로 써도 뜨겁다는 의미의 핫은 촌스럽게 느껴지나 보다.

만약 누군가가 '정 때문에 못 헤어지겠어'라는 말을 한다면 그는 쿨이 대세를 이루는 요즘 아예 매장을 당하기로 작정한 인간 취급을 받는다. 시대가 어느 시대인데 아직까지도 정을 운운하는가. 정은 촌스럽고 끈적끈적하며 너저분한 감정의 찌꺼기다. 이 시대에서는 이미 폐기 처분된 지 오래되었으며 만약 남아 있다 하더라도 분리수거조차 안 된다. 조금이라도 정에 호소를 하면 '쿨하지 못하게 왜 이러니?' 소리를 들어야 하는데 그 소리는 '질척거리지 좀 마'란 소리와 같은 것이다.

　근데 말이다, 대체 언제부터 우리가 이렇게 쿨 했는가? 우리 민족 하면 정 아니었나? 오죽하면 정 중에 미운 정까지 다 있겠는가. 하지만 이런 국민 정서를 하루아침에 바꾼 쿨의 유행은 그야말로 가공할 만한 위력을 가졌다. 여자들은 쿨해 보이려고 자신의 감정과 마음을 숨기는 데 점점 도가 트여가고 남자들은 쿨 가이가 되기 위해 있지도 않은 냉정함을 가장한다.

　얼마 전, DVD 한 편을 봤다. 제목은 〈어깨너머의 연인〉. 30대 초반의 싱글 여성과 기혼 여성의 최신 라이프 스타일을 다룬 영화라 광고하기에 싱글 하면 또 나 아닌가 싶어 그 DVD를 구입까지 해서 봤다. 한마디로 거기 나오는 두 여성은 쿨에 목숨을 건 여자들 같았다. 전문직 싱글 여성으로 나오는 이미연의 캐릭터는 유부남을 사귀게 되는데, 속으로는 그를 좋아하면서도 겉으로는 이렇게 말한다.

　"우리 그만 헤어지죠, 쿨하게."

　아, 참 난감한 대사가 아닐 수 없었다. 하지만 결과적으로 볼 때 그녀는 자신의 말과 달리 전혀 쿨하지 못했다. 일각에서는 유부남을 만나는 것 자체가 쿨함이라고 우길지도 모르겠지만, 사실 임자 있는 남의 남자를 집적거리는 유부남 사귀기가 어째서 쿨이란 말인가. 차갑고 냉정하면 남의 것도 빼앗을 수 있다는 건가? 결국 이미연은 그와 쿨하게 헤어지지 못한다. 제 입으로 쿨하게 헤어지자고 했으면서도 끊임없이 그의 전화를 기다리고, 한국에 엄마 찾으러 온 어린 남자 아이와 별 의미 없는 섹스를 하는 것으로 자신의 쿨함을 확인받으려고 한다.

이태란이 연기한 기혼 여성은 더 가관이었다. 그녀는 남들이 전혀 집적대지 않아 안전할 것 같은 남자(하지만 재력은 있다)와 그야말로 쿨한 결혼생활을 유지하고 있다. 별로 하는 일이 없는 그녀는 남편의 재력으로 꽤 여유로운 삶을 즐긴다. 백화점 문화센터도 다니고 헬스클럽에서 몸매 관리도 하고 쇼핑도 마음껏 하면서. 그런데 어느 날 남편에게 어린 연인이 있다는 것을 알게 된다. 그녀는 그제야 남편이 남자로 보인다며 이상한 소리를 하다가 결국 남편의 어린 연인을 만나는 촌스러운 일을 저지른다. 그렇지만 그녀 역시 이미연 못잖게 쿨함에 목숨을 걸고 있는지라 어린 여자애의 머리채를 잡거나 컵의 물을 뿌리는 짓은 절대 하지 않는다. 그러다가 그 어린 여자애가 "제가 따라다니는 게 아니라 사장님이 하도 만나 달라고 해서 만나는 거거든요."라는 한마디에 와르르 무너진다. 자기 남편에게 여자가 매달려서 바람을 피우게 됐다는 것은 그를 매력적으로 만들지만, 그 남자가 능동적으로 어린 여자에게 접근했다는 것은 자신에 대한 모독이었던 것이다. 그리고 결국 자신이 집을 비운 사이 남편이 그 어린 여자를 집으로 초대해 밥을 해 먹이는 장면을 목격하고는 그만 이혼을 선언한다.

여기서 중요한 포인트는 남편의 바람을 알고도 그냥 넘어가려고 했던 그녀가 어린 연인에게 밥을 해 먹이는 것을 보고는 이혼을 결심한다는 점이다. 사실 밥이야말로 얼마나 정이라는 단어와 밀접해 있는

가. 아들에게 고봉밥을 퍼주는 어머니, 다이어트 한다고 아무리 난리법석을 떨어도 딸의 도시락에 밥을 꼭꼭 눌러 퍼주는 어머니. 오죽하면 우리의 인사가 '식사하셨어요' 겠는가. 그런 오만 정이 뚝뚝 떨어지는 계기로 남편과 이혼을 결심했으면서도 그녀는 끊임없이 자신은 쿨한 여자라는 단어를 반복한다.

내가 보기에 이 땅에서의 쿨은 진정한 의미의 쿨이라기보다는 무조건 자기 감정을 숨기기에 지나지 않는다. 속으로야 얼마나 정이 애끓건 말건 일단 겉으로는 내뱉어야 한다. '쿨하게 만나죠', '쿨하게 고만 만나죠'. 이 요상한 쿨이란 단어는 사람이 사람과 만나면서 쌓이는 자연스러운 정을 마치 무찌르자 공산당처럼 대한다.

물론 〈어깨너머 연인〉은 영화 관계자와 관객들에게 그다지 큰 호응을 얻지 못했던 영화다. 그런 영화 한 편을 가지고 쿨에 대해 평가절하를 한다면 비약이 심하다고 말하는 이도 있을 것이다. 하지만 이 영화에서의 쿨은 우리가 일상에서 말하는 쿨과 크게 다르지 않다. 나는 진정한 의미의 쿨 가이, 쿨 걸을 단 한 번도 만나본 적 없다. 그들이 입술 부끄럽게 외치는 쿨이라는 게 단지 있는 감정 없는 척하기라면 차라리 그건 내숭이라는 말로 불려야 마땅할 것이다(내숭은 원래 내흉(內凶)이다. 내면의 마음을 숨긴다는 뜻이다).

정말로 쿨해지고 싶다면 우선 뭐가 옳은지 그른지부터 잘 구분해야 한다. 유부남이 아무리 자신의 와이프와는 남보다 못한 사이라고 말한다 하더라도 그는 정리가 안 된 남의 남자다. 그런 남의 남자와 남의 눈을 피해 가며 만나는 게 무슨 쿨인가. 그건 비겁한 거다. 링 위에서가 아닌 링 밖에서의 치졸한 싸움이다. 정말로 그를 사랑한다면 '마누라랑 정리하고 와. 그럼 얼마든지 받아줄 테니' 해야지 어째서 '나 이혼할 거야. 마누라하고는 감정적으로 이미 헤어진 거나 다름없어. 진짜야' 라는 말만 믿고 그를 안을 수 있는가.

그리고 남편이 바람을 피웠다면 나와 결혼생활을 유지하면서 몰래 젊은 애인을 만난 남편에게 화를 내야 옳다. 그런데 왜 그의 어린 연인을 만나서 그녀가 자기보다 나은 건 피부밖에 없다는 둥, 어린 것 빼고는 촌스러워서 어디 한 군데 눈 갈 곳이 없다는 둥 실없는 말을 하는가. 좀 솔직해질 수는 없는 건가? 남편이 다른 여자를 만나 호텔까지 들락거린다는데 질투하지 않고 눈 뒤집지 않을 여자가 어디 있겠는가? 애인이 양다리를 걸쳐도 당장 헤어지자고 할 판국에 남편이라면 당연히 너 죽고 나 죽자 해야 하는 거 아닌가? 만약 그런 일이 있어도 아무렇지도 않을 정도로 민숭민숭한 사이라면 그때야말로 쿨하게 이혼을 해버리면 그만이다.

나는 지금 당장이라도 어디서 온지도 모르고 왜 그러는지도 모르는, 이 '덮어놓고 쿨'을 즉각 폐기 처분해야 한다고 생각한다. 사람이 사랑을 하게 되면 '쿨'이 아닌 '정'이 생겨야 당연한 거다. 정은 내 그릇에서 그가 좋아하는 고기를 기꺼이 꺼내어 건넬 수 있고, 지나가다 분위기 좋은 카페를 발견하면 다음번에는 꼭 그녀를 데리고 한번 와봐야지 하고 마음먹는 것이다. 정이 없는 사랑, 그 삭막함 속에서 대체 우리가 무얼 기대할 수 있겠는가. 언제든지 가볍게 만나고 깃털처럼 날아가 버릴 수 있는 쿨한 사랑. 그게 사랑이 맞기는 맞는 건가?

사랑을 하고 싶고 연애를 하고 싶다면 저 돼먹잖은 쿨의 올가미에서 벗어나야 한다. 마음으로 사람을 만나고, 마음으로 사랑하고, 헤어질 때도 마음으로 해야 한다. 그래야 그 사랑은 사랑이라 불릴 때 한 톨의 부끄러움도 없을 것이다.

우리가 관계에 있어 자꾸만 쿨해지자고 하는 이유는 어쩌면 상처를 받지 않기 위한 방어막을 치느라 그런 건 아닐까? 하지만 완벽하게 서로 상처를 받지 않는 관계라는 것이 과연 진짜로 존재하는지는 의문이다. 우린 어떤 형태로든 서로 상처를 주기도 하고 또 받기도 하면서 인간관계를 발전시킨다. 단지 힘들 것을 피하느라 진정성이 배제된 쿨한 만남만을 가진다면 우리는 아무리 나이가 들어도 사람과의 관계에 있어 사춘기를 벗어나지 못할지도 모른다. 진부한 말이긴 하지만 아픈 만큼 성숙해지는 것이 인간관계다. 지금 당장 아프다 할지라도 그것이 단지 아픔으로만 끝나지 않을 것을 믿을 때 우리는 좀 더 발전된 관계, 그리고 관계에 있어 진정한 행복을 맛볼 수 있지 않을까?

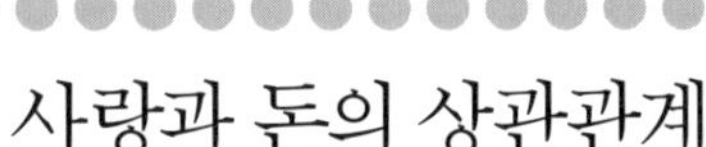

사랑과 돈의 상관관계

일찍이 원빈은 말했다.

"얼마야? 얼마면 되니?"

사랑하는 여자의 마음을 얻기 위해 그는 지지리도 많은 돈을 무기로 삼은 것이다. 물론 그건 송혜교쯤 되니까 가능한 제안이고, 또 역으로 원빈쯤 된다면, 거기다 돈까지 준다면 송혜교 빼고는 별로 마다할 여자가 없을 것이다. 하지만 이건 어디까지나 드라마에서나 가능한 일이다. 현실에 살고 있는 거의 대부분의 여자들은 사랑 혹은 마음을 주는 대가로 거액의 돈을 제안받을 일은 거의 없다. 그래서 우리들의 사랑과 돈의 상관관계는 약간 구질구질하고 쪼잔하다.

얼마 전 후배가 한숨을 푹푹 내쉬면서 상담을 해왔다. 빚이 2천만 원이라는 것이었다. 한마디로 놀랄 노 자였다. 빚이 2천만 원이라니! 그런데 이해할 수 없는 것이 평소 그 후배의 생활 태도였다. 그녀는 그 또래들답지 않게 무척이나 알뜰해서 백화점에서 옷 한 번 사 입은 적 없고 다들 형편이 되건 안 되건 하나씩은 갖고 있어 길을 나서면 넘쳐

흐르는 그 흔한 명품 백 하나 없었다. 그런 그녀가 2천만 원이라는 빚을 졌다는 게 좀 의아했다. 내가 알기로 후배의 한 달 월급은 2백만 원 정도인데 그 중에서 백만 원은 집안 형편이 좋지 않아서 엄마에게 생활비로 주고 나머지 백만 원에서 용돈도 쓰고 적금도 들고 있었다. 그런 그녀가 어쩌다가 2백만 원도 아닌 2천만 원의 빚을 지게 되었을까?

사연인즉슨 이러했다. 지방에 살아서 장거리 연애를 하던 남자친구가 어느 날 갑자기 백수가 되었다고 한다. 남자친구가 직장을 다닐 때는 서로 한 번씩 오갔지만 백수가 되고 나니 그녀가 내려가는 수밖에 없었다. 주말에 한 번씩 만나는데 차비를 비롯한 모든 데이트 비용은 그녀 차지가 되었다. 거기다 돈이 없어 의기소침한 남자친구에게 알량하나마 용돈이라도 찔러주고 힘내라고 선물도 좀 해주면서 1년을 지내다 보니 빚이 눈덩이처럼 불어나더란다.

이건 따지고 보면 그녀의 잘못도 그의 잘못도 아니다. 그라고 백수가 되고 싶어서 되었겠는가. 또 데이트 비용을 여자친구에게만 짐 지우는 그 마음은 편했겠는가. 지켜보는 사람도 그렇겠지만 아마 가장 답답한 사람은 본인일 것이다. 하지만 나는 그녀에게 지극히 현실적인 충고를 해줄 수밖에 없었다. 사랑도 좋고 다 좋지만 계속 이런 식으로 만나면 파산하고 말 거라고. 돈 때문에 사랑을 포기한다는 게 참 잔인한 일이긴 하지만 더 이상 상황이 악화되면 더 잔인한 일이 생길 거라고 말이다.

솔직히 남녀가 만나서 쓰는 돈을 냉정하게 계산해 본다면 아마도 남자 쪽이 조금 더 많을 것이다. 사회 분위기상 이 땅은 남자들에게 꽤 많은 특혜를 주는 동시에 그들에게 더 많은 의무나 책임을 지우는 걸 당연시하니까 말이다. 그래서 내 후배의 스토리가, 실은 밝혀지지 않아서 그렇지 남자들에게 훨씬 더 많을지도 모른다. 하지만 나는 남자의 경우는 거의 알지 못한다. 왜냐하면 그들은 그런 일로 절대 여자에게 상담하지 않으니까. 그래서 나는 여자들의 케이스만 수두룩하게 알고 있을 뿐이다. 그러니까 소위 사랑 좀 했을 뿐인데 지나고 나니 마음 주고 정 주고 돈도 줬더라 하는 얘기들 말이다. 그리고 지나치게 현실적인 얘기지만 사랑이 끝나고 나면 마음 주고 정 준 것보다 돈을 준 것이 훨씬 오랫동안 뒤통수를 친다. 더구나 있는 돈이 아닌 빚까지 내서 그랬다면 말이다.

참으로 이상한 것은 저렇게 사랑 때문에 금전적 손해를 보는 여자들일수록 자기 자신에게는 인색할 정도로 돈을 쓰지 않던 여자들이라는 것이다. 10원짜리 하나도 허투루 쓰지 않던 사람들이 대체 왜 사랑을 하면 다들 약속이나 한 것처럼 일이백에서 몇천 단위까지 쓰는 것은 물론 빚까지 지게 되는 걸까?

사랑에 대해 내가 거의 철칙처럼 믿고 있는 원칙이 있다면 그건 딱 한 가지다. 배고프면 사랑도 뭐도 없다는 것이다. 사랑은 분명 돈과 비교될 수 없는 고매한 위치에 있다. 그러나 당장 내 배가 고프다면 그놈의 얼어 죽을 사랑이 다 무슨 소용이란 말인가. 허나 이것이 실제가 되면 그렇지도 않은 모양이다. 그러니 그 많은 사람들이 사랑 때문에 들어간 돈 문제로 오늘날 머리를 싸매거나 후회하며 빚을 갚고 있는 거겠지.

아주 오래전 직장생활을 할 때 그 회사에서 경리일을 맡아 보던 여자는 아주 충격적인 얘기를 해주었다. 남자친구가 점점 돈을 요구해서 있는 돈 없는 돈 다 긁어모아서 줬는데 그마저도 모자라자 자길 사랑한다면 술집이라도 나가서 돈을 벌어오라고 했다고. 물론 그 말을 우리에게 할 때의 그녀는 이미 정신을 차리고 관계를 정리한 후였다. 헤어진 후엔 진짜 제대로 나쁜 놈을 만났었다는 생각을 했지만, 한참 사귈 때는 그렇지 않았다고 한다. 정말 그를 사랑한다면 그 사랑을 술집에 나감으로써 증명해야 하는 게 아닐까 심각하게 고민했다고.

사랑은 눈에 보이지 않는 감정이다. 그리고 그것은 예수가 믿음, 소망, 사랑 중 제일이라고 꼽았을 정도로 숭고한 정신세계다. 하지만 그 숭고한 정신세계에도 돈은 필요하다. 우리가 데이트라고 부르는 그 모든 것에 세상은 돈을 요구한다. 밥을 먹건 차를 마시건 영화를 보건, 아니면 서로의 사랑을 확인하기 위해 숙박시설을 이용하건 무조건.

사랑은 끝나도 돈은 끝나지 않는다. 그것은 반드시 그만큼의 대가를 요구한다. 사랑도 좋고 사랑하는 사람을 위해 돈을 쓰는 것도 좋다. 하지만 거기에는 분명히 한계라는 것이 있어야 한다. 나는 솔직히 말해 빚을 질 정도나 술집에 나가서 웃음을 팔아야 할 정도의 사랑이 과연 얼마만큼의 가치가 있는지 잘 모르겠다. 사랑한다면 그런 것쯤은 할 수 있어야 하는 걸까? 그렇다면 사랑하는 사람에게 그런 희생을 요구하는 그 사람의 사랑은 대체 뭘까?

　어쩌면 후배는 당장 그와 정리하지 못하고 얼마쯤의 빚을 더 진 다음 온통 머릿속에 빚을 갚을 궁리만 남아 있을 정도가 되어서야 그와 헤어질지도 모르겠다. 물론 그사이에 그녀의 애인이 직장을 구해 '그동안 고생 많았어' 하며 빚도 같이 갚아 나가고 앞으로의 데이트 비용을 서로 조금씩 부담하게 된다면 그보다 더 좋은 해피엔딩은 없을 것이다. 하지만 그 해피엔딩은 그다지 가까워 보이지가 않는다. 벌써 1년이나 구직활동에 실패한 데다 가뜩이나 나빠지고 있는 이 경제 상황을 보면 구직은 더 힘들었으면 힘들었지 덜하지는 않을 테니 말이다. 이제 후배에게 남은 일은 사랑과 돈을 별개가 아닌 같은 문제로 바라보고 판단하는 일이다. 하지만 아무도 돈보다는 사랑이라든지, 사랑보다는 돈이라고 명확하게 판단 내리지 못할 것이다. 왜냐하면 현실만큼이나 이상도 중요하고, 때로는 그 이상이 우리를 살아 숨 쉬게 하는 힘이기 때문이다. 그러나 그 이상이 현실의 목을 조른다면 그때도 과연 이상을 따라야 할까? 어려운 문제다.

사랑을 위해 어느 정도까지 금전적 부담을 질 수 있는지 미리 잘 생각해 두는 것 이외에는 별다른 방법이 없는 것이 바로 사랑과 돈의 상관관계가 아닌가 싶다. 결국 결정은 스스로 하는 것이다. 그리고 사랑을 택하건 돈을 택하건 그 결정이 나를 얼마나 행복하게 해줄 수 있는 것인지가 관건일 것이다.

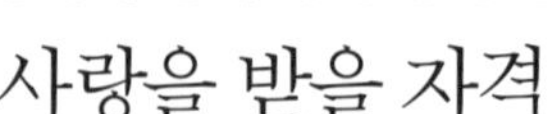

사랑을 받을 자격

얼마 전 한 모임에서 나는 갓 스무 살 난 여자 아이로부터 "아빠나 남자 형제한테 치여 사시나 봐."라는 생뚱맞은 소리를 들었다. 당연히 이유를 묻지 않을 수가 없었다. 그러자 그녀가 말했다.

"제 친구들 중에 그런 애들이 있거든요. 아빠도 오빠도 다 막 권위적이고, 그래서 순종하는 대신 여전사가 된 애들요. 언니 보니까 그런 것 같아서요."

아하! 그러니까 얘는 지금 내가 무척 전투적이고, 그 이유는 집안에 여자를 업신여기는 남정네들이 세트로 존재하고 있기 때문이라고 추측을 한 것이다.

나 참, 어이없다는 말이 이렇게 정수리를 지나 가슴을 싸하게 적시긴 또 처음이다. 우리 아빠는 옛날에 태어났으면 장군감인 엄마를 만나 그 아래에서 조신하게 보낸 세월이 40년이 넘는다. 오빠는 또 어떤가. 성질 더럽기로 치자면 국가대표감인 나와, 까칠하기가 사포 같은 스테로이드 박, 지 마음에 안 들면 하극상을 밥 먹듯 하는 헛빵 소에게 치여서 이날 이때까지 아빠보다 더 무섭게 귀가 시간을 체크한다든지 하는 일도 없이 살았다. 그러니까 우리 집안은 그녀가 생각하는 것과는 오히려 정반대 선상에 있다고 봐야 옳을 것이다.

그렇다면 드는 의문점 하나. 그녀는 왜 나를 그렇게 보았을까? 나는 그 자리에서 가장 만만한 대화 상대였던 친구 녀석에게 물었다.

"내가 그렇게 전투적인 여자니?"

녀석은 눈치를 슬슬 보더니만 웃으며 말했다.

"니가 좀 기가 세긴 세지."

뒤이은 그의 말에 따르면 나는 뭐든지 혼자 알아서 잘할 것 같은 여자란다. 아무 도움도 필요 없고, 또 주변에서 도와주겠다고 나서면 오히려 자존심 상해하는, 남자에겐 동지애를 팍팍 불러일으킬망정 연애하고 싶은 타입의 여자는 아니라나? 난 내가 연애를 못 하는 게 순전히 가슴이 달려라 하니라서 그런 줄 알았더니 그게 아니라고?

그 후 얼마 안 있어서 나는 연애사의 대모로 불리는 모 여기자와 함께 술을 마시면서 이 얘기를 꺼냈다. 그랬더니 그녀 역시 나에게 비슷한 말을 했다.

나는 연애를 하기에는 너무 씩씩한 여자란다. 그녀의 말에 따르면 자고로 남자는 징징대는 여자도 싫어하지만 나처럼 뭐든 지 혼자 알아서 하는 여자들도 별로 안 좋아한다고. 만약 세상의 남자를 딱 두 분류로 나누는 우를 범해도 된다면, 여자에게 의지하고 동지애를 느끼려는 A타입과 여자를 지배하고픈 B타입의 남자가 존재한단다. 하지만 나는 어느 곳에도 어필하기 힘들다고 했다. 비록 여자에게 의지하고 동지애를 느끼는 A타입의 남자라 하더라도, 일단 여자친구에게는 가끔 자신에게 기대기도 하는 약한 모습을 보고 싶어 한다나. 이러니 여자를 지배하고픈 B타입의 남자들은 아예 나를 여자로 보지도 않을 거라고 말했다.

생각해 보니 나는 여태 내 일에 대해 단 한 번도 남자친구와 의논을 해본 적이 없다. 물론 아주 가끔은 의견을 구하기도 했지만 그건 어디까지나 참고 사항일 뿐, 결정은 항상 내가 했다. 그러니까 나는 내버려 둬도 혼자 알아서 잘 사는 편한 여자친구이긴 했지만 보호해 주고 싶고 때로는 감싸주고 싶은 여자는 아니었다는 것이다. 남자들이 나를 떠나면서 가장 많이 했던 말은 '사랑했었다'가 아닌 '넌 나 없이도 괜찮을 거야'였다. 그저 씩씩하고 꿋꿋한 게 제일인 줄 알았는데 실은 그 때문에 그들이 날 떠날 수 있었던 것이었다.

왜 이렇게 내가 남자관계에 있어서도 전투적이었을까? 항상 나는 상처 입을 걱정을 먼저 했고, 그래서 내 몸에 갑옷을 두르기 바빴다. 니가 쇠창을 들고 찌른다면 나는 삼중 세라믹 코팅으로 막아주마의 정신으로. 사실 사랑에 있어, 또 관계에 있어 상처를 두려워한다면 아무것도 제대로 하지 못하는데 난 늘 제가 입을 상처에만 온 신경을 곤두세웠다. 하나를 의지하면 나머지 하나도 의지하고 싶고, 그러다 보면 만약 그가 내 곁에 없을 때 나는 아무것도 하지 못할 것만 같았다. 그 두려움이 너무 큰 나머지 남자의 의견에 휘둘리느니 혼자 독불장군처럼 살았더랬다.

온전하게, 정말 마음을 다해서 나를 열어준 적이 한 번이라도 있었을까? 상처받아도 좋으니 내 곁에 있어 달라고 나는 누구에게도 말하지 못했다. 그래서 언제나 사랑이 지나고 나면 다음번에는 더욱더 상처받지 않으리라는 다짐만 존재했다. 내겐 사랑도 일처럼 하는 게 당연한 것이었고, 나는 누구보다 열심히 그러면서 살았다.

그래서 사랑에 자신을 던지고, 그 사랑이 지나고 나면 세상 끝난 듯 슬퍼하는 여자들은 다 어리석다고 생각했다. 근데 참 엉뚱한 곳에서 나는 그게 아닐지도 모른다는 것을 알게 된 것이다.

흔히 첫사랑에 심하게 데이고 나면 그렇게 된다던데 나는 그 경우도 아니었다. 첫사랑을 먼저 떠난 건 나였다. 적어도 표면적으로는 그러했다. 사랑이 식을 것 같으니까, 세상에 영원한 건 아무것도 없는데 하물며 사람 마음이야 더 쉽게 변하지 않겠느냐며 나는 남겨지는 자 대신 차라리 떠나는 자를 택했다. 그게 모양새가 더 낫다고, 또 상처받지 않는 유일한 길이라 여기면서 말이다. 사랑에 이기고 지고가 어디 있냐고 입으로는 말하면서도 나는 항상 이기고 싶었다. 그들은 내 경쟁 상대도, 혹은 내가 밟고 올라서야 할 그 무언가도 아니었는데 나는 그들에게조차 이기려고만 했었다. 그렇게 이겨서 남는 건 알량한 내 자존심을 지켰다는 자위뿐이었는데도 말이다.

어쩌면 나는 누군가를 사랑하기에는 너무 모자란 인간인지도 모른다. 그렇게 상처받기 싫고 자기 자신만 지키고 싶다면 사랑하지 않고 살면 그만이다. 하지만 나는 누군가가 나를 절절히 사랑해 주길 원했다. 자기 자신은 아무것도 손해 보지 않으려고 하면서 상대에게는 눈 감고 귀 막고 나를 향해 돌진해 주길 바란 것이다. 이걸 20대가 아닌 서른 넘은 지금에야 알았다. 나란 인간의 한계다.

관계에 있어 상처는 단지 흠집이나 아픈 기억 정도의 존재가치만 있는 건 아닐 것이다. 어쩌면 그 상처들로 인해 더 나은 내가 될 수도, 또 누군가에게 더 나은 인간이 될 수도 있었을 것을, 어째서 나는 내 상처에만 그렇게 연연했을까?

나는 남자에게 한 번도 뜨겁지도 따뜻하지도 않은 연인이었다. 그러기엔 항상 내가 더 중요했다. '사랑하라, 한 번도 상처받지 않은 것처럼' 이란 시구를 좋아하면서도 나는 정작 단 한 번의 상처도 받지 않으려고 했다. 단 한 번의 상처도 없는 인간은 그만큼 관계에 있어 미성숙을 반복할 뿐이라는 사실을 모르고 살았다.

내가 상처받느니 차라리 주는 쪽을 택한 그 이기적인 날들은 이제 다시 되돌릴 수도 없다. 남이 주는 상처는 싫으면서 내가 주는 상처는 괜찮다는 이 오만함은 대체 어디에서 온 것일까? 언젠가 세상 모든 사람들과 맞짱을 뜨듯이 치열하게 산다는 누군가의 평가에 나는 흡족해 했다. 그게 나다운 것이며 내가 잘 사는 길인 줄 알았던 것이다. 하지만 적어도 단 하나, 사랑에 있어서만큼은 그래서는 안 되는 거였다.

나는 늘 남자들이 내게 거리를 둔다고 생각했다. 나보다 못하다 생각되는 누군가도 받는 저 열렬한 사랑을 왜 나만 받지 못하는가. 사랑을 받으려면 남자가 사랑할 수밖에 없을 만큼 더 잘난 내가 되어야 한다고 믿었다.

하지만 사랑은 잘나서 받는 게 아니었다. 사랑받고 싶어 하고, 사랑하는 누군가가 사랑해 줄 자리를 만들어두어야 사랑을 받을 수 있는 것이었다. 그것도 모르면서 여태 나는 남의 연애에 대해 잘도 떠들었다. 툭하면 때려치워라, 세상에 남자가 그 남자뿐이냐고 하면서. 근데 이제 알겠다. 적어도 사랑하는 순간만큼은 세상에 남자는 딱 한 사람만 존재한다는 것을 말이다.

만약, 내게 또 한 번 바람이 불어오듯이 사랑이 찾아오면 이제는 절대로 그를 이기겠다는 멍청한 생각은 하지 않으련다. 가끔은 그에게 기대고, 그의 얘기도 잘 들어주면서 그를 사랑하는 이 세상의 단 한 여자로 존재하고 싶다.

그러다 만약 사랑이 끝나고, 더 사랑한 내가 상처를 받게 된다고 해도 두려워하지 않겠다. 더 사랑해서 받는 상처는 시간이 지나면 고통만 남겨주지는 않을 테니 말이다. 적어도 원 없이 사랑을 해보았다고, 나를 아끼는 것보다 누군가를 더 아껴주었다는 기억을 보석처럼 품을 수도 있을 테니 말이다.

인생 참 헛살았다 싶다가도 아주 가끔은 계속 이렇게 살아야 한다는 생각이 든다. 그래야 죽기 전에 단 하나라도 배우고, 알고 죽지 않겠는가. 세상에서 가장 미성숙한 인간은 성숙하지 않은 인간이 아니라

성숙하려고 들지 않는 인간인지도 모른다. 이렇게 모자란 나라도 사랑해 달라고 땡깡을 부리는 대신, 내가 모자라니까 더 사랑해 주겠다는 마음이 생기는 날, 그날이 내가 진짜 사랑을 하는 날이리라.

OBLADI OBLADA

관계에 있어 전혀 상처를 받지 않는 방법 같은 건 없다. 생각해 보면 우리는 상처를 받기도 하지만 때로는 상처를 주는 사람이 되기도 한다. 나만 상처를 줄 수 있고 남이 주는 상처는 절대 받을 수 없다고 생각한다면 그건 관계에 대한 유아기적 발상에서 벗어나지 못했기 때문이다.

다만 그 아픔에만 너무 집중한 나머지 앞으로 나가지 못한다면 그것만큼 어리석은 일은 없을 것이다.

꼬리 아홉 달린 여우에 관하여

내가 아는 그녀는 정말이지 특별한 구석이라고는 없었다. 생긴 것도 고만고만했고, 직업도 평범하고, 집안에 돈이 많은 것도, 그렇다고 학벌이 좋은 것도 아니었다. 좀 더 자세하게 말하자면 외모 면에서는 중·하로 분류가 될 것이며 직업은 세일즈, 학력은 전문대 중퇴다.

사실 이런 것들로만 보자면 그녀는 누군가에게 소개를 해주기에 아주 좋은 조건은 아니다. 하지만 그녀는 내가 누군가를 소개해 줄 필요가 전혀 없다. 과거에도 늘 그랬지만 지금도 그녀의 주변에는 처치가 곤란할 정도로 남자가 넘쳐흐른다.

그녀는 자기 자신을 아주 냉정하게 평가하고 있다. 하도 오랜 세월을 봐와서 내 눈에는 그녀가 그저 예뻐 보이기만 하다. 그래서 간혹 외모를 칭찬하면 그녀는 웃으면서 자신의 단점들을 얘기한다. 게다가 자신의 학벌을 비롯한 기타 프로필들이 화려하지 못하다는 것도 충분히 잘 알고 있다. 그러니까 그녀는 자기 자신에 대해 매우 객관적인 주제 파악을 하고 있다는 것이다.

　그런 그녀의 장점은 똑똑하고 사려심이 깊다는 것이다. 사람과 놀라울 정도의 공감 능력을 자랑하며, 비록 학벌은 대단치 않지만 그런 제도적인 공부를 떠나면 아주 똑 소리가 날 정도로 영특하다. 거기에다 혼자 사는 여자들이 흔히 그렇듯 마구 긁어댄 카드 값 때문에 걱정한 적이 한 번도 없을 정도로 돈을 계획성 있게 잘 쓰고, 대인관계도 아주 좋은 편이다.

　허나 이런 장점들이 있다고 해도 이건 어디까지나 그녀를 길게 지켜볼 때나 드러나는 것들일 뿐, 남자들에게 그토록 호감을 살 수 있는 것에 대한 충분한 설명이 되지는 못한다. 그래서 나는 연애 카운슬러의 신분을 잠시 접어두고 오히려 그녀에게 물었다.

　"넌 도대체 남자 꼬시는 비결이 뭐니?"

　그녀는 잠시 생각하더니 대답했다. 자기도 스스로 생각했을 때 모든 남자에게 어필할 수 있는 타입은 절대 아니라고, 하지만 자기만의 비법이 있기에 그 많은 남자들이 자신에게 목을 매게 할 수 있었다고 했다.

　그녀는 우선 남자를 만나면 말을 아꼈다. 그리고 최대한 상대방의 말을 들어줌으로써 두 가지의 소득을 올릴 수 있었다. 첫째, 말을 잘 들어주는 편안한 대화 상대. 사람들은 종종 자신이 말을 많이 하면 할수록 대화를 잘한다고 착각을 하는데, 천만의 말씀이다. 상대에게 공감을 불러일으키려면 오히려 그 반대여야 한다. 말을 잘 들어주는 것, 그것은 대화에 있어 가장 기본적인 상식이다.

둘째, 그렇게 상대의 말을 많이 들어주다 보면 그만큼 상대방에 대한 정보가 쌓인다. 즉 그녀가 먼저 그를 파악하게 되는 것이다. 이렇게 파악한 정보를 가지고 그녀는 최대한 그가 원하는 여성상에 가깝게 행동했다. 이를테면 좀 터프하며 지배력이 강한 남자에게는 '말 잘 듣는 착한 여자'가 되었고, 너무나 소심해서 누군가가 이끌어주길 바라는 남자 앞에서는 '사려 깊고 리더십 있는 여성'으로 변했다. 철학적이며 사색적인 남자에게는 그런 여자가 되어서 대화를 이어갔으며, 똑똑하고 스마트한 남자 앞에서는 알고 있는 지식을 최대한 활용하여 대화가 가능한 여자로 보임으로써 그를 사로잡았다. 그리고 이것을 위해서는 평소 틈틈이 준비가 필요하다고 했다. 신문과 뉴스를 챙겨 봐 시사와 경제, 스포츠 등 그 어떤 문제에 있어서도 막힘이 없어야 하고, 인터넷과 잡지에서 최근 트렌드를 읽고, 편협하지 않은 광범위한 독서로 다방면에 걸쳐 지식을 쌓았다. 그래서 그녀는 어떤 순간에, 어떤 남자를 만나더라도 대화가 가능한 기본기를 갖추었다.

그녀는 외모에 대한 노력도 게을리 하지 않았다. 하지만 단 한 가지 남들과 다른 점이 있다면 자신의 취향대로 외모에 신경을 쓰는 여자들과 반대로 그녀는 철저하게 상대방의 취향대로 외모를 가꾼다는 것이다. 얼굴 생김새와 몸매는 어쩔 수 없다 하더라도 옷차림, 헤어스타일, 메이크업에 관해 모두 상대의 취향을 파악한 다음 만나는 남자에 따라 변신을 했다. 그래서 그녀의 외모만 보더라도 지금 어떤 취향을 가진 남자를 만나는지 단번에 알 수 있었다. 커리어우먼 같은 느낌에서 청순한 소녀 같은 분위기, 그리고 섹시한 스타일에서 깜찍발랄한 타입까지, 그녀는 어떤 것이든 가리지 않고 상대의 취향에 따라 이미지 변신을 시도했다. 그러니까 그녀는 누구나 다 인정할 만큼 예쁘지는 않지만 적어도 그녀가 만나고 있는 단 한 사람에게는 예뻐 보일 수 있는 노력을 게을리 하지 않은 것이다.

마지막으로 그녀는 쉽게 자신을 허락하지 않았다. 남녀를 막론하고 쉽게 잡은 물고기에게는 그만큼 쉽게 싫증을 낸다. 그래서 그녀는 데이트는 하지만 '아직 당신에 대한 확신은 서지 않은 상황이에요'를 끊임없이 연출했다. 비록 그의 마음에 들기 위해 자신을 싹 바꿀지라도 언제나 그들로 하여금 갈증을 느끼도록 한 것이다.

이러한 노력의 결과 그녀는 자기가 한번 찍은 남자는 절대로 놓치지 않았다. 그것도 자기가 매달리며 사귀자고 하는 게 아니라 상대방이 그렇게 하도록 만든 것이다. 이것이야말로 여자라면 모두가 바라는 게 아니겠는가. 사실 연애 카운슬러인 나조차도 모든 남자의 마음을 사로잡을 수 있는, 이런 식의 아주 구체적인 방안을 제시한 적은 없었다. '마음에 드는 남자가 있는데 그는 나에게 관심이 없어요' 같은 질문에, 그에게 관심 있다는 티를 너무 내지 말고 서서히 접근하라는 식의 두루뭉술한 충고만 해왔을 뿐이었다.

그녀는 스스로가 자신을 꼬리 아홉 달린 여우라고 마인드 컨트롤을 한다고 했다. 무엇보다 중요한 건 자기 스스로 그렇게 믿는 것이라고, 만약 조금이라도 자기 자신을 의심한다면 그건 금방 들통이 나는 '내

숭' 이나 '흉내 내기' 에 불과할 뿐이라고 했다. 또한 상대방에게 그럴 듯하게 보이는 것에 그치지 않고 자신이 변화하고자 하는 캐릭터에 진정으로 몰입해야 한다는 말을 했을 때는 마치 칸 여우주연상을 받은 배우를 인터뷰하는 기분이었다.

사실 그동안 나는 꼬리 아홉 달린 여우는 어느 정도 조건이 되어야 가능하다는 생각을 했다. 그리고 그 중에서도 외모가 가장 많은 부분을 차지한다고 믿었다. 다들 알겠지만 남자들은 예쁜 여자한테 약하다(여자들도 잘생긴 남자에게 그러하듯). 그러나 단지 예쁘다고 해서 모든 남자들에게 다 호감을 살 수 있는 것은 아니다. 처음에야 예쁜 여자에게 호감을 갖겠지만 조금만 시간이 지나면 그저 예쁘기만 하다는 이유로 연애를 할 만큼 남자들은 멍청하지 않다.

그녀는 실로 다양한 연애를 했다. 그리고 대부분은 썩 괜찮은 남자들이었다. 냉정하게 평가했을 때 그녀가 늘 자신에게 조금은 과분해 보이는 남자들을 너무나 손쉽게 사귀는 것에 놀라워했다. 하지만 애기를 듣고 나니 저렇게만 한다면 다른 여자들도 어지간하면 마음에 드는 남자를 사귈 수 있겠구나 싶었다.

물론 남자를 사귀기 위해 누구나 책략가가 되어야 하는 건 아니다. 많은 사람들은 자신의 있는 그대로의 모습을 사랑해 주길 원하니까. 하지만 내가 원하는, 혹은 좀 더 괜찮은 남자를 만나고 싶다면 그녀처럼 해보길 권한다. 그저 가만히 앉아서 기다리느니 저렇게 적극적인 태도로 사랑을 쟁취하는 것도 나쁘지 않다고 생각한다.

남자 하나 사귀려고 저렇게까지 가면을 써야 하느냐고 묻겠지만 단언컨대 이 세상 그 누구도 단 하나의 모습만을 갖고 살지는 않는다. 직장에서, 친구들 앞에서, 또 가족들에게 보이는 내 모습은 저마다 다 다를 것이다. 그렇다면 내 남자로 만들고 싶은 그 앞에서 조금 꾸며진 나를 보여주는 게 그렇게 어려운 일은 아닐 것이다(사실 여자들은 남자를 만나면 정도의 차이는 있겠지만 내숭을 떨지 않는가). 잘 보이려고 노력하는 것도 어떻게 보면 진짜가 아닐 수 있다. 하지만 여기서 진짜와 가짜를 따지는 건 무의미한 일이다.

만약 지금 누군가를 마음에 담고 있다면, 그런데 안타깝게도 그가 나를 시큰둥한 눈길로 보고 있다면 용기를 내서 그에게 다가서기를 바란다. 모든 남자들이 이상형을 말할 때 빼놓지 않고 꼭 하는 얘기가 있다. 그건 바로 말이 통하는 여자다. 말이 통하려면 우선 상대의 말을 잘 들어주는 것부터 시작하는 것이 기본이다.

사실 연애는 영화나 드라마 속 상황과는 다르다. 첫눈에 반한다거나, 우연히 부딪쳤는데 그 순간 스파크가 튄다거나 하는 일은 여간해서는 일어나지 않는다. 그런 연애를 바란다면 사실 저렇게 자신을 바꾸는 일이 매우 부자연스러운 것으로 보일 수도 있을 것이다. 하지만 연애도 전략이다. 내가 반한 남자가 역시 나에게도 똑같은 감정을 느끼고 있다면 상관없겠지만 그렇지 않다면 이쪽에서 약간의 상황 설정을 해줄 필요가 있다.

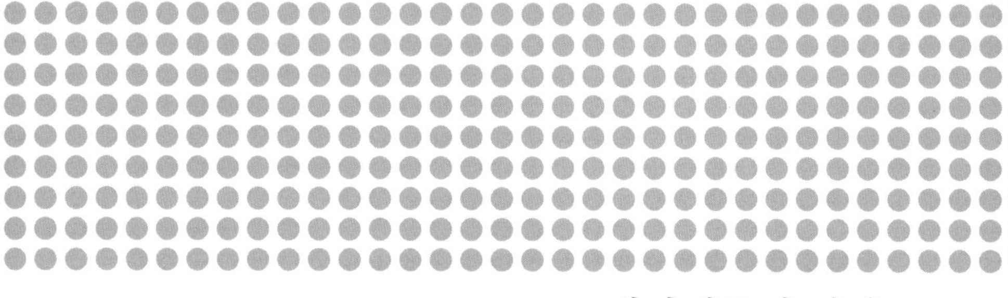

백발백중의 전설

　내 지인 중에는 일단 찍은 사람이 있다 하면 무조건 다 넘어오게 할 수 있는 백발백중의 명중률을 자랑하는 이가 있다. 뭐 그냥 주변에 있는 사람들만 찍어서 넘어오게 한다면 그런 사람이야 내 주변에 차고 넘치지만 그녀는 그 차원을 넘어섰다. 이른바 연예인이나 유명인조차 그녀가 표적으로 삼았다 하면 백 프로의 작업 성공률을 보였던 것.

　그녀가 예쁘냐고? 물론 예쁘다. 하지만 단지 예쁘다고 해서 연예인을 사귈 수 있는 것은 아니다. 알다시피 연예인이나 유명인은 우리와 생활 환경이 억만 광년쯤은 떨어져 있지 아니한가. 따라서 아무리 예쁘다 해도 그들이 사는 세상에까지 소문이 나서 남자 연예인들이 몰려든다는 건 사실 인터넷 얼짱쯤 되지 않으면 불가능한 일이다.

　가끔 그녀와 TV를 함께 보다가 보면 "나 저 사람이랑 잠깐 사귀었어."라는 말을 자주 듣게 된다. 물론 나는 생전 처음 듣는 소리다. 대체 어떻게 저런 사람과 사귀었냐고 말하면 그러면서 "세상에 노력해서 안 되는 일이 어디 있겠어?"라고 웃으며 말한다. 그러면서 일단 사귀어보고 싶다고 마음을 먹으면 정말 열심히 노력해서 반드시 사귄다는 말을 덧붙였다.

자, 그렇다면 인터넷 얼짱도 유명인도 아닌 그녀는 대체 어떻게 해서 그들을 사귈 수 있었을까?

그녀에게는 작업 도구가 있었다. 그게 무엇인고 하니, 인터넷 문명의 이기라 일컫는 싸이월드. 비공식적인 통계에 의하면 싸이월드 미니홈피는 대한민국 청춘남녀의 70% 이상이 이용하는 매체라고 한다. 그렇다면 이걸 어떻게 이용해야 연애의 성공으로 이어질 수 있을까? 이것에 관해 그녀는 철저하고도 체계적인 관리가 필요하다고 했다. 싸이월드에 그냥 얼짱 각도의 사진만 올리는 것에서 탈피해서 좀 더 고차원적인, 그리고 반드시 목적이 있는 사진을 올리는 것이다. 그리고 이 목적은, 당연한 얘기지만 누굴 타깃으로 정했느냐에 따라 달라진다.

하지만 나는 이걸 민간인이 아닌 연예인을 내 남자로 만드는 것에 이용할 수 있는지 의문이었다. 연예인들은 거의 다 싸이월드를 갖고 있고, 내가 알기로는 일단 연예인이라 함은 하루 방문자 수가 백 단위를 넘어서는, 그야말로 오프라인은 물론 온라인에서도 그 인기가 초절정을 향해 달리는 사람들이 아닌가. 그런 사람들에게 싸이월드로 접근하는 사람들이 어디 한둘이겠는가. 심지어 그들은 대문에 당당하게 적어놓기도 한다.

『일촌 신청은 사절합니다.』

이 글귀만 봐도 그들에게 얼마나 많은 일촌 신청과 댓글과 쪽지와 메일이 쇄도하는지 충분히 짐작이 가고도 남는다.

차라리 민간인에게 작업을 건다면 모를까 연예인에게 작업을 거는 것은 계란도 아닌 메추리알로 바위 치기가 아닐까? 하지만 이런 내 말에 그녀는 가소롭다는 듯 웃으며 말했다.

"글로벌 시대의 최대 장점이 뭔지 알아? 인터넷을 조금만 뒤지면 그 사람에 대한 정보가 믿을 수 없을 만큼 많이 쏟아진다는 거야. 다들 전쟁할 때 그러잖아. 적을 알고 나를 알면 백전백승이라고……. 자기 입으로 말했건 그렇지 않건 간에 그들에 대한 정보는 넘쳐흘러. 난 그걸 조금 사적으로 이용하는 거지."

그녀의 전략은 비교적 간단했다. 일단 타깃을 정한다. 그런 다음 그에 대한 철저한 사전조사를 한다. 그에 대한 기본 정보는 물론이고 인터뷰 기사까지 다 꼼꼼하게 챙겨 읽는다. 그 후 비로소 그의 싸이월드를 방문한다. 그리고 싸이월드에서 풍기는 분위기가 자신이 조사한 것과 비슷한지(이를테면 감수성이 예민하다 알려진 사람은 서정적인 풍경 사진 같은 걸 많이 올린다든지, 차를 좋아하는 사람은 카레이싱 현장에서 찍은 사진이 많다든지) 확인한다. 만약 조사한 것과 비슷하다면 일단 기본 준비는 끝이 난 셈이다. 그에 대한 모든 정보를 머릿속에 넣건 노트에 필기하건 아무튼 일단 '적을 알기' 챕터는 끝이 난 것.

이제 두 번째 챕터는 '나를 알기'. 그러나 나를 알기라고 해서 내가 과연 그 사람에게 어필할 수 있는 인간인지를 진지하게 고민하는 일

따위를 말하는 것이 아니다. 나란 인간은 어떤 인간인지 내면의 소리에 귀 기울이며 명상을 해보자 같은 걸 말하는 건 더더욱 아니다. (이건 '나를 알기' 보다는 차라리 '나를 만들기' 로 수정하는 편이 옳겠지만 편의상 그냥 나를 알기 챕터라고 표현하자.)

그에 대한 정보를 모두 파악했다면 다음으로 할 일은 그 사람에게 적합한 사람으로 나를 바꾸는 것이다. 예를 들면, 감수성이 예민한 사람에게는 자신도 역시 풍경 사진 위주 업데이트를 한다든지 아니면 감수성 짙은 글귀들을 일기장에 적는다. 또 영화를 좋아하는 사람이라면 영화에 대한 정보들을 퍼 오거나 직접 관람기를 적는다. 이렇게 해서 드디어 그와 취향이 비슷한 나로 새로 태어나는 것이다.

허나 여기에는 어떤 종류의 사람이건 간에 공통적으로 수반되어야 할 작업이 있다. 그건 바로 자신의 사진을 최대한 예쁘게 찍어 올리는 것이다. 일단 남자들은, 아니 여자도 마찬가지겠지만 이성을 볼 때 얼굴을 가장 먼저, 혹은 많이 보게 되니까 말이다.

자신에 대한 수정 작업이 완료되었으면 이제 싸이월드 미니홈피를 전체 공개로 열어야 한다. 그래야 일촌이 아닌 그 사람도 들어와서 자신이 정성껏 작업한 결과물을 감상할 수 있을 테니까.

전체 공개로 열어뒀으면 이제 본격적인 접근 단계에 돌입해야 한다. 그녀가 절대 하지 말라고 한 것은, 덮어놓고 일촌 신청을 하는 것. 일촌 신청은 차고 넘치기 때문에 그들이 일일이 일촌 신청을 한 사람의 미니홈피에 가보는 것은 불가능하다. 그리고 전문용어로 그건 너무 싸 보인다나? 그래서 자신이 파악한 그 사람의 감성 및 취향에 최대한 맞춘 쪽지를 보내야 한다. 단 너무 길어서 지루하면 안 되고 딱 궁금증을 유발할 정도만, 그리고 평소에는 절대 그러지 않는데 당신이 너무 특별하여 당신에게만 이런 쪽지를 보낸다는 뉘앙스를 충분히 풍겨야 한다. 그리고 이 쪽지는 표면상 아무 목적이 없어야 한다. 그냥 좋아하는 사람이라, 혹은 홈페이지를 보니 취향이 비슷한 것 같아서 가끔 들러서 홈피를 구경하고 가겠다는 정도가 딱 좋다.

이렇게 해놓았다면 사실상 작업은 완료되었다. 이제 남은 것은 기다리는 일이다. 그녀의 말에 따르면 저런 쪽지를 보내놓으면 열에 아홉은 그녀의 홈피에 들러 과연 어떤 인간인지를 파악하고, 당연한 얘기지만 얼굴이 괜찮을 경우('요새 사진 기술 좋아졌다. 사진으로 속인 다음 나중에 만나서 아니면?' 이런 걱정은 하지 말길. 일단 얼굴을 보기 전에 대화로 서로에게 반해 버리면 얼굴 보고 실망하게 되는 경우는 극히 드물다) 쪽지의 답장이 온단다. 그 답장은 대개 내 홈피에 들러줘서 고맙다는, 흔한 인사말이지만 중요한 것은 내용이 아니다. 우리가 주목해야 할 사실은 그가 쪽지를 보냈다는 것이다. 또 그녀의 미니홈피에 들러서 이미 어느 정도의 호감을 가졌으므로 쪽지를 보냈다는 사실이다(허나 이쪽에서는 '내 홈피에 들어와 봤어요?' 따위의 질문은 삼가야 한다. 그들의 자존심을 최대한 지켜주어야 한다. 이건 작업의 기본 예의 되시겠다).

그렇다면 이쪽에서도 답장을 보내야겠지. 일단 깜짝 놀란 척을 해야 한다. 계획에 있었건 말건, 내 그럴 줄 알았건 말건, 정말 답장을 받을 줄은 꿈에도 몰랐던 척을 해야 한다. 그리고 자신에게 쪽지를 보내주어 고맙다는, '이 쪽지를 지우지 않고 보관해야겠어요' 정도의 귀여운 아부를 좀 한 다음 역시 그리 길지 않은 답장을 마무리한다.

이런 쪽지가 서로 몇 번 오갔다면 다음 단계는 바로 채팅이다. 사람들은 주로 밤에 개인 시간이 나기 때문에 이때는 되도록 밤늦은 시간까지 무조건 싸이를 로그인 해두어야 한다. 그러면 어느 날 그 사람이 말을 거는 때가 올 것이다. 자! 이때 또 한 번, 지난번에 파악한 정보가 필요한 순간이 왔다. 조사한 티를 전혀 내지 않으면서 우연인 양 그가 좋아하는 것을 하나씩 흘리는 것이다('어, 나도 그 영화 좋아하는데요' 등의 반응을 이끌어낼 정도). 그도 사람이기 때문에 자신이 이미 미니홈피 등을 통해서 한 얘기라도 그 순간만큼은 그런 생각을 못 하게 되어 있다. 그저 나와 참 비슷한 사람, 말이 통하는 사람을 만났다고 생각하는 것이다.

여기서 하나 짚고 넘어가자. 미니홈피를 설정 모드로 돌릴 때 가장 중요한 것은, 자신에 대한 자랑은 절대 하지 않는다는 것이다. 그저 일상을 찍은 것처럼, 또 대수롭지 않은 것처럼 사진을 올려야 한다. 예를 들자면 요리하는 사진 정도를 올리는 게 좋다. 남자들은 대부분 요리 잘하는 여자를 좋아한다. 쿠키를 굽거나 케이크를 만드는 사진이 가장 깔끔하고 예쁘다(이때 글은 짧게 적어 최대한 상상하도록 한다. 일주일에 몇 번 가서 굽는다든가 하는 소리는 집어치워라. 무조건 상상하게 만들어야 한다). 그리고 자신의 일과 관련된 사진을 몇 개씩 넣어주는 것도 중요하다. 즉 이쪽에서도 어느 정도 자신의 정보를 노출할 필요가 있는 것이다. 그 래야 그가 그걸 보고 나름대로 평가를 할 수 있을 테니까. 주의할 점은 이런 모든 정보는 미니홈피 사진상에서만 해결해야 한다는 것이다. 섣 불리 글로 전달하려다 낭패를 볼 수도 있다. 즉 내 입으로는 아무 말도 하지 말고 오직 그가 사진을 보고 파악을 하도록 내버려두어야 한다.

이렇게 서로 대화를 주고받았으면 절반은 넘게 성공한 것이다. 이 제 남은 것은 그를 살살 달아오르게 하는 것이다. 만약 저쪽에서 남자 친구가 있냐는 질문을 한다면(거의 다 한다고 함) 그냥 '없어요'라고 단 순하게 받아치면 그건 하수다. 고수들은 거기에 뭔가 콩고물을 하나 묻혀야 한다. '아직은 없지만 언젠가는 꼭 좋은 사람을 만나고 싶어 요' 정도가 좋다. 유치하다고? 원래 연애는 다 유치한 법이다. 하지만 중요한 것은 연애 당사자들은 유치하면 유치할수록 좋아 죽는다는 것. 따라서 '이거 너무 유치한 수법이라 넘어갈까?'라는 의심은 붙들어 매어둬라.

날마다 조금씩 채팅으로 대화를 했다면 이제 다음 단계는 목소리 확인이다. 물론 목소리가 너무 좋다는 칭찬을 아끼지 말아야 한다. 여 기서 중요한 것은, 그가 하는 일의 결과물이랄지 뭐 그런 것에 관심을 가졌을 뿐 사람 자체에 관심을 가졌던 것은 아니었는데 이렇게 막상 대화를 하게 되니 나랑 정말 잘 통하는 것 같다는 얘기를 해야 한다는 것이다. 처음부터 작정하고 작업했다는 말은, 음…… 바보가 아니면 굳이 흘리지 않겠지만.

그리고 대화를 처음 신청받았을 때나 또 전화 통화를 처음 했을 때 일관적으로 유지해야 할 자세가 있다. '정말 좋고 떨려서 아무 말도 못 하겠어요'의 분위기를 연출하는 것이다. 쿨해 보이겠답시고 그냥 덤덤하게 받아들이면 절대 안 된다.

채팅 및 전화 통화로 대화를 좀 나누었다면 이제 기다려라. 만약 둘 사이의 대화가 영 엇나가지만 않았다면 백발백중 그는 당신을 만나러 달려올 것이다. 그렇게 만남이 이루어진다면 이제 게임은 완전히 당신 손에 달린 것이다. 거기서부터는 모든 연인들이 그러하듯 서로에게 반하고, 서로를 좋아하게 되고, 어쩌고 저쩌고의 단계들이 남았다. 그를 어떻게 요리할 것인지는 당신의 손에 달렸다. 왜냐하면 이 게임이 처음 시작될 때부터 그대는 모든 것을 철저하게 파악하고 준비해 왔으므로.

어느 날 우연히 길을 걷다가 만나 한눈에 반해서 서로 사랑하게 되는 것, 이건 우리 모두가 꿈꾸는 연애의 시작일 것이다. 하지만 알다시피 세상에는 그런 행운이 그리 흔하게 일어나지도, 또 모두에게 일어나지도 않는다.

이런 설정들이 너무 유치해 보인다고? 그렇게까지 해서 꼭 사람을 사귀어야 하는 거냐고? 물론 아니다. 아닌 사람들은 언제가 되든 그냥 길 가다 우연히 마주칠 내 반쪽을 기다리며 살면 된다. 하지만 어떻게

든 누군가를 만나고 싶다면? 그렇다면 답은 하나다. 유치하건 말건, 이렇게까지 해서라도 만나라. 일단 만나는 게 장땡이다.

OBLADI OBLADA

누군가를 만나고 싶고 사귀고 싶다면 그저 바람만 갖고 있어서는 안 된다. 행동하지 않는 한 그 누군가가 내 마음을 알아줄 리가 없기 때문이다. 남자들의 적극적인 대시는 좀 당연시 여기지만 아직까지 여자가 그런다는 것에는 색안경을 끼고 보는 경향이 있는 것 같다. 그래서 그녀의 예를 통해서 드러내지 않고 노력하는 방법 정도를 얘기하고 싶었다. 무언가를 가지고 싶다면 노력 정도는 해야 하지 않을까? 감나무에서 감이 절로 떨어지지 않는다면, 내가 올라가서 따는 수밖에……

나에게 물어본다

나는 여태 연애 칼럼니스트라는 직함으로 참 많은 사랑과 연애에 대해 말해 왔다. 나에게 카운슬링을 바라는 그 숱한 연인들에게 나는 헤어지라는 말 아니면 그 사람을 잡으라는 말을 했다. 모두 맞아떨어지지는 않았지만 내가 인간사의 상식에서 크게 벗어난 충고를 한 건 아니었는지 다행스럽게도 대부분은 결과에 만족을 했다. 그러나 연애 상담 중에서 아주 크게 빗나간 케이스가 딱 두 번 있었는데, 두 번 다 나는 그 사람과 헤어지는 편이 낫겠다고 했다. 하지만 시간이 지나고 보니 그때 그 지인들이 내 말을 듣지 않고 자기들 소신대로 계속해서 사랑을 한 것이 얼마나 다행스러운지 모르겠다. 그들은 모두 지금 인생에 두 번 다시 오지 않을 사랑을 하고 있으니까 말이다.

공교롭게도 그 두 가지 케이스 모두 조건 때문에 반대한 것들이었다.

케이스 1.

내 지인인 Y양. 그녀는 얼굴도 예쁘고 키도 커서 소싯적에 모델 제의를 꽤 많이 받았다. 신은 그녀에게만큼은 공평하지 않기로 작정이라도 한 것처럼 성격도 좋았고, 오히려 착한 성격 때문에 손해를 봤으면 봤지 대개 반반한 얼굴을 가진 여자들이 하는 얼굴값 한 번 하지 않았다. 허나 그런 그녀도 결혼을 생각할 나이가 되자 조금은 현실적으로 변했다. 아니, 변했다기보다는 그럴 수밖에 없는 상황이었다. 그녀에게는 아픈 어머니와 생활력이 변변찮은 아버지가 계셨는데 그나마 그 두 사람은 오래전에 이혼을 한 상황이었다. 형제가 많긴 했지만 그들은 하나같이 부모를 외면했고, 착한 그녀는 이쪽저쪽을 오가며 뒤치다꺼리를 해야만 했다. 벌이가 나쁘지 않은 전문직에 종사했지만 세 집 살림을 하니 수중에 남는 게 별로 없었다. 사정이 이러니 그녀는 결혼에 있어 조건을 보지 않을 수가 없었다. 결혼을 하고도 맞벌이를 해야만 부모님을 도울 수 있는데, 남편이 어느 정도 경제력이 있어야 그녀가 버는 돈의 거의 대부분이 친정으로 흘러들어 가도 받아들여지리라 여겼던 것이다. 그래서 그녀는 한동안 그 조건에 충족할 만한 사람과 소개팅도 하고 선도 봤다.

그러나 일이 그렇게 되려고 했는지 조건을 보고 만난 남자들은 하나같이 그녀의 마음에 들지 않았다. 아무리 조건이 좋아도 그녀는 그들 중 누구도 만나서 차를 마시거나 밥을 먹으며 즐거웠던 사람이 없다고 했다. 만나고 있으면 어서 빨리 집에 가고 싶은 생각뿐이고, 데이트도 이렇게 힘든데 결혼해서 함께 살 수 있을까를 생각하면 앞이 다 캄캄할 지경이었다. 그러던 어느 날 그녀는 자신보다 무려 네 살이나 어린 남자를 만나 연애를 시작했다. 남자의 조건은 조건이라 할 것도 없을 정도로 형편없었다. 남자는 아직 학생이었으며 그나마 좋은 대학의 소위 비전 있는 학과도 아니었다. 거기다 집안도 넉넉하지 않았다. 나를 포함한 지인들은 모두 반대했었다. 두 사람이 결혼을 한다면 그녀가 친정을 도와주기는커녕 시댁 뒷바라지하기도 벅찰 것이라고 말이다.

그러던 중, 올 초에 그녀의 오빠가 젊은 나이에 뇌졸중으로 쓰러졌다. 넉넉지 않던 형편이라 새언니는 오빠가 쓰러진 지 한 달도 되지 않아 집을 나가버렸다. 오빠의 병도 병이었지만 그보다 더 큰 문제는 오빠의 돌도 지나지 않은 딸아이였다. 오빠가 그렇게 되자 아기의 할아버지, 즉 그녀의 아버지가 우선 맡아 키우기는 했지만 그게 언제까지 계속될 수 있을지는 아무도 모르는 상황이었다. 그러다 덜컥 오빠가 명을 달리했다. 그녀는 조카를 당장이라도 데려오고 싶었지만 직장생활을 해야 하는지라 이러지도 저러지도 못하고 속만 끓였다. 그런데 이때, 내가 조건 때문에 그렇게도 반대한 그가 결혼을 하면 그 아기를 맡아서 친딸처럼 키우자고 그녀에게 먼저 제안한 것이다. 물론 그는 아직 취직 문제가 남아 있고 결혼을 하려면 적어도 2년 정도는 더 시간이 필요하겠지만 그 2년이 지나 결혼을 하게 되면 반드시 조카를 데려오자고 했다는 것. 지금도 학생인 그는 수업이 없는 날이면 그녀의 아버지 집에서 아기를 돌본다. 이미 부모님도 오랜 시간에 걸쳐 설득을 해놓은 상황이라서 아기는 종종 그의 집에 가서 놀기도 한다. 그녀는 가끔 나와 만나서 남자친구 얘기를 하면서 눈물을 흘린다. 너무 고마워서 어떤 감사의 말을 해도 모자란다고. 그녀에게 참 각별한 조카였는데 이제 얼마 안 있으면 그 조카가 그녀의 딸이 될지도 모르겠다. 그는 자신의 미니홈피에 이미 아기의 사진으로 도배를 해놨다. 그 카테고리의 이름은 '내 딸'이다.

케이스 2.

대기업에 다니는, 그야말로 커리어우먼이라는 말에 조금도 모자람이 없었던 그녀. 그런데 그녀의 남자친구는 정반대였다. 우리나라에서 최고로 좋은 대학을 나온 그녀와 달리 그는 전문대 중퇴였으며, 직장은 작은 중소기업, 그나마도 언제 잘릴지 모르는 계약직 사원이었다. 거기다 연봉은 그녀에 비해 한참이나 낮았으며 보너스 같은 건 기대하기도 힘들었다.

사정이 이러니 그녀의 부모님부터 지인들까지 모두 그를 만나는 것을 반대했다. 하지만 그녀는 그와 꼭 결혼할 것이라고 고집을 부렸다. 어떤 이들은 그녀에게 그가 그녀를 이용해서 팔자를 펴려고 한다는 말도 서슴지 않았다. 그만큼 그의 조건에서 보자면 그녀와의 결혼은 그야말로 땡잡는 일이 아닐 수 없었다.

내 경우, 그녀와는 피가 섞인 친인척 사이라 더더욱 심하게 반대했다. 그녀의 부모님들은 나만 보면 그 둘을 좀 갈라놓아 달라고 신신당부를 하곤 했다. 하지만 그 둘은 절대 떨어지지 않았다. 그러면 그럴수록 나는 그를 더 미워했다. 그의 좋은 성격도 봉을 잡으려는 넉살로만 보였고, 그녀에게 애살스럽게 구는 것도 미래를 위한 보험을 드는 것처럼 보였다. 나는 그녀를 만나 정말 사력을 다해 설득을 거듭했다.

그러던 어느 날 그녀는 몸이 안 좋아서 종합검진을 받다가 그야말로 하늘이 둘로 쪼개지는 것 같은 소리를 들었다. 대장 쪽에 문제가 있는데 수술도 불가능해서 평생 동안 약을 먹고 요양하듯이 살아야 한다는 것. 직장을 당장 그만둬야 함은 물론이고 일상 속의 아주 작은 스트레스나 피로도 견디지 못한다고 했다. 한마디로 평생 병자로 살아야 한다는 말이었다. 그 말을 들은 그녀의 부모님이 처음으로 하신 생각은 이제 내 딸은 죽을 때까지 우리가 돌보고, 우리가 죽으면 평생 혼자 늙어가야 한다는 것이었다고. 어느 누구도 일평생 병자로 골골대며 살아야 하는 그녀를 돌보며 살 남자가 있다고 생각지 않았다. 그런데 그런 모두의 예상은 빗나갔다.

그녀는 지난 5월, 벚꽃이 흐드러지게 핀 야외에서 정말 아름다운 결혼식을 올렸다. 상대는 바로 그 남자였다. 그녀가 투병하는 1년 6개월 사이에 그는 회사를 그만두고 공부를 시작해서 회계사 시험에 합격했다. 아픈 그녀는 좀 서운했겠지만 그는 공부를 하는 동안 절에 들어가서 딱 두 번 그녀를 만났다고 한다. 남들은 2년은 기본, 3년은 준수하다고 말하는 회계사 시험을 그는 정말 이 악물고 패스한 것이었다.

사실 그의 꿈은 만화가였다. 하지만 그는 평생 아픈 아내를 불편 없이 살게 하려면 자신이 조금 더 돈을 버는 직업을 가질 수밖에 없다고 생각했다고 한다. 결혼을 하던 그날 신부는 참 많이 울었다. 그녀는 아마 미안하기도 하고 고맙기도 하고 행복하기도 했을 것이다.

사랑에도 어느 정도는 조건이 필요하다. 그런 마당에 결혼은 두말할 필요도 없다. 우리는 사랑은 희생이라는 말을 참 잘도 한다. 하지만 입으로 하는 그 말을 실제 행동으로 옮기는 사람은 거의 없다. 사랑을 하면 자신이 희생을 하는 게 아닌 상대방이 희생을 하길 바라고, 사랑 그 자체도 나보다는 상대의 저울이 더 내려가기를 바라는 이기적인 인간이 바로 우리들이다. 나 역시 그러한 이유로 위의 두 사랑을 반대했었다.

평생 손가락 빨고 살아도 행복한 건 동화 속에나 나오는 이야기다. 그리고 결혼해서 살다 보면 돈이 많아도 불행해질 수 있는 여러 가지 문제들이 생길 수 있다. 그러니 모든 동화는 '왕자와 공주는 결혼해서 오래오래 잘 살았습니다' 로 끝을 맺는지도. 그들이 어떻게, 어떤 일을 겪으면서 잘 사는지는 아무도 얘기하지 않는다. 그래서 우린 혹시나 불행할지도 모르는 결혼생활에 대한 최소한의 방패막으로 조건을 보는지도 모른다. 그러니까 지지고 볶고 싸우더라도 적어도 돈 때문에 그러지는 않기를, 돈 문제 때문에만큼이라도 그러지 않기를 바란다.

어쩌면 그동안 내가 조건 운운하며 숱하게 갈라놓았던 커플들 중에서는, 만약 내가 그런 충고를 하지 않았다면 행복한 결말을 맺은 경우가 있었을지도 모른다. 그리고 그들은 단지 조건이 좋지 않다는 이유로, 미처 자신이 어떤 사람인지 알려주기도 전에 나의 세 치 혀와 상대방의 짧은 판단에 잘려 나갔는지도 모른다.

연애 상담을 하면 할수록 점점 더 모르겠다는 생각이 든다. 모두 겉으로는 좋은 사람인 척한다. 아니, 우리 모두는 스스로가 좋은 사람이라고 생각한다. 하지만 객관적으로 볼 때, 또 제대로 시련이 닥쳐왔을 때, 그때도 우린 과연 좋은 사람일 수 있을까? 우리 스스로에게도, 그리고 남에게도 계속 좋은 사람일 수 있을까?

잠이 오지 않는 이 밤, 나에게 물어본다. 나는 좋은 사람인지 그렇지 않은지. 혹시 좋은 사람이라면 그건 좋은 조건, 좋은 상황일 때만 좋은 사람이 아닌지를 말이다.

OBLADI OBLADA

연애 상담을 하다 보면 30대 초반을 넘어서는 여성들은 주로 상대방의 조건 때문에 많은 고민을 하는 것 같다. 그건 아마도 결혼을 염두에 둔 만남이기 때문일 텐데, 나 역시도 결혼 문제에 있어서 조건을 보지 않을 수는 없다고 생각한다. 한때 나는 결혼을 생각하는 여성들에게 사랑보다는 조건을 볼 것을 충고했다. 하지만 이제는 사랑을 더 많이 이야기한다. 결혼에 있어서 사랑도 조건도 모두 중요하겠지만 사랑이 더 중요하다고 믿고 싶은 건, 결혼은 조건과 조건의 결합이 아닌 사람과 사람이 만나 같은 길을 오래오래 함께 걸어가는 일이라고 생각하기 때문이다.

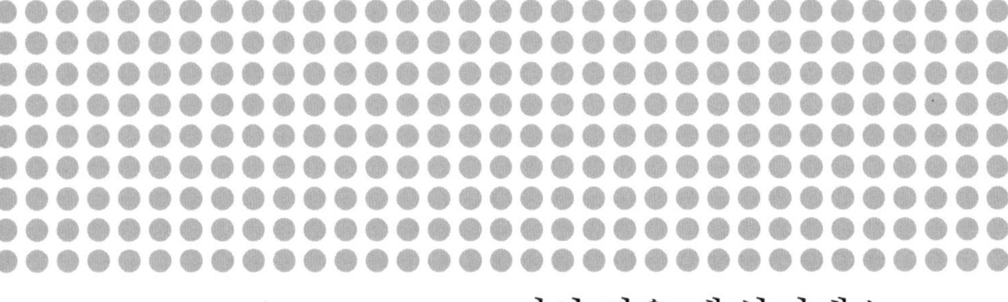

그녀의 딸은 세 살이에요

예전에 015B의 노래 중에 〈그녀의 딸은 세 살이에요〉라는 노래가 있었다. 헤어진 연인을 다시 만났는데, 그녀는 결혼을 했고 세 살 난 딸이 있더라는. 내 기억이 틀리지 않았다면 이런 가사였다.

모든 걸 접어둔 채
그녀는 이제 사랑스런 세 살 난 딸의 어머니죠
그녀는 지금 행복해요
철없던 옛 기억을 어른의 미소로 떠올리며

얼마 전 우연히 백화점 주차장에서 그녀를 만나게 되었다. 한때 나의 우상이었으며 친구이자 피를 나눈 자매만큼이나 가까웠던 그녀. 서로의 남자친구가 "넌 나랑 사귀는 거니 아니면 그 여자랑 사귀는 거니?"라고 질투를 할 만큼 우리는 모든 걸 함께했고 그만큼 많은 것들을 공유했다. 그 흔한 다툼 한 번 없이, 의견 차이 없이 우린 마치 한

쌍의 쌍둥이처럼 서로의 마음이 완벽하게 일치했다. 소울 메이트가 있다면 내게는 바로 그녀가 그런 존재였다.

그랬던 우리가 언제부터 서로 다른 삶을 살게 되었을까? 몇 번의 헤어짐 끝에 드디어 그녀가 정말로 사랑할 사람을 만났다며 기뻐했을 때부터였을까? 물론 나는 그녀의 새로운 사랑을 축복했다. 하지만 그녀의 그는 내 축복을 달가워하지 않았다. 그는 그녀가 온전하게 자신의 사람이기만을 원했다. 나와 함께 나누는 일 같은 건 하고 싶지 않다고 했다. 나는 그녀의 연인이 아니라 친구일 뿐이라고 했지만 그는 뭐든 상관없다고 했다. 그리고 아무튼 그녀 옆에 내가 있는 게 싫다고 했다.

그때 나는 그렇게 어이없는 남자와는 그녀가 오래 만나지 않을 거라 생각했다. 아니 대체 자신의 여자의 친구를 질투하는 남자가 어디 있단 말인가? 하지만 처음부터 나를 별로 달가워 하지 않았던 그는 시간이 지날수록 그녀가 나를 만나지 않도록 조정하기 시작했다. 나중에는 "나야, 그 친구야!" 하며 유치한 연속극에나 나올 법한 대사도 내뱉은 모양이었다. 그리고 그녀는 내 예상과는 달리 그를 선택했다. 나는 이유를 알 수 없었다. 그녀는 단지 이해해 달라며 울 뿐이었다. 자기에게 너무 소중한 사람이어서 절대로 포기를 못 하겠다고. 나는 포기하지 말라고 내 마음과 반대로 말할 수밖에 없었다.

얼마 후 그녀는 그와 결혼을 하게 되었다. 나는 결혼식에는 참석할 수 있었다. 결혼을 하기 얼마 전부터는 나와 연락을 거의 끊고 지냈기에 나는 그녀의 결혼에 대해, 날짜와 시간 그리고 식장만 알았을 뿐 어떻게 진행이 되었는지는 전혀 알 수 없었다. 내가 불청객이라는 것은 알고 있었지만 그래도 그녀의 결혼식마저 가지 않을 수는 없었다. 마지막이라 해도, 그녀가 누군가와 행복하게 새로운 인생을 시작하는 자리를 지켜보고 싶었다. 하지만 결혼사진을 찍을 때, 나는 그들 사이에 낄 수 없었다. 결혼식 사진은 그녀에게도 영원히 남겠지만 나를 싫어하는 그에게도 마찬가지일 것이고, 무엇보다 원치 않을 게 분명한데도 거기에 얼굴을 끼워 넣을 만큼 뻔뻔하고 싶지 않았다.

그 후 그녀는 남편이 된 그를 따라서 미국으로 가버렸다. 그리고 마지막 작별하는 순간에야 나는 겨우 그녀의 얼굴을 볼 수 있었다. 그녀는 살이 많이 빠지고 까칠해져 있었다. 나는 옆에서 감시하는 눈초리로 지켜보는 그 때문에 그녀와 제대로 얘기도 나눌 수 없었다. 그저 입에 발린 "결혼하더니 좋아 보인다.", "가서 잘 살아." 따위의 말만 주억거렸을 뿐 내가 정말 하고 싶은 말은 단 한마디도 하지 못했다. 나는 묻고 싶었다. 정말이지 자기 여자의 친한 여자친구를 질투하는 남자와 왜 결혼했냐고, 그 결혼이 그래서 행복하냐고.

미국으로 간 이후 그녀는 아무 소식이 없었다. 그저 잘 살고 있겠거니 했다. 아이를 낳았다는 얘기는 들었다. 그때 잠깐 '아이는 그럼 국적이 미국인가?' 정도만 생각했다. 이미 그때는 세월이 흘러서 나에게도 그녀의 빈자리가 전만큼의 공간을 차지하고 있지 않았다. 나에게는 새로운 친구들과 새로운 일이 생겼고, 그녀가 그러했듯 내 세상 역시 그녀 없이도 잘 굴러가고 있었으니까.

그런 그녀를 백화점 주차장에서 마주쳤다. 그녀는 예쁜 딸아이를 데리고 있었다. 그녀의 딸은 세 살이었다. 엄마를 닮아 이목구비가 예쁘장한 딸아이는 나를 보더니 뒤로 숨어서 눈만 내놓고 있었다. 아이가 수줍음을 많이 타는 모양이었다. 나는 그녀와 제대로 인사도 나눌 수 없었다. 너무 할 말이 많아서, 너무 세월이 지나서. 그럼에도 불구하고 겨우 우리가 마주친 곳이 세일 중이라 정신없는 백화점 지하 주차장이라는 사실이 기막힐 뿐이었다.

그녀는 아예 한국으로 들어왔다고 했다. 나는 예의상 "남편은?" 하고 물었다. 그녀는 어둡게 대답했다. "잘 살아." 그리고 끝이었다. 연락처를 주고받을 정신도, 어디에 사느냐고 물어볼 정신도 없었다. 그저 엘리베이터를 같이 타고 각자의 층을 누르고, 그 중 더 낮은 층을 눌렀던 그녀가 먼저 내렸을 뿐이었다. 만약 그녀가 '어디 가서 차라도 한잔하자' 라고 말했으면 나는 그녀를 따라나섰을까?

나중에 다른 사람을 통해 들은 얘기에 의하면 그녀는 남편과 별거 중이라고 했다. 그 남자는 그녀가 자신 이외에 그 어떤 것에도 관심을 두거나 마음을 빼앗기는 것을 견디지 못했다고 한다. 그를 사귈 무렵 내쳐진 것은 비단 나뿐만이 아니었던 모양이었다. 그녀는 취미를 지나 좀 넘치다 싶을 정도로 열심히 쳤던 피아노를 접었고, 친한 친구 몇몇을 잃었고, 끝내는 자신마저도 잃은 모양이었다. 아이를 낳고 나서도 남편의 태도에는 여전히 변함이 없었던지 그녀는 아이를 데리고 홀로 귀국한 것이다.

조금만 노력하면, 아니 몇 통의 전화면 나는 그녀의 연락처를 쉽게 알아낼 수 있을 터였다. 내게는 그녀의 친정 전화번호도 있고 지인들에게 물어볼 수도 있다. 그러나 나는 그 어떤 노력도 하지 않았다. 그녀가 나에게 연락을 하지 않는 건 그만한 이유가 있을 것이라는 생각을 했다. 그리고 이제 그녀와 나는 각자 너무 다른 길을 걸어왔다. 그녀의 딸은 세 살이고 나는 아직까지도 혼자다. 우리는 어쩌면 그 간극을 극복할 수 없을 것이다. 만약 그녀가 결혼을 하고도 나와 쭉 연락을 했더라면 그건 간극이라 부르거나 혹은 극복할 무언가가 되지 못하겠지만 지금은 다르다. 그녀와 나 사이에는 분명 건널 수 없는 강이 존재하는 것 같았다. 그녀가 보기에 나는 아직까지 나이는 먹었지만 철은 그다지 들지 않은 싱글일 테고(더 정확하게는 우리가 친하게 지냈던 그때와 별반 다를 바 없을 것이고) 그녀는 내가 상상할 수 있는 모든 것, 혹은 그 이상의 일을 겪어냈을 테니까.

그래, 나는 결혼이 어떤 건지 모른다. 남편이 생긴다는 것, 그리고 아이를 낳는다는 것, 그리고 이혼을 한다는 것은 더더욱 모른다. 그건 그녀의 이야기를 조곤조곤 들어준다고 해서 공감할 수 있는 종류의 것이 아니다. 세상에 어떤 일은 경험하지 않고서는 도저히 알 수 없는 것들이 있다. 우리가 그때의 기억에 매달려서 그나마 서로에게 남은 공감대를 찾으려 하면 할수록 어쩌면 우리는 우리가 서로 얼마나 달라져 있는지만 아프게 확인할 수밖에 없을지도 모른다.

그날 백화점에서 나는 문득 아이의 장갑을 하나 샀다. 까만 눈동자와 까만 머리칼에 잘 어울리겠다 싶은 빨간 벙어리장갑이었다. 근데 왜 하필 벙어리장갑이었을까? 어렸을 때의 나는 벙어리장갑을 무척이나 싫어했다. 벙어리라는 그 이름도 싫었지만 손가락을 인위적으로 두 개로 나누어버리는 것이 싫었다. 분명 내 손가락은 다섯 개인데 벙어리장갑에 뚫려 있는 구멍은 두 개가 전부인 게 싫고 답답했다. 근데 가만히 생각해 보니 지금 내 심정이 꼭 그 벙어리장갑 같다는 생각이 든다. 분명 가야 할 길이 있는 감정들을 애써 한 군데로 몰아넣어 버리는.

세 살 난 그 예쁜 딸아이는 그녀에게 많은 위안이 되고 있을까? 예쁘게 생긴 얼굴만큼이나 마음도 착하고 예뻐서 자기 엄마를 많이 위해 주는 딸이 되면 좋겠다. 그리고 어디에선가 빨간 벙어리장갑을 사놓고도 전해 주지 못하는 엄마의 오래전 친구가 있는 것 따위는 모르면 좋겠다. 그녀도 그녀의 딸도 행복하길 바란다. 모든 걸 접어둔 채 그저 내내 안녕하기를…….

OBLADI OBLADA

집착과 관심을 나누는 기준은 무엇일까? 그건 하는 사람이 아닌, 당하는 사람의 입장에서 결정되는 문제라는 것이 정답이다. 똑같은 문제라 할지라도 당사자가 어떻게 느끼느냐에 따라 그건 관심이 될 수도, 집착이 될 수도 있다. 따라서 하는 쪽에서 아무리 이건 집착이 아닌 관심이라 우겨도, 만약 상대방이 집착이라고 느낀다면 그건 집착이 되는 것이다.

달콤 쌉싸래한 동거

어느 날 모여서 술을 마시다가 후배 한 명이 우스갯소리로 말했다.

"나는 집에 안 들여보내 주는 남자가 좋더라."

다들 경험했을 것이다. 집에 들여보내 주지 않으려는 남자. 거기다 나 역시도 집에 들어가고 싶지 않다면 답은 하나였다. 내 거짓말이라면 귀신같이 알아차리는 엄마에게 심호흡 한번 크게 하고 전화해서는 MT네, 친구네 집인데 너무 늦어서 자고 가겠네 등등……. 그때 엄마들은 알고도 속아준 걸까, 아니면 정말로 우리의 어설픈 거짓말들에 속아 넘어간 것일까?

아무튼 거짓말에 성공한 우리들은 곰장어와 소주에, 혹은 맥주와 싸구려 소시지 안주에 취한 채 외쳤다.

"나 오늘 확 탈선해 버릴 거야."

그랬다. 그때의 외박은 우리에게 탈선이었다. 하지만 만약 계속해서 탈선을 유지하고 싶다면? 오늘도 내일도 집으로 들어가지 않고 계속 그와 함께 밤을 보내고 싶다면 그때는?

독립해서 가장 좋은 게 뭐냐고 묻는다면 아마 애인이 있는 싱글들은 더 이상은 모텔이나 호텔을 전전하지 않아도 된다는 대답이 압도적일 것이다. 밸런타인데이나 크리스마스이브에 모텔과 호텔을 잡아본 적이 있는가? 그런 거 하나 딱딱 예약해 놓지 못한 띨띨한 남자친구 덕분에 한 번 들어가는 것도 어쩐지 주뼛거려지는 그곳을 수십 군데 발이 부르트도록 다니면서 퇴짜를 맞는 그 기분.

그것도 추억으로 아름답게 남을 수 있으려면 바로 나 혼자만의 집, 내 방, 그 중에서도 벗어놓은 옷가지를 한 번만 더 침대 위에 걸쳐놓으면 침대째 불 싸질러 버리겠다는 엄마의 협박을 듣지 않아도 되는 내 침대가 생길 때나 가능한 것이다.

자! 독립을 했고, 이젠 옷가지를 맘대로 벗어놓을 수 있는 내 침대도 생겼다. 그리고 더불어 호텔이나 모텔을 더 이상 전전하지 않아도 된다. 그런데 여기서 생각지도 못한 문제가 발생한다. 하루 이틀 와서 자고 가기 시작하던 남자친구의 물건이 점점 내 집 안 구석구석을 차지하더니만 어느 날 문득 정신을 차리고 보니 거의 동거를 하고 있는 꼴이 된다는 것이다. 영악한 누구들처럼 동거 계약서를 쓴 것도 아니고, 그렇다고 '자아, 오늘부터 우리는 동거에 돌입하는 거야'라는 말도 없었지만 여하튼 그는 일주일 전에도 내 옆에 있었고, 오늘 눈떠도 내 옆에 있고, 내일 아침에도 변함이 없을 거라는 사실을 문득 깨닫게 되는 것이다.

합의하에 계약서까지 교환한 동거이건, 아니면 저렇게 어영부영 시작된 동거이건 동거는 동거다. 결혼을 하지 않은 남녀가 한 공간에서 사는 것, 그렇다고 룸메이트라 우길 수도 없는 사랑하는 혹은 사귀고 있는 사람들이 한 공간에서 생활을 하면 동거가 되는 거다.

연애 상담을 하면서 제일 많이 받았던 질문 중 하나가 동거에 관한 것이었다. 질문자의 대부분은 동거를 하고 싶지만 사회적 시선이나 동거가 깨어질 경우의 뒷 문제들 때문에 망설이고 있었다.

사실 동거를 바라보는 시선은 곱지 않다. 한때 동거를 했던 내 지인은 주변에서 오히려 신혼부부로 봐주면 고마울 정도라고 했다. 결혼도 하지 않은 여성이 아줌마로 보이는 것에는 다들 질색하지만 동거를 하면 달라진다. 아줌마로 보는 것에 너그러워지다 못해 동거 중인 여자보다는 차라리 결혼한 여자, 즉 기혼녀로 봐주길 바란다.

동거는 득과 실이 분명하다. 득은 우선 무엇보다도 사랑하는 사람과 24시간 함께 있을 수 있다는 것이다. 밤 12시에 헤어졌으면서도 새벽 3시까지 전화통을 붙들고 닭살스런 대화를 주고받는 연인들은 아마 전화를 끊은 이후에도 늘 함께하고 싶을 것이다. 하지만 동거를 하지 않는 한 그런 일은 불가능하다.

또 한 가지는 만약 결혼을 생각하는 사이라면 결혼을 해보기 전에 결혼생활의 데모 버전을 실행시켜 볼 수 있다는 것이다. 한번 예식장에 들어서면 갈라서는 게 좀처럼 쉽지 않은 결혼과 달리 동거는 문제가 생기면 언제든 끝낼 수 있다. 평생을 함께 살 사람이라면 적어도 한 달 정도는 같이 지내봐야 한다는 것에는 나 역시 동의한다. 그게 결혼해서 몇 달 만에 성격 차이 운운하며 이혼 서류에 도장을 찍는 것보다는 훨씬 현명한 일일 테니까 말이다.

하지만 단점도 분명 존재한다. 사랑은 깊으면 반드시 그 흔적을 남기게 되어 있다. 더구나 동거를 통해 서로의 생활 속에 침투해 버린 사랑이라면 더욱더 그렇다. 소문을 이야기하는 것은 아니다(물론 소문이 나도 큰 문제다. 비혼 남녀에게 동거 경력은 결코 좋은 이력이 될 수 없다). 내가 말하는 흔적은 어디까지나 마음과 머리에 남는 흔적이다. 누군가와 살아버린 경험은 누군가와 사랑한 경험과는 비할 바가 아니다. 평소에는 지지고 볶더라도 가족으로 엮인 사람들은 위기가 닥치면 강한 결속력을 보여준다. 그건 피로 묶여 있기 때문이기도 하겠지만 한편으로는 일상을 함께했기 때문일 것이다. 서로 볼 거 못 볼 거 다 본 사이를 우리는 가족이라고 부른다. 화장실에서 큰일을 보다가 휴지가 똑 떨어졌을 때 '누구야, 휴지 조옴!' 하며 부를 수 있는 사이. 집으로 돌아가는 길에 문득 구수한 통닭 냄새를 맡으면 한 마리 사 가서 같이 먹어야겠다는 생각이 드는 사이. 다시는 안 볼 듯이 싸우다가도 아침이면 모여 앉아 묵묵히 수저를 드는 사이. 그런 사이가 바로 가족 사이이다. 사람이 이런 걸 한 지붕 아래에서 함께해 버리면 영원히 지워지지 않는 흔적이 남아버린다. 그리고 그건 어떤 새로운 사랑을 만난다 하더라도 지워지거나 희미해지지 않는다. 이런 흔적에 대한 각오 없이 동거를 시작한다면 그건 정말 어리석은 짓이다.

누군가 나에게 동거를 찬성하느냐 반대하느냐고 묻는다면 나는 좀 애매한 대답이지만 찬성하기도 하고 반대하기도 한다고 말하겠다. 동거 끝에 서로 합의에 의해 결혼까지 간다면, 그도 아니면 결혼식은 안 올렸지만 부부나 다름없이 계속 함께 살면 좋겠지만 그렇지 않을 경우 우린 이혼 서류에 도장만 찍지 않을 뿐인 모의 결혼생활을 끝내야 한다. 그러나 이건 결혼해서 한 이혼 못지않은 상처와 고통을 남긴다. 다만 이혼에 비해 남들에게 그만큼 대외적으로 알려지지 않을 뿐.

동거를 하건 하지 않건 그건 어디까지나 스스로가 결정할 문제다. 다만, 동거가 단지 서로 집에 보내는 아쉬움을 해결하는 수단으로만 여겨진다면 그건 다시 생각해 볼 문제다. 그리고 다들 알다시피 동거 사실이 들통 나는 최악의 경우 아직까지 대한민국에서는 무조건, 절대적으로, 100% 여자가 훨씬 더 불리하다. 결혼만큼은 아니겠지만 그에 준하는 정도의 고민. 적어도 동거를 하겠다면 그 정도의 고민은 충분히 해볼 필요가 있다.

동거는 목적이 되어야지 수단이 되어서는 안 된다. 그리고 당연한 얘기겠지만 동거를 시작하기 전에 가장 먼저 고려되어야 할 것은 내가 이 사람과 동거를 할 정도로 깊이 사랑하는가 하는 것이다.

이 외에도 서로 동거를 결심했다면 충분한 대화를 나누고 앞날을 미리 예상해서 여러 가지 플랜을 짜두라는 당부를 하고 싶다. 이런 연인들이 헤어지게 되면 각자 삶의 공간이 있던 연인과 헤어지는 것과는 비교가 되지 않을 정도로 복잡한 문제들이 생길 수 있으니까. 또 살아가는 동안에도 여러 가지 수칙이랄지 기준이라는 것이 명확하지 않으면 매우 힘든 동거 생활이 될 가능성이 있다. 생활을 함께한다는 것은 사랑하는 마음 하나만으로는 되지 않는다는 것을 명심하자.

낙태에 관한 불편한 진실

낙태(落胎). 말 그대로 뱃속에 있는 태아를 강제적으로 사산시키는 것이다. 임신중절 혹은 소파수술이라고도 하고 흔하게는 '애를 지웠다' 라고도 표현한다. 현재 대한민국의 많은 가임 여성들은 비혼, 기혼을 막론하고 여러 가지 이유로 낙태를 하고 있으며, 그 비용은 병원에 따라 차이가 있겠지만 약 50만 원 선이다.

낙태 수술 자체는 그다지 오랜 시간이 걸리지 않는다. 마취를 한 후 자궁 속의 태아를 흡입기로 빨아들이는 것은 이삼십 분 정도면 끝이 난다. 만약 태아가 흡입기로 빨아들이기 어려울 만큼 자라 있으면 아이를 절단한 후 흡입기로 빨아들인다. 마취가 풀리고 영양주사를 맞는 데 걸리는 시간이 한 시간 정도임을 감안할 때, 길게 잡아야 두 시간 정도면 뱃속의 태아는 '영원히' 사라진다. 낙태 후 염증을 예방하는 약을 먹다가 3일 정도 지났을 때 한 번 더 병원에 가서 의사가 '완전한' 시술이 이루어졌는지 확인하면 모든 과정은 끝이 난다. 완전한 시술이라 함은 자궁 속에 태아의 신체 일부가 남아 있거나 자궁 내 출혈

이 일어나지 않는 것을 말한다.

현재 낙태는 그 특성상 정확한 통계가 나와 있지 않지만 많은 전문가들이 한국 가임 여성의 약 40% 이상이 경험했을 것이라고 추측하고 있다. 그리고 이는 교통사고율, 교통사고 사망률, 성형수술 등등과 함께 세계 1위다. 솔직히 말하자면 나는 아직 낙태의 경험이 없다. 섹스를 할 때마다 매번 100% 완벽하게 안전한 피임이 이루어졌다고 장담할 수 없음에도 불구하고(참고로 콘돔은 98%의 확률이다) 그간 임신을 하지 않은 건 그야말로 천만다행이라고 생각한다. 그러나 나는 낙태에 대해 무척 잘 알고 있다. 위에서 설명한 보통의 낙태 수술을 했던 친구를 따라 병원에 간 것이 다섯 번, 위의 방법으로는 도저히 낙태가 불가능할 만큼 자란 태아 때문에 낙태 주사를 맞고 밤새도록 신음한 끝에 다음 날 아침 병원에 가서 사산한 아이를 출산하는 방법으로 낙태하는 것을 지켜본 것이 한 번이다. 그래서 그 누구보다도는 아니겠지만 누구 못지않게 낙태에 대해 잘 알고 있다. 다만 마취주사를 맞고 직접 수술대 위에 올라가 보지 않았을 뿐이다.

나는 여기서 낙태를 해야 하는지 혹은 말아야 하는지를 말하려는 것이 아니다. 이제부터 내가 낙태에 대해 애기하려는 것은 '그녀' 들이 아닌 '그들' 에 관해서다. 동정녀 마리아가 아닌 이상 자기 혼자 임신을 하고 또 낙태를 해야 하는 상황에 처한 여자들은 아무도 없을 것이다. 거기에는 분명 '그들' 이 있다. 그들을 가해자라 부르건, 곧 세상에서 사라질 운명을 가진 태아의 아빠라 부르건, 혹은 애인이나 남자친구, 남편 등등으로 부르건 간에 말이다.

내가 경험했던 여섯 번의 동행은 세 곳의 병원에서 이루어졌다. 나는 그때 내 지인이 아닌, 낙태를 하러 온 다른 여성들을 수도 없이 많이 봤다. 그때 가장 많이 본 광경은 친구인지 언니인지 동생인지는 모르겠지만 아무튼 여자와 여자가 낙태를 하러 온 경우다. 한 사람은 수술을 받기 위해, 또 한 사람은 보호자 자격으로 말이다. 그러니까 소위 낙태를 하도록 한 절반의 책임을 진 남자가 동행하는 경우는 그다지 많이 보지 못했다는 것이다.

그렇다면 한번 생각해 보자. 언니나 친구나 동생이 임신을 하게 만든 것도 아닐 텐데 왜 여자들은 같은 여자의 손을 잡고 낙태를 하러 갈 수밖에 없을까? 답은 '그들'이 동행을 원하지 않았기 때문이다. 물론 그들은 같이 가기 싫다고 뻔뻔하게 말하지는 않았을 것이다. 아마도 갖은 핑계를 대며 가지 못할 필연적인 사연들을 나열했을 것이다.

위에서 말했다시피 낙태는 단지 수술로서의 측면으로 보자면 비교적 간단한 수술에 속한다. 하지만 낙태술은 생명을 구한다는 의료 본연의 목적에 반하는 것이므로 드러내놓고 발전을 하지 못했다. 의사들은 순전히 감으로 수술을 하며, 수술 도구 또한 지난 몇십 년간 아무런 기술적 진보를 이루지 못했다. 그러니까 이 수술은 비록 간단히 끝나기는 하지만 의사의 실수나 기타 수술 기구 등의 문제로 자궁천공이나 (자궁에 구멍이 뚫리는 것) 사산된 태아의 일부가 자궁에 남아 염증을 일으키는 등 수많은 위험을 내포하고 있다. 즉 이 간단한 수술을 받다가 다시는 임신하지 못하게 되는 것은 물론 심하게는 생명을 잃는 경우도 있다는 것이다. 남자와 섹스 후 원치 않은 임신을 하게 되면 여자들은 심적 고통 이외에도 이런 물리적이고 현실적인 위험까지도 함께 떠안아야 하는 것이다.

자, 이래도 당신들은 감히 그녀와 함께 병원에 가기가 창피하고 무섭고 바쁘다는 등등의 이유를 댈 것인가? 누군가는 당신과 함께 한 일의 결과 때문에 목숨을 잃을 수도 있는데 말이다(낙태 수술 자체의 위험뿐만이 아니라 모든 전신마취 수술은 최악의 경우 늘 환자 사망의 위험을 안고 있다).

내가 동행한 여섯 번의 경우 역시 당연하지만 모두 남자친구 혹은 애인이라는 이들이 함께 가지 않았다. 그녀들 중 거의 대부분은 낙태 후 남자와 헤어졌다. 이유야 여러 가지가 있었겠지만, 침대에서는 같이 즐겼으면서 그 결과에 대해서는 잔인할 만큼 무책임했던 그들의 태도에 중대한 원인이 있었을 것이라 믿어 의심치 않는다.

최악의 케이스는 연락두절이었다. 심지어 내가 그의 핸드폰으로 지금 여자친구가 수술을 하고 있으니 빨리 연락을 하기 바란다는 내용의 문자를 보냈어도 묵묵부답이었다. 그는 여자가 임신했다는 사실을 알자마자 잠수를 탔고, 정말 치사하게 병원비마저도 여자의 몫으로 떠넘겼다. 그때 나는 그런 남자에게는 짐승을 빗대어 욕하는 것마저 너무 과분하다고 생각했다.

여자들은 임신을 하면 우선 낳을지 말지를 가장 먼저 고민하게 된다. 이때 그 해답은 남자가 가진 경우가 대부분이다. 현실적으로 우리

나라에서 여자 혼자 아이를 키운다는 것은 당사자에게나 아이에게나 너무 힘든 일이다. 따라서 임신을 한 여성이 비혼인 경우 아이를 낳으려면 우선 남자친구의 동의 및 결혼 약속이라는 절대적인 협조가 필요하다. 만약 본인 스스로 아이를 낳고 싶지 않다는 결정을 이미 내렸다 하더라도 막상 남자에게서 애를 지우자는 말을 들으면 상처를 받게 된다. 말이나마 낳자고, 혹은 낳을 수 있는 방법이 없는지 잠시라도 고민하는 정도의 성의라도 보이길 바라는 것이다.

그래, 막말로 처녀가 임신을 한 게 자랑은 아니다. 그런 일은 미연에 방지하는 것이 아마 최상의 방법일 것이다. 한순간의 실수라고 하기에는 그에 따른 희생이 너무 크다. 하지만 이미 벌어진 일이라면 그게 자기 몸 하나 간수 못한 여자만의 잘못인 건가? 그래서 그 모든 짐을 여자 혼자 져야 마땅한 것인가? 생명을 없애는 주제에 참 말도 많다고 하겠지만 잘잘못을 가리자는 게 아니다. 벌어진 일을 어떻게 수습하고 해결할 것인지를 이야기하는 거다. 이 일은 여자와 남자 모두가 책임을 가지고 있다. 따라서 차후에 발생하는 모든 일들은 그 두 사람이 나누어 짊어져야 할 몫이라 생각한다.

물론 처음부터 그런 상황을 만들지 않는 게 제일 좋다는 것은 두말할 필요도 없다. 하지만 이미 벌어진 일이라면 우리 제발 같이 좀 책임을 지자. 아이를 낳는 것이건 낙태건 간에, 그 생명을 만든 양쪽 모두가 함께하는 것이 당연한 일이다. 수술은 어차피 여자 혼자 받아야 되고, 낙태는 나쁜 일이니까 남성인 당신은 쏙 빠져도 정말 괜찮은 일인가? 당신의 여자가 당신과 함께 만든 생명을 없애기 위해 낙태 수술을 받는 동안 당신은 뭘 했는가. 술을 마시며 하늘을 원망했는가? 아니면 이런 안 좋은 일들은 빨리 잊어버리고 새로운 삶을 살겠다고 각오했는가.

나와 섹스를 했고, 그 결과 원치 않은 임신을 하게 된 여자. 그리고 세상의 빛도 못 보고 사라져야 할 조그마한 생명체에게 당신이 할 수 있는 일은 딱 한 가지다. 이유 불문하고 같이 가줘라. 그리고 그 아픔도, 아픔의 극복도 함께해라. 창피하다고? 그걸 외면하는 당신의 얼굴은 더 창피하니 이제 정신 들 좀 차리시길 바란다. 분명한 건 당신에게도 절반의 책임이 있다는 사실이다. 단지 당신들이 그 절반의 책임을 여자에게 마저 짐 지웠을 뿐이다.

사실 낙태 자체를 옹호하는 것은 절대 아니다. 낙태는 다름 아닌 생명을 없애는 일이기 때문이다. 아무리 작은 수정란이라 하더라도 이미 모태의 자궁에 착상한 순간부터 생명은 가장 기본적인 권리인 생존권을 가진다고 생각한다. 하지만 여러 가지 이유로 아이를 낳아 기를 수 없다면 낙태는 어디까지나 최후의 결정이 되어야 할 것이다.

낙태 문제는 철저한 피임만이 최선이다. 월경 주기법 혹은 체외사정만으로는 절대 안전한 피임을 기대할 수 없다. 콘돔 혹은 경구 피임약 등 많은 피임법이 있으므로 자신의 상황에 맞게 사전에 잘 준비하자. 하지만 만약 무방비 상태로 성관계를 가졌다면 사후 피임약을 처방받아 복용해야 한다. 사후 피임약은 성관계 이후 24시간 이내에 복용하면 95%의 성공률을 기대할 수 있다고 한다.

피임은 남녀 모두가 똑같이 신경을 써야 하지만 실질적으로 여성이 더 많이 챙겨야 하는 것이 현실이다. 아이를 낳건 그렇지 않건 간에 어찌 되었건 이 모든 일은 결국 우리의 몸에서 일어날 것이기 때문이다.

얼마 전, 친한 선배 커플이 헤어졌다는 얘기를 들었다. 그들의 이별은 우리 사이에서 큰 이슈가 되었다. 그도 그럴 것이 그 커플은 유학 3년을 합치면 동거만 7년 차였고 올 봄에는 결혼을 할 예정이었다. 이미 동거를 시작할 때부터 양가 어른들의 허락이 있었고, 결혼이 아닌 동거를 했던 이유는 둘 다 당분간은 각자의 커리어를 쌓아야 했기 때문이었다. 이런 그들이 헤어졌으니 우리는 당연히 무언가 대단한 일이 있었을 거라고 짐작했다.

하지만 막상 선배를 만나서 들은 얘기는, 적어도 7년 동안 살았던 남자와 헤어지는 이유라고 보기에는 너무도 사소한 것투성이였다. 그래서 나는 말했다.

"겨우 그런 이유로 헤어지는 거야? 그렇게 오래 사귄 사람들이 그렇게 사소한 걸로?"

그러자 선배는 말했다.

"너 사소한 것도 7년 동안 쌓이면 그 무게가 얼마나 늘어나는지 모르지? 지금 생각하면 왜 7년 동안 그걸 견뎠는지 모르겠어.”

　물론 나는 그 사소함을 7년 동안 경험해 보지 못해서 그게 얼마만큼의 무게를 가지는지는 짐작할 수 없다. 하지만 일상은 사소함의 연속이라는 선배의 말은 공감이 갔다.

　“너 여자 화장품이 얼마나 비싼지 알지? 에센스 같은 경우는 코딱지만큼 들어 있어도 십 몇만 원에서 좋은 건 이삼십도 하잖니. 나도 한 번 쓸 때 두 방울, 이렇게 정해 놓고 아껴 쓰는데 말이야, 세상에, 어느 날 보니까 아직 화장품 할부금도 안 끝났는데 그게 바닥을 드러내는 거야. 알고 봤더니 그 인간이 세수하고 나서 얼굴에다 아주 로션 바르듯이 듬뿍 찍어 바르고 있더라고.”

　“선배, 그건 너무 치사스럽다. 에센스가 비싼 건 알겠는데, 그래도 그렇지, 그거 좀 같이 쓰는 게 뭐가 그렇게 큰일이야.”

　“끝까지 들어봐. 그래, 맞아. 치사스럽고 쪼잔 하지. 근데 그렇기 때문에 말은 못 하고 속에 쌓이는 거야. 한 번도 나는 내 화장품을 그가 쓴다는 사실에 대해서 열 받지 않았는데 그날은 정말이지 못 참겠더라고. 안 그래도 요즘 힘든 일이 있어서 돈 걱정을 하고 있었거든. 근데 진짜 문제는 비싼 에센스를 그가 팍팍 썼다는 사실이 아니야. 난 남자가 자기 화장품 놔두고도 뭐 좋은 거 없나 싶어서 여자 화장품을 기웃거린다는 사실이 싫어. 그 인간 얼굴 알잖아, 좀 까만 거. 근데 하루는 보니까 그 얼굴에 내 BB크림을 발라서는, 세상에, 얼굴만 하얗게 동동 떠서 다니는 거야. 진짜 꼴 보기 싫더라.”

생각해 보니 나도 남자가 BB크림을 발라서 얼굴만 하얗게 동동 떠다닌다면 그건 좀 싫을 것 같았다. 그리고 선배가 말하는, 나도 아껴 쓰는 비싼 화장품을 푹 덜어서 바른 게 싫은 게 아니라 남자가 그렇게 얼굴에 신경을 쓴다는 것이, 그게 티가 난다는 것이 싫을 것 같았다. 뭐 세상이 변해서 남자들 화장품도 스킨, 로션에서 에센스나 아이크림까지 여자들의 그것만큼이나 세분화되어 있고 피부과에서 관리 받는 게 하나도 이상하지 않은 세상이 되기는 했지만 말이다.

"그가 집안일을 도와주기는 해. 유학할 때도 서로 바빴으니까 내가 밥하면 자긴 설거지하고, 내가 청소기를 밀면 자긴 걸레를 들고 닦았어. 근데 한국에 오니까 달라지는 거야. 여전히 도와주기는 하는데, 뭐랄까, 이게 가사분담을 공동으로 하는 느낌이 아니라 내 할 일을 그에게 부탁하는 형국이 되었어. 그래서 나는 시키면서 미안해 하고 그는 해주면서 생색을 내는 거지.

그리고 문제는, 도와주는 건 고사하고라도 나는 그 사람이 자기 일은 자기가 좀 알아서 했으면 좋겠어. 이를테면, 왜 세탁소에 맡긴 와이셔츠 있잖아. 아침마다 그걸 갈아입는데, 세탁소 비닐이랑 바코드 달린 종이를 항상 땅바닥에 그냥 떨어뜨려 놓고 가. 자기가 혼자 끓여 먹은 라면 그릇 정도는 씻어놔야 되는데 그걸 항상 식탁 위에 그냥 놔둬. 그러면 뭐야, 결국 그건 내가 해야 되는 일이 되어버리는 거잖아. 하루 종일은 아니지만 같이 피곤하게 일하고 와서 그 사람이 어질러놓거나 정리해 놓지 않은 걸 주섬주섬 치우다가 보면 난 꼭 그 사람의 그림자

같은 생각이 들어.”

　물론 세상에는, 아니 특히 대한민국에는 손 하나 까딱하지 않는 남자들이 많다. 그들은 여자를 수족처럼 부리려고 한다. 양말을 뒤집어서 아무 곳에나 놓고 물 한 잔도 자신의 손으로 떠다 먹지 않는다. 하지만 이런 남자들과 비교해서 그나마 부탁해서 하는 거긴 하지만 가사를 도와주기도 하니까 그걸로 충분하지 않느냐는 말을 나는 그 선배에게 할 수 없었다. 만약 내가 누군가의 그림자처럼 따라다니면서 그 사람이 했으면 손대지 않아도 될 일을 하고 있다면 어떨까? 평생 그렇게 살아야 한다면 나는 그 선택을 기꺼이 할 수 있을까?

　“그리고 무엇보다도 싫은 건 도무지 작은 걸 아낄 줄을 모른다는 거야. 외출할 때 불을 켜놓고 가고, 쓰지도 않는 컴퓨터를 항상 켜놔. 집에 오면 보지도 않을 거면서 TV를 켜고, 양치할 때는 항상 물을 틀어놓고 해. 내가 그다지 알뜰살뜰한 살림꾼은 아니지만 그래도 난 낭비는 싫어. 돈을 쓸 곳에다 제대로 써야지 왜 그렇게 아무짝에도 쓸모없는 낭비를 하는지 모르겠어.

　그리고 한 번 말해서는 어지간하면 그걸 들어주질 않아. 예를 들어 내가 아침에 출근하면서 오늘은 한가한 그에게 뭔가를 부탁해 놓으면 어김없이 안 해놔. 깜빡했다는 거야. 늘 깜빡해. 그게 무슨 일이건 간에 언제나 사람을 두 번, 세 번 부탁하게 만들어.

　거기다 뭔가를 물으면 절대 한 번에 대답을 안 해. 그것도 꼭 두 번씩 묻거나 내가 화를 내야 대답을 해. 정 대답하기 싫다면 말하기 싫다는 말이라도 해야 하는 거 아니야? 근데 싸울 때도 아니면서 왜 아예 아무 말 안 하는 걸로 사람 말을 무시하느냐고. 그거 정말 모욕적이야."

선배는 말했다. 지금 자기가 그런 선택을 한 건 지난 7년의 세월과 정이 아까워서 남은 70년을 그러고 살 수는 없다는 판단을 내렸기 때문이라고. 나중에 자신의 선택과 살아온 세월을 뼈저리게 후회하면서 갈라서는 것보다는 지금, 그래도 7년 동안 행복했고, 그나마 서로의 행복을 빌어줄 수 있을 때 그만 하는 게 낫겠다 싶더라고.

솔직히 나는 7년 동안 한 남자와 함께 산다는 게 어떤 일인지 잘 알지 못한다. 내가 사귄 남자들은 길어야 이삼 년이었고 그나마 각자의 집에서 살면서 연애를 했을 뿐이다. 가끔 집에 들어가기 싫으면 그의 집에서 뭉개기도 하고 그 역시도 그랬지만 그래도 그건 일상이 아닌 일탈이었을 뿐이다.

어쩌면 누군가와 헤어지는 일이 우리가 생각하는 것처럼 그렇게 거창한 이유가 필요한 게 아닌지도 모른다. 이 정도면 거의 이혼에 육박한다 싶은 선배네 커플도 나열하면 치사스럽고 좀스러운 일로 헤어지는 것이다. 〈사랑과 전쟁〉에 나오는 것처럼 상대 배우자의 말도 안 되는 잘못, 혹은 명백하고도 돌이킬 수 없는 실수 같은 게 아니라 말이다.

생각해 보면 나 역시 수많은 사소한 이유로 누군가와 헤어졌다. 처음에는 장점이었던 것이 점점 시간이 지날수록 단점인 경우도 있었으며, 처음에는 아무렇지 않던 일들이 세월의 무게를 등에 업고 견딜 수 없이 나를 짓누르기도 했다. 그리고 나 역시도 누군가에게 그랬을 것이다.

그 모든 치명적인 단점, 그리고 견딜 수 없는 모든 것들을 참아내며 오래오래 함께 사는 건 역시 착한 남자, 착한 여자들만 할 수 있는 걸까? 우리는 그것을 참느니 차라리 헤어지는 쪽을 택하는 나쁜 여자들이므로, 이제 우리에게 그럴 수 있는 가능성은 '없다' 라고 단정 지어야 하는 걸까? 완벽하지는 않더라도 함께 맞춰 나가며 노력해 나갈 수 있는 남자를 만나는 일은 좀처럼 오지 않는 행운인가 보다.

사랑을 하게 되는 이유도 어떻게 보면 사소한 것들이다. 그가 웃는 모습이 너무 보기 좋았다든지 혹은 말할 때 조금씩 보이는 덧니가 그렇게 귀여울 수 없다든지. 마찬가지로 우리가 누군가와 헤어지는 것을 결심하게 될 때도 사소한 일들 때문일 경우가 많다. 누군가는 사소한 것들을 견디지 못하게 되면 곧 그 사람의 전부를 견디지 못하게 된다고도 하던데……. 아마 선배는 그렇게 되기 전에 힘든 결심을 한 것이 아닌가 싶다.

그때 그 사람

며칠 전 새벽, 원고를 쓰는데 비가 왔다. 빗소리를 듣고 있자니 어떤 냄새가 기억났다. 그 냄새는 갈치조림 냄새였다.

아주 오래전 무척 다니기 싫은 회사를 다닌 적이 있었다. 일을 하는 이유는 딱 하나였다. 오로지 밥벌이 때문이었다. 아무 흥미도 없고 하고 싶지도 않은 일을 그저 내 입에 밥을 넣기 위해 다닌다고 생각하니 늘 우울했다. 하루에 열두 번도 더 때려치우고 싶었고 차라리 돈 없이 살더라도 하고 싶지 않은 일을 하지 않고 사는 게 더 행복한 게 아닐까 하는 생각을 했었다. 하지만 월급날이 되면 또 한 달을 버티게 되었다.

그때 내가 그나마 웃을 수 있는 순간이 있었다면 남자친구였던 K 덕분이었다. 사실 K도 나도 참 가난했다. 남들처럼 밖에서 데이트할 돈이 없을 정도로.

K는 평범한 회사원이었지만 사업을 크게 하는 친구의 빚보증을 잘못 서는 바람에 도저히 자신의 월급으로는 빚을 감당할 수가 없어서 보험외판원을 하고 있었더랬다. 적성에 맞지 않았지만 어찌 되었건 엄

청난 빚 앞에서는 못 할 일이 없었다. 그는 꽤 많은 보험실적을 올리고 수당도 많이 받았지만 늘 가난했다. 돈은 들어오기가 무섭게 이자와 원금으로 빠져나갔다.

K와 나는 늘 집 안에서만 지냈다. 그의 집이 되었건 내 집이 되었건, 커피를 마시건 밥을 먹건 술을 마시건 우리는 집 밖으로 나가본 적이 없었다. 돈이 없는 우리에겐 한 푼이 아쉬웠고, 그나마 좋아하는 음식도 마음껏 해 먹을 형편이 되지 않았더랬다. 그때 K와 내가 제일 좋아하는 음식은 갈치조림이었다. 하지만 갈치는 우리가 자주 먹기에는 너무 비쌌다. 그래서 원칙을 정했다. 비가 오는 주말이면 갈치조림을 해 먹자고. 그래서 주말에 비가 오면 우리는 함께 우산을 쓰고 시장에 나가 갈치를 사 와서는 갈치조림을 해 먹었다.

갈치조림을 만드는 건 그의 몫이었다. 그는 혼자 자취 생활을 오래 해서인지 어지간한 요리는 거의 다 할 줄 알았다. 그가 갈치조림을 만드는 동안 나는 방에서 기다리다가 깜빡 잠이 들곤 했다. 갈치조림은 시간이 좀 걸리는 요리였고 그때의 나는 늘 잠이 모자랐다. 한참을 달게 자다가 보면 문득 갈치조림 냄새가 궁극에 달할 때가 있었다. 그렇게 잠에서 깨어나면 내 앞에는 맛있는 갈치조림과 김이 모락모락 나는 하얀 쌀밥이 차려졌다. 소주 한 병을 반주 삼아 먹는 갈치조림은 세상에서 제일 맛있었다.

기억 중에서 참 오래가는 것이 냄새다. 그래서 나는 그와 헤어진 후 지금까지 단 한 번도 갈치조림을 해 먹지 않았다. 그렇지만 비가 오면 어디선가 자꾸 갈치조림 냄새가 난다. 방문을 열면 상 위에 갈치조림이 차려져 있고 그가 웃는 얼굴로 '다 됐다, 먹자' 라고 할 것만 같았다.

헤어지기 얼마 전, 그는 나에게 백화점으로 오라고 했다. 그리고 생전 쳐다보지 않던 비싼 매장에서 시계도 사주고 옷도 사줬다. 나는 그게 마지막인지도 모르고 그에게 어디서 눈 먼 돈이라도 굴러 들어온 거냐면서 좋아했더랬다. 그때 그가 사준 시계와 옷은 아직도 내 집에 그대로 있다. 옷은 유행이 지나버렸고, 시계는 시곗줄이 너무 낡아서 떨어졌다. 그래도 나는 그걸 버릴 수가 없었다. 살면서 몇 번이나 이사를 했고 또 짐정리를 했지만 언제나 그것들은 마지막 순간에 쓰레기통에서 다시 원래의 자리로 돌아갔다.

그는 자신도 형편이 어려웠지만 나를 많이 도와줬다. 사람은 가난할수록 저축을 해야 한다면서 내가 저금을 할 수 있도록 자잘한 돈들은 자기가 대신 해결해 줬다. 자기 생필품을 사면서 꼭 내 것까지 샀고, 월말이면 한 달 치 토큰을 사서 주기도 했다. 그때 나는 그와 지내면서 내 생전 처음으로 2천만 원이라는 큰돈을 모았다. 둘이 따로따로 나가는 방세가 아까워서 집을 합치자고 했을 때 그가 말했다. 동거는 여자한테는 안 좋다고. 그냥 돈 아까워도 이대로 지내자고. 그때는 몰랐다. 그가 나를 얼마나 생각해 주었는지를 말이다.

우리가 헤어진 건 지금 생각해도 이유를 모르겠다. 그냥 어쩌다 보니 그렇게 되었다. 그가 나를 떠난 것도, 그렇다고 내가 그를 떠난 것도 아니었다. 다만 우리는 마지막으로 본 날, 그게 마지막인 줄 알 뿐이었다. 택시를 타고 먼저 돌아오는데 뒤를 돌아보니 그가 얼굴을 일그러뜨리면서 울고 있었다. 나도 택시 안에서 내내 울었다. 그때 내가 택시에서 내려 그에게 다시 돌아갔더라면, 그랬더라면 우리는 헤어지지 않았을까?

심수봉 노래 중에 〈그때 그 사람〉이라는 노래가 있다. 비가 오면 생각나는 그 사람. 언제나 말이 없던 그 사람······.

나에게 있어 비가 오면 생각나는 그 사람은 K이다. 말이 없던 사람은 아니었지만 대신 갈치조림을 참 맛있게 잘하는 사람이었다. 내가 갈치조림에 들어가는 무를 좋아한다고 갈치조림에 무를 엄청 때려 넣고 끓여주던 사람이었다. 이제 나에게 갈치는 굽는 것 이외에 다른 조리법은 존재하지 않는 재료가 되어버렸지만 그래도 갈치조림이 어떤 맛이었는지, 또 갈치조림이 다 되어갈 때 즈음 어떤 냄새를 풍기는지는 너무 선명하게 기억이 난다.

들리는 말에 의하면 그는 이제 한 여자의 남편, 그리고 한 아이의 아빠가 되었다고 한다. 참 알뜰하고 착했던 사람이니 아마 그는 행복하게 잘 살고 있을 것이다. 오래 사랑했던 사람이라서 살다가 한 번쯤은 마주치기를 바라는 마음이 없는 건 아니지만 그는 그의 자리에서, 또 나는 내 자리에서 각자 열심히 살아가는 것이 우리의 지난 사랑에 대한 예의라고 생각한다. 그때 우리는 너무 가난하고 힘들었지만 돌이켜보면 내 20대에 가장 행복한 시간들이 아니었나 싶다.

당신에게 보내는 편지

당신…… 혹시 이 순간, 혹은 그 어떤 순간이라도 우주에 혼자 있는 것 같은 외로움을 느끼신 적이 있는지. 글쎄, 외로움이라고 표현하면 너무 가볍고 흔해 빠진 센티멘털로 느껴지나요? 그래도 할 수 없습니다. 저는 그렇게 흔해 빠지고 가벼운 인간이거든요.

아무튼 생명체건 무생물체건 간에 그 어느 것과도 내가 닿아 있지 않은 느낌, 그런 느낌을 한 번이라도 받은 적이 있으신가요? 그렇다면 우리는 일단 닮았군요. 왜냐하면 저는 꽤 자주 그렇거든요.

어쩌면 당신은 저라는 인간이 살면서 몇 번이나 사랑을 했는지 궁금할 수도 있을 것입니다. 솔직히 말하자면 저는 잘 모르겠습니다. 세어본 적이 없기도 하지만 무엇보다 어디까지를 사랑으로, 또 어디까지를 사랑이 아닌 것으로 구분해야 하는지 모르겠거든요. 그래도 분명 사랑한 순간들이 있었습니다. 그리고 가능하다면 제가 살아 있는 그날까지 영원히 사랑하거나 사랑을 꿈꾸면서 살고 싶습니다.

당신은 어떤 음식을 좋아하시는지요. 저는 밥 먹는 걸 좋아합니다.

요리라고 하기에는 조금 초라한, 그래서 딱 밥반찬인 음식들을 만들어서 먹는 걸 좋아합니다. 저는 흰 쌀밥을 좋아해요. 아무것도 섞이지 않은 하얗고 윤기가 흐르는 쌀밥 말입니다.

당신이 밥을, 음식을 좋아하면 좋겠습니다. 그래서 굳이 맛집 같은 걸 찾아다니지는 않는다 하더라도 맛있는 밥을, 음식을 함께 먹으러 다니면 좋겠습니다.

당신은 쉴 때 뭘 하시는지요. 저는 주로 영화를 보거나 책을 봅니다. 한때는 좀 창피했더랬습니다. 취미란에 무언가를 적어야 할 때마다 독서, 영화감상이라는 구태의연한 것만 적을 수밖에 없는 제가 참 멋없는 인간처럼 생각되었거든요. 하지만 이 나이가 되고 나니 그런 것을 적는다면 마땅히 적을 것이 없어 임시방편으로 적는 것이 아닌, 진짜 좋아하니까 적을 수 있다는 것을 알게 되었습니다.

당신이 운동을 좋아하신다면 조금 난감할 것 같습니다. 왜냐하면 저는 운동을 절대라고 말할 정도로 하지 않거든요. 아, 그렇다고 해서 몸을 움직이는 것 자체를 싫어하는 인간은 아닙니다. 다만 결과물이 오직 체중 감량과 근육 양의 증가에 있는 땀을 빼는 일들을 좋아하지 않을 뿐입니다. 당신이 정 저와 함께 운동을 하고 싶으시다면 저는 걷기를 추천하고 싶습니다. 제가 걷는 건 좀 좋아하거든요.

당신은 어떤 색을 좋아하세요? 저는 좋아하는 색이 자주 바뀝니다. 아주 어릴 땐 빨간색을 좋아했는데요, 이유는 모르겠지만 그게 좀 부끄럽게 느껴졌습니다. 노란색 같은 걸 좋아하면 좀 더 근사해 보인다고 생각했나 봅니다. 그 다음에는 흰색을 좋아했고요, 다음으로는 파란색, 그 다음으로는 보라색, 그리고 지금은 거의 모든 색들을 다 좋아합니다. 어디에 어떻게 쓰이느냐에 따라서 색들은 다 제각각 매력이 있더라고요. 그렇지만 당신이 검은색을 좋아하지는 말았으면 좋겠습니다. 세련된 색이기는 한데요, 너무 어둡고 차가워서요. 당신이 그렇게 엄격하고 딱딱한 사람은 아니었으면 좋겠습니다.

당신, 혹시 귀걸이를 하시나요? 전요, 좀 촌스러운 구석이 있어서 아직도 남자가 액세서리를 하는 것에 약간은 거부감을 느낍니다. 커프스링크라든지 넥타이 핀, 혹은 시계 같은 건 괜찮지만 반지나 팔찌, 목걸이, 귀걸이는 싫어합니다. 좀 더 말하자면 남자가 머리를 길러서 묶거나 머리띠를 하는 것도 별로 안 좋아합니다. 그런 걸 하고 다니는 사람에게 편견을 갖고 있는 건 아니지만 적어도 내 남자는 그러지 말았으면 하는 욕심 같은 게 있습니다. 그러니까 이건 남자들이 머리 긴 여자를 좋아한다든지 아니면 치마를 예쁘게 소화하는 여자를 좋아하는 것하고 약간 비슷합니다.

이왕 치장에 대한 얘기가 나왔으니 좀 더 해볼까 합니다. 저는 당신이 어지간하면 스키니 진은 입지 않는 사람이면 좋겠습니다. 그 딱 붙는 청바지를 입고 있는 남자를 보면 패셔너블하게 보이긴 해도 사랑스럽진 않거든요. 그리고 이왕이면 안경을 꼈으면 좋겠어요. 안경 낀 남자를 좋아하거든요. 하지만 금속테나 무테가 아닌 뿔테면 좋겠습니다. 꼭 커피 광고 모델이 쓸 듯한 그런 부드러운 뿔테 말이에요. 앞이 뾰족

한 구두도 신지 않으시면 좋겠습니다.

　제가 너무 까탈스러운가요? 하지만 이 모든 건 그냥 바람이지 절대적인 것은 아닙니다. 어쩌면 저는 당신이 좋다고 하면, 또 당신이 왜 그걸 좋아하는지 제게 조곤조곤 얘기를 해준다면 충분히 받아들일 것입니다. 긴 생머리를 좋아하는 남자가 짧은 커트 머리를 한 여자를 만나지 않는 건 아니듯 저도 그러니까요.

　아까 책 얘기가 잠시 나왔는데요, 저는 당신이 책을 좋아하면 좋겠습니다. 그래서 제가 읽어보지 못한, 혹은 미처 발견해 내지 못한 책들을 '이거 읽어볼래?' 하고 선물해 주신다면 너무 좋을 것 같습니다. 책을 좋아하지만 이 세상의 모든 책들을 다 알 수는 없기 때문에 혹시 제가 놓친 책들을 그런 식으로 당신이 제게 일깨워주신다면 정말이지 생각만 해도 행복합니다. 영화도 그러면 좋겠네요.

　아, 영화 하니까 생각이 납니다. 언젠가 제 지인이 먼 곳에 떨어진 연인과 함께 영화 보는 법을 알려줬습니다. 둘이 똑같은 영화를 빌린 다음 전화 통화를 하면서 하나, 둘, 셋에 맞춰 플레이 버튼을 누르고 잠시 전화를 끊고 영화를 감상한 다음 영화가 끝나면 다시 전화를 하는 겁니다. 어때요? 근사하지 않나요? 전 이걸 무척이나 해보고 싶었는데 아직 한 번도 못 해봤습니다. 이 얘기를 들은 것이 20대 초반이었는데 말입니다. 그동안 기회가 없었던 것도 까먹고 있었던 것도 아니었지만 어쩐지 이건 정말 그러고 싶은 사람과 해야겠다는 생각이 들었거든요. 이쯤에서 당신을 위해 아껴둔 이벤트라고 말하면 너무 닭살스러울까요?

밤에 자면서 꿈은 자주 꾸시나요? 저는 거의 매일 꿉니다. 그것도 하나가 아닌 꼭 두셋씩 꿉니다. 꿈을 흑백으로 꾸는 사람들이 좀 더 많다던데 저는 아직까지 컬러로 된 꿈밖에는 꿔보지 못했습니다. 흑백 꿈은 어떤 느낌인지 정말 궁금합니다.

한 가지 부탁이 있습니다. 당신, 내 앞에서 옷을 갈아입지 않으셨으면 합니다. 그리고 제가 옷을 갈아입을 때는 당신도 보지 않으셨으면 좋겠습니다. 왜냐하면 옷을 갈아입는 건 너무나 개인적인 일이라고 생각하기 때문입니다. 그 지극히 사적인 시간과 공간을 서로 지켜주면 좋겠습니다. 제 친구 중 한 명은 남자친구 앞에서 화장실 문을 열어둔 채 볼일도 본다던데 솔직히 저는 이해할 수 없습니다. 편하고 익숙한 것은 좋지만, 그래도 제게 그런 것들은 혼자서만 해결하고 혼자서만 아는 게 좋다고 생각합니다. 남에게 내 전부를 노출하는 것은 스스로에게도 또 남에게도 너무 태만한 것 같습니다.

오늘은 잠이 오지 않아서 혼자 술을 조금 마셨습니다.

그렇게 술을 마시고 나니 잠이 오기는커녕, 원래 잠을 잘 자려고 먹었는데 오히려 더 정신이 또랑또랑해졌습니다. 그래서 누워서 당신을 생각했습니다. 당신의 꿈과 당신의 희망, 슬픔, 분노, 기쁨, 행복.

그러다가 못내 이렇게 앉아서 당신에게 편지를 쓰게 되었습니다. 하지만 잘 알고 있습니다. 이 편지가 결코 당신에게 닿지는 않을 거란 걸 말입니다. 그렇지만 나는 당신을 생각하고 당신에게 편지를 쓰니다. 언젠가는 이 마음이, 이 순간이 우주를 떠돌다가 당신과 조우할 날이 있을 거라고 믿기 때문입니다. 비록 지금의 이 편지 그대로의 모습은 아니겠지만요.

당신. 아마 주무시고 계시겠지요? 아침형 인간이시라면 어쩌면 일어날 준비를 할지도 모르겠네요. 그렇지만 나는 당신이 지금 곤하게 자고 있으면 더 좋겠습니다. 자고 있는 당신을 향해 몰래 편지를 쓴다는 게 더 근사하잖아요.

당신. 편안하게, 계속 그렇게 주무시길 바랍니다. 그리고 아침에 해가 뜨고 나면, 그래서 세상이 움직일 때 당신도 함께 움직이며 하루를 시작하시기 바랍니다. 어디에서 어떤 일을 하며 어떤 모습으로 있건 당신과 나는 만나고 말 것이라는 믿음을 나는 계속 가지고 있겠습니다. 이 세상에서 불가능한 일이라 해도 나는 괜찮습니다. 믿음이라는 건 꼭 그대로 되어야만 하는 일은 아니니까요.

저도 이제 잠을 청해야겠습니다.

그럼 이만 안녕히…….

둘보다 하나가 행복한 이유

내가 결혼하지 않는 이유

아마도 이 제목을 보고 나면 우리 엄마는 예의 그 카랑카랑한 목소리로 말할 것이다.

'뭐? 못 가는 게 아니라 안 간다고? 니 나이에도 그게 가능하다고 생각하냐?'

엄마 입장에서는 백번 옳은 소리다. 엄마는 지금의 내 나이 때 내 손을 잡고 초등학교 운동장에 서서 학부형이 되었으니까. 엄마는 이제 더 이상 내 나이를 단지 그 자체로만 계산하지 않는다. 거기에는 있지도 않는 외손주가 초등학교 갈 때 내가 몇 살인지, 그 애가 대학을 들어갈 때 이미 나는 할머니가 되어 있다는 식의 새로운 계산법이 존재한다. 물론 이 모든 것은 내가 결혼을 해야만 가능한 얘기인데, 그것은 사귀는 남자가 없음에도 불구하고 '올해 안에 바로 결혼한다 치고'를 전제로 한다. 내 나이에는 결혼마저도 뒷전이 되어버리는 것이다. 왜냐하면 나는 아이를 낳을 수 있는, 혹은 낳아야만 하는 여자이기 때문이다.

기왕 아이 문제가 등장했으니 그 얘기부터 해보자. 나는 도저히 엄마가 될 자신이 없다. 내가 읽은 수많은 정신분석학과 철학 서적에는 세상에서 한 인간에게 가장 많은 영향을 미치는 것은 바로 엄마라고 입을 모아 말한다. 거기다 범죄학까지 들어가 버리면 그야말로 엄마가 아이를 범죄형 인간으로 키운 것이나 다름없다. 가끔 엄마와 싸우기도 하고 그다지 자랑할 만한 딸은 아니지만 그런 책을 볼 때만큼은 잠시나마 엄마에게 감사하게 된다. 적어도 나는 뒷골목에서 헤로인에 취해 해롱거리지도 않고, 돈이 떨어졌으니 오늘도 한 건 해볼까 하고 남의 집 앞을 어슬렁거리는 인간은 아니니까.

그렇지만 만약 내가 누군가의 엄마가 되면 어떻게 될까? 나는 정말이지 나에게 생명을 의탁한 인간을 잘 사랑하며(반드시 잘 사랑해야 한다. 왜냐하면 빗나간 사랑의 경우 그게 암만 사랑이라 하더라도 결국 인간을 망쳐놓으니까) 잘 키워낼 자신이 없다. 인간의 새끼는 모든 동물들 중에서 자립이 가장 느리다(경제적인 의미에서의 자립이 아니라 단지 생물학적인 의미에서의 자립을 말한다). 그렇게 긴 시간 동안 누군가의 생명을 책임진다는 일은 얼마나 큰 희생을 요구할 것인가. 거기다 그걸 그냥 의무감 같은 걸로 하는 게 아닌 사랑하는 마음으로 해야 하고, 가끔은 내 사랑이 제대로 된 사랑인지 수시로 체크하며 자괴감에 시달려야 할 것이다. 해보지도 않고 왜 미리 겁먹느냐고 말하겠지만 나는 내가 저 역할을 잘해 낼 것이라는 확신을 그 어디에서도 찾을 수 없다. 우리 엄마 말에 따르면 나는 내 한 몸도 잘 못 챙기는 어리버리한 인간이 아닌가 말이다.

그럼 결혼을 하고도 아이를 갖지 않는 딩크족으로 살면 되지 않겠느냐는 차선책도 존재한다. 하지만 그건 나 혼자만의 결정 사항은 아닐 것이다. 대한민국 땅에서 결혼한 여자가 혼자 애를 낳지 않겠다고 버티고, 나아가 그 계획이 실현될 확률은 극히 희박하다. 어찌어찌해서 남편의 동의를 얻는 데까진 성공한다 해도 시댁이나 집안 어른들은 어쩔 것인가. 아무튼 나의 아이를 기다리는 사람들은 결코 그 문제에 대해 '니 뜻이 정 그렇다면야' 하고 봐주지 않을 것이다. 그들은 결혼을 했으면 '당연히 남들처럼' 이라는 이유를 들이밀거나 그도 아니면 '니가 이 집안의 대를 끊어놓을 참이냐' 는 질타를 할 것이 틀림없다. 하지만 남들이 다 한다고 해서 나 역시도 마찬가지이지 않은 일은 세상 도처에 널려 있다. 그리고 한 생명의 부모가(때에 따라선 둘 혹은 셋의) 된다는 일이 그렇지 않으리란 보장은 그 어디에도 없다.

조금 더 상상의 나래를 펼쳐보자. 부모님들로부터 다들 한 번쯤은 들었을 것이다. 니 아빠랑 혹은 니 엄마랑 여태 산 건 니들 때문이라는 말. 우리 부모 세대들은 그랬다. 지금이야 한국의 이혼율이 세계 몇 위니, 몇 쌍에 한 쌍은 결혼 1년 안에 이혼을 한다느니 하는 통계가 존재하지만 그때만 해도 '자식 때문에라도' 결혼생활을 영위할 수밖에 없었다. 나는 좀 구식인지라 일단 결혼을 한다면 이혼은 있어서는 안 되는 일이라고 생각한다. 물론 맞고도 살겠다든지 남편이 바람을 피워 새살림을 차리면 그 여자까지 보듬어 안고 산다는 생각은 하지 않지만 그래도 어지간하면 나는 이혼하지 않을 것이다. 하지만 도저히 안 되는 상황, 이렇게 살다가는 내가 죽고 말지 싶은 상황일 때는 어떻게 해야 할까? 그때는 주저 없이 이혼 서류에 도장을 찍어야 할 것이다. 하지만 이때 자식이라도 있으면 과연 그럴 수 있을까? 아마 대부분의 엄마들은 아이의 불행과 자신의 불행을 저울질해 가며 고민할 것이다. 좋은 엄마, 좋은 부모가 되기 위해서는 자신에게 있어 거의 평생이 될 불행과 희생도 마다하지 않아야 하는데 나라는 인간이 과연 그렇게 살 수 있을까? 지금으로서는 상당히 비관적이다. 나는 너무 오랫동안 나 하나만 생각하고 산 인간이고 앞으로도 어지간하면 그렇게 살고 싶다.

결혼한 여자들의 호칭에 대해 생각해 본 적이 있는지. 만약 결혼을 한다면 나의 남편 될 사람은 우리 부모를 장인 장모, 그리고 내 형제들을 매형 매제 처제로 부를 것이다. 하지만 내가 사용하게 될 호칭은 그렇지 않다. 남편의 부모를 어머님 아버님이라 불러야 할 것이고, 남편의 형제자매에게는 도련님 아가씨라는 이름으로 부르게 될 것이다. 나는 평생 아빠를 아빠라고 불렀고, 엄마를 엄마라고 불렀다. 그런데 결혼하자마자 갑자기 누군가에게 아버님 어머님이라니. 더구나 아가씨 도련님 같은 호칭은 더욱 난감하다. 그건 어디까지나 하인들이 상전을 일컫던 호칭이 아니던가. 이렇게 팽팽 잘도 돌아가는 최첨단 시대에 살면서 그 옛날 하인이나 쓰던 호칭을 써야 하다니. 그것도 아무런 차선책 없이 너무도 당연하게 말이다.

나는 그걸 받아들일 자신이 없다. 그리고 그건 나 하나가 분기탱천하여 '전 그런 호칭은 쓸 수 없어요'라고 말할 수도 없을 것이다. 왜냐하면 그건 너무나 당연해져 버렸고, 말했다시피 차선책이 존재하지 않는 것이기 때문이다. 그럼 뭐라고 부를 거냐고 그들이 묻는다면 나는 아무 말도 하지 못할 것이다. 아직까지 내가 알기론 달리 부를 수 있는 호칭이 존재하지 않으니까.

호칭 문제부터 이 모양인데 그들에게 너무나 다정하고 착한 며느리, 새언니가 될 자신은 더더욱 없다. 나는 내 부모와 형제에게도 그럭저럭 호적에서 파이지 않을 정도로만 하고 살고 있다. 물론 그걸 잘하고 있다고 말하려는 건 아니다. 하지만 이렇게 생겨 먹은 내가 생판 모르는 사람들을 갑자기 가족으로 받아들이고, 그들에게 내 가족에게 했던 것보다 훨씬 더 잘해 줄 수 있을까?

대부분의 불효녀들은 결혼하고 나서 갑자기 효녀가 된다고 한다. 나는 그 이유를 사실상 가족이라기보다는 남에 가까운 시부모님들께 억지로나마 잘하다 보니 그렇지 않나 싶다. 자신이 지난 세월 동안 진짜 가족인 부모님께 잘못했던 것들이 후회스럽기도 하고.

그럼 결혼을 통해 시부모에게도 잘하고 친정 부모님에게도 잘하는 효부 효녀로 거듭나면 되지 않겠느냐고 생각할 수도 있다. 무척 올바른 생각이고, 참된 방향이긴 하다. 그러나 그건 말처럼 쉽지는 않을 것이다.

내가 결혼하지 않는 이유를 한 가지 더 들자면, 결혼을 해서 평생 집안일과 살림살이에 내 남은 인생을 바치고 싶지는 않다는 것이다. 그래, 어쩌면 돈 잘 버는 남편을 만나 집에서 살림만 할 수 있는 상황은 거의 축복에 가까운지도 모르겠다. 하지만 나는 단지 밥벌이의 고단함에서 해방되었다고 해서 내 인생의 대부분을 청소하고 빨래하고 밥하며 아이들과 남편의 뒤치다꺼리를 하는 데 쏟아 붓고 싶지 않다. 그렇다면 자신의 일을 가지면 되지 않겠느냐고? 워킹맘들이 얼마나 치열하게 사는지 곁에서 한 번이라도 지켜봤다면 그런 말을 쉽게 하지 못할 것이다. 워킹맘은 단지 자신의 일이 있는 기혼 여성이 아니다. 일도 하고 가정도 건사하고 아이들도 키워야 하는 슈퍼우먼이 되어야 한다. 나는 집안일을 하며 전업 주부로 누군가의 엄마, 아내로 평생을 보내고 싶지도 않고 거기다 동시에 내 일까지 해내는 워킹맘이 되고 싶은 생각은 더더욱 없다. 이 모든 게 결혼이라는 선택에 따라오는 거라면 나는 감히 생각한다. 대체 내가 왜 결혼을 해야 하는 거냐고.

언젠가 이런 생각을 사람들에게 말한 적이 있었다. 그들의 의견은 한결같았다. 왜 그렇게 복잡하게 미리부터 걱정하느냐고. 닥치면 다 하게 되어 있다고. 그들은 마치 나를 외계에서 온 생물체 보듯 했다. 하지만 내게는 오히려 그들이 더 신기해 보였다. 하다못해 인생의 작은 문제까지도 온갖 고민과 갈등과 미래에 대한 예측으로 결정하면서 왜 결혼에 대해서는 그렇게 다들 '괜찮아, 잘될 거야' 라는 낙관론으로

만 일관하는지. 이건 닥치면 잘하게 되어 있는 그런 문제가 아니다. 결혼 문제만큼 남들이 도와줄 수 없고 오롯이 스스로 해결해야 하는 일도 드물다고 본다. 그런 일에 미래의 온갖 경우의 수에 대해 생각해 보지 않고 결정한다는 건 '하다 안 됨 이혼하지 뭐' 같은 안일한 마음가짐이지 않은가.

가지 않은 길을 두려워하는 것만큼 바보는 없다. 해보지도 않고 지레 겁을 먹어 포기한다는 건 참 멍청한 인간이나 하는 짓이다. 하지만 나는 그 큰일들과 결정을 단지 무턱대고 '잘되겠지 뭐' 하며 덤벼들었다가 낭패를 보는 것보다는 차라리 멍청한 인간이 되는 것을 선택하겠다. 다들 그 일을 어떻게 결정하고 해 나가는지 모르겠다. 물론 결혼을 해서 내가 상상하지 못한 행복을 맛볼 수도 있겠지만 지금 내 현실에 만족하고 있다면 굳이 모험을 할 필요가 있을까? 더구나 그 모험은 잘못될 경우 너무 많은 희생을 필요로 한다.

나는 펀드보다는 안전한 예금을 선호하는 인간이다. 그런 인간에게 결혼은 펀드와 같은 일이다. 잘되면 몇 배의 수익을 보장받겠지만 안 되면 원금마저 잃게 된다. 그리고 그 고통을, 어떠한 원인도 제공하지 않았으면서 내 속으로 낳은 내 자식이 겪게 될 것이라 상상하면 끔찍하다.

행복한 결혼생활을 꿈꾸는 여자들이 잘못되었다는 것은 아니다. 지금도 많은 여자들은 결혼을 해서 잘 살고 있다. 그러나 대부분 혹은 다수가 그렇다고 해서 나 역시 그러리란 보장은 없다. 나는 그게 못내 불안한 것이며, 어느 부분을 살펴보나 내가 잘해 낼 만한, 혹은 노력하면 잘되겠지라고 믿을 만한 구석이 없는 것 같다. 앞으로의 인생은 알 수 없지만, 적어도 아직까지는 그렇다.

결혼은 인류가 오랫동안 선택해 온 제도이고, 그렇게 오래 유지가 된 데에는 분명 이유가 있을 것이라고 생각한다. 하지만 결혼에 따르는 여러 부수적인 문제들을 생각해 볼 때, 단지 결혼을 사랑하니까 할 수 있는 무언가로 여겨지지만은 않는다. 그러기에는 그에 따르는 부수적인 책임과 여러 가지 복잡한 일들이 너무 크게만 느껴진다. 그리고 그러한 것들은 대부분 여성의 희생을 전제로 한다. 많이 달라지고 있다고는 하지만 아직까지는 명백하게 그래 보인다.

그대, 골드미스를 꿈꾸는가

내가 막 스무 살이 되었을 때, 세상은 내 또래의 젊은이들에게 X세대라는 명칭을 썼다. 출발은 마케팅 용어였지만 점차 일반인들도 X세대라는 말에 익숙해졌고 우리들 스스로도 '아, 우리는 X세대인가 보다' 하고 여기기 시작했다. 부르는 그들도, 그렇게 불리는 우리들도 그 용어의 정확한 뜻은 몰랐지만 그것은 무언가 규정할 수 없는 새로운 신인류의 출현을 알리는 서막이었다. 그러나 X세대인 우리들도 나이가 들었다. 당연하지만 또 다른 새로운 젊은이들에게 우리는 우리의 자리를 넘겨주고 이제는 기성세대에 합류해야 할 시기가 온 것이다.

나이가 들어 '이제는 우리도 한물간 건가?' 할 무렵, 세상은 나 같은 노처녀들에게 갑자기 스포트라이트를 비췄다. 우리를 올드미스라 부르며 관심의 밖으로 밀어내더니 어느 날 갑자기 골드미스의 시대가 온 것이다. 그들이 골드미스에게 집중하기 시작한 건 X세대 때 그러했듯 마케팅을 위해서였을 것이다. 30대가 넘은 골드미스는 결혼과 아이에게 묶여 있지 않는, 그러면서 전문직에 고소득을 올리는 그야말로 마케팅 시장의 황금 고객들이었다. 과거 우리 또래의 여성들은 출산과 육아 때문에 경제적으로건 정신적인 이유에서건 다른 곳에는 돈을 쓸 여유가 없었다. 그러나 비혼의 골드미스는 다르다. 골드미스는 풍요로운 경제력을 오직 자신들을 위해 쓸 수 있는 여성들인 것이다.

단어 하나로 우리는 갑자기 그 위치가 격상되었다. 더 이상 노처녀 혹은 올드미스라 불리지 않았다. 드디어 우리들은 시집을 '못 갔다' 라는 말 대신 '안 갔다' 혹은 '아직은 생각 없다' 라는 말을 쓸 수 있게 된 것이다. 물론 여기에는 어디까지나 사회적 위치와 경제력이 뒷받침되어야 한다. 그저 나이만 많다고 해서 골드미스라는 말을 써주는 건 아니니까 말이다. 얼핏 보면 노처녀들에게는 그지없이 반가운 얘기다. '왜 그 나이가 되도록 시집을 못 갔냐' 라는 질문에 '결혼보다는 내 일이 더 소중하다' 든지 혹은 '아직은 한참 일할 때라서 결혼은 좀 더 나중에 생각해 보겠다' 라고 대답할 수 있기 때문이다.

그런데 말이다, 사실은 이렇다. 그때도 나는 나 자신을 X세대라고 생각하지 않았듯이 지금도 마찬가지로 내가 골드미스라는 생각은 들지 않는다. 물론 내가 골드미스라는 말을 들을 수 있는 조건이 모두 충족되는지는 잘 모르겠지만, 어찌 되었건 아닌 것 같다. 그렇다고 해서 스스로 실버 내지는 스테인리스라고 생각하는 것도 아니다. 그냥 나이가 약간 많은 비혼의 여성일 뿐. 저런 단어들은 실제 우리와는 아무 상관도 없는지도 모른다.

어떤 여성들은 골드미스라는 단어의 출현을 반길지도 모르겠다. 하지만 나는 아니다. 골드미스에게는 무언가 결함을 찾으려는 기운이 느껴진다. 즉 결혼 적령기가 지났음에도 불구하고 왜 결혼을 하지 않았느냐는 질문에 무언가 핑곗거리가 있어야만 했고, 그게 마침 일이라든지 돈이라는 단어로 대충 무마될 수 있었던 것이다.

그런데 한번 생각해 보자. 남자들의 경우에는 사회적으로 성공했다거나 돈을 많이 벌었다고 해서 저런 호칭을 쓰지는 않는다. 결혼을 하지 않은 이유를 대야 하는 의무는 오직 여자인 우리들에게만 있다.

실제로 내 주변에는 골드미스라 불릴 만한 여자들도 있지만 그렇지 않은 여자들이 더 많다. 나이가 들어도 자릿수가 전혀 변동 없는 월급 명세서, 다달이 들어가는 공과금에 허리가 휠 지경이고 회사에서는 툭하면 '요즘 경기가 어려워서' 라는 말끝에 우리들을 쳐다본다. 빨리빨리 결혼해서 좀 나가 달라는 말을 차마 입으로 하지는 못하겠지만 이미 우리는 온몸으로 그런 상황들을 느끼고 있다.

골드미스는 이제 맞선 시장에서 새로운 경쟁력을 갖게 되었다. 나이가 좀 많은 대신 탄탄한 직장과 높은 자릿수의 연봉, 그리고 살뜰하게 모아둔 적금 통장이 있다. 어리지 않은 대신 그녀들은 조건을 갖춘 셈이다. 그리고 나이가 많다는 흠은 그런 조건을 갖추기 위해 바쳐야 했던 희생으로 승화되는 것이다. 그런데 말이다, 우리가 무슨 결혼을 못 해서 안달 난 것도 아닌데 왜 꼭 골드미스에게 부족한 부분이 사랑

내지는 결혼일 뿐이라고 생각하는 걸까? 어쩌면 세상에는 진짜 골드미스 같은 건 없는지도 모른다. 그저 평균적으로 볼 때 남들보다 조금 더 이루어놓은 것이 많은 비혼 여성이 있을 뿐. 만약 골드가 있다면 그 아래로 줄줄이 내려가다 보면 녹슨 철도 있을 텐데 과연 누가 녹슨 철이 되는 것인가. 그저 그런 외모에, 돈도 사회적 지위도 없이 나이만 많은 여자?

여성들은 나이가 들었음에도 불구하고 결혼을 하지 않았다면 무언가 확실한 이유가 필요한 시대가 왔다. 그냥 하기 싫어서라는 말은 이제 통하지 않는다. 그건 어쩌면 자신의 결함을 가리기 위한 위안 정도로 받아들여질 것이다. 그래서 우리는 골드미스라는 말로 우리를 포장하려는지도 모른다. 비록 결혼을 하지는 않았지만 나 그동안 세상 살면서 놀지 않고 이만큼 열심히 살았다는 증명을 해야 하는 것이다. 그런데 그 증명은 대체 누굴 위한 것인가. 또 누가 우리에게 그 증명을 요구하는 것일까? 살면서 자연스럽게 나이가 들었고, 이런저런 이유로 아직 결혼을 하지 않았거나 혹은 앞으로도 별 생각이 없을 뿐인데 왜 우리에게는 그런 것들이 자연스러운 일로 받아들여질 수 없는 것일까?

골드미스라는 말 때문에 아마 이 땅에 존재하는 많은 비혼 여성들은 자괴감을 느꼈을 것이다. 대체 돈도 없고 나이는 많은 내가 갈 길은 어디인지 막막할 것이다. 하지만 분명한 것은 골드미스가 아니라 하더라도 세상의 중심에 설 자격은 충분하다는 것이다. 올드미스라 불리면 또 어떠랴. 인생에 있어서 언제나 청춘만 있을 수는 없다. 그건 진시황도 그렇게나 원했지만 하지 못한 일이다. 돈 좀 없어도, 나이 좀 많아도, 그리고 당장 결혼할 계획이 없다고 해서 삶이 끝나는 것은 아니다. 우리는 그냥 지금처럼 계속 살아가면 된다.

한때 나와 내 친구들은 우리가 나이만 먹었음에, 또 그 나이에 걸맞은 돈이나 사회적 지위가 없음에 우리 스스로의 인생을 가엾게 여겼던 적이 있었다. 그렇지만 이제 더 이상 우리 중 아무도 골드미스를 꿈꾸지 않는다. 지나온 세월에 대해 무언가 변명거리를 준비해야 할 만큼 우리들은 불성실하게 살지 않았다. 일이건 사랑이건 뭐건 간에 우린 그 순간만큼은 진실했고 할 수 있는 모든 것을 다 했다. 나이가 든 것에 대해, 그리고 결혼을 하지 못한 것에 대한 변명으로 골드미스라는 타이틀이 필요하다면 이제 그만 사양하겠다.

골드미스 자체를 나쁘게 보는 것은 아니다. 다만 내가 불만이었던 것은 골드미스를 오직 결혼과 연관시켜서 생각하는 사회적 시선 때문이다. 이 글을 쓸 당시 TV에서 골드미스를 결혼시키는 프로젝트들이 꽤 많이 쏟아졌는데, 그런 프로그램들을 보다가 보니 골드미스라는 말에 좀 염증이 느껴졌다. 그냥 있는 그대로를 봐주지 않고 거기서 부족한 부분에만 포커스를 맞춰서(실은 부족하다고 말하는 것도 당사자의 입장에서가 아닌 주변의 시선이었지만) 희화시키는 것이 불만이었다고나 할까? 많은 골드미스들에게 결혼이 아닌 그녀들의 삶과 그 삶이 이룬 결과들에 주목해 주는 세상이 오면 좋겠다.

노처녀 히스테리

30대 이상의 비혼 여성이 어떤 문제에 대해 민감하게 반응을 하면 사람들은 기다렸다는 듯이 말한다. '노처녀 히스테리' 라고. 저렇게 부르지 않고서는 도저히 못 견디는 사람들을 위해 한마디 하자면, 그건 반복된 스트레스에 노출됨으로 인해 그만큼 스트레스를 견디는 힘이 약해졌을 뿐이라는 것이다. 만약 노처녀 히스테리를 인정한다면 이 사회는 갖가지 계층의 갖은 스트레스들로 가득할 것이다. 이를테면 아줌마 히스테리, 아저씨 히스테리, 중년 히스테리, 비정규직 종사자 히스테리 등 이름만 갖다 붙이면 다들 히스테리어가 된다. 그러나 어쨌건 사람들이 이야기하는 건 딱 하나, 노처녀 히스테리뿐이다.

사람들은 나를 만날 때마다 지치지도 않고 묻는다. '남자친구 있어요?' '결혼은 언제 할 거예요?' 남자친구의 유무를 묻는 건 '없다면 나는 어때요?' 같은 착한 의도는 절대 아니다. 그저 단순한 호기심이다. 있대도 그만, 없대도 그만. 그렇지만 그 나이 먹도록 남자친구가 없을까 봐 매우 근심스럽다는 표정만큼은 꿋꿋하게 유지해 주신다. 두 번째 질문은 처음의 질문에 예스라고 대답했을 때만 할 것 같지만 천만의 말씀. 예스건 노건 간에 그들은 아무 생각 없이 질문한다. 혹 여기서 자신의 소신을 밝혀 '안 할 건데요?' 라는 부정형 답변을 할 경우 우리는 장시간 그들의 염려를 가장한 설교를 들어야 한다.

그것은 주로 ① 니가 지금은 팔팔하지만 언제나 그렇게 젊은 건 아니다. ② 그러므로 말년에 외로울 것을 걱정해야 한다. ③ 사람이 늙어 외로운 것만큼 처량 맞은 것이 없다. ④ 그러니 쉰 소리 말고 한 살이라도 어릴 때 얼른 정신 차리고 시집갈 궁리를 하여라 등으로 요약된다. 늘 저런 질문에 시달리던 나는 언제부턴가 '원치도 않는 내 개인적인 얘기는 되도록 하고 싶지 않으며, 뭐가 되었건 간에 내 일은 내가 알아서 할 것' 이라는 의견을 밝혔다. 그러면 반응은 뻔했다. 까칠하다는 둥 그래서 아직 시집을 못 간 거라는 둥하다가 그래도 내가 여전히 물러서지 않으면 기어이 한마디 하고야 만다. 노처녀 히스테리냐고.

좋다. 저건 어디까지나 결혼 혹은 연애에 관한 문제이니 그냥 노처녀 히스테리 어쩌고 하는 소릴 견뎌준다 치자. 정말 미치고 팔짝 뛰겠는 건, 그들은 내가 무슨 일에건 조금이라도 신경질적인 반응을 보이면 저 말을 가져다 붙인다는 것이다. 늘 모가지 간당간당한 시일을 두고 원고 독촉을 해대는 걸 원망해도 노처녀 히스테리, 하자 있는 물건을 바꾸러 가서 따박따박 말을 해도 노처녀 히스테리, 심지어 집안 모임에서 쥐콩만 한 조카애들마저 내가 조용히 좀 하라고 하면 노처녀 히스테리냐고 묻는 데는 정말 할 말이 없어진다. 어째서 나이를 먹을 만큼 먹었으면서 비혼인 여성들은 하나같이 노처녀 히스테리를 부린다는 오명을 뒤집어써야 하는 걸까?

그들은 혹시라도 우리가 젊고 아름다운 여성들에게 질투로 눈을 뒤집으며 흠을 잡지 않을까 살핀다. 아까 위에도 잠깐 언급했다시피 우리는 단지 나이를 먹었고 그 나이만큼 갖은 스트레스에 자주 노출이 되었을 뿐이다. 그리고 저런 인간들 빼고 다 아는 사실. 스트레스는 결코 자주 경험했다고 해서 그걸 더 잘 견디는 게 아닌 오히려 그 반대로 스트레스에 한없이 약해져 버린다는 것이다.

여자가 혼자 사는 건 참 녹녹치 않은 일이다. 어쩌다 〈추격자〉 같은 영화라도 보게 되면 며칠 동안 밤길이 무서워진다. 거기다 잊을 만하면 '여자 혼자 사는 원룸에 강도 침입' 따위의 기사가 뜬다. 안전을 생각하면 좋은 동네에 방범 시스템이 끝내주는 아파트에라도 살아야겠지만 현재 서울에서는 두 남녀가 맞벌이를 해도 10년 안에 아파트를 장만할까 말까 한데 여자 혼자서 그걸 무슨 수로 장만하겠는가.

세상에서 가장 꺼려지는 건 지하 주차장이고, 어쩌다 집에 전기라도 팍 나가버리면 친하지도 않은 두꺼비에게 너 집이 어디냐고 물어야 한다. 뭔가 고장이 나거나 조립을 할 일이 있어도 맘 편히 사람 하나 부르지 못한다. 거기다 택배기사가 아무리 기분 나빠 하더라도 보조걸쇠를 건 채 문만 빠끔히 열어 택배만 건네받아야 한다(그 문틈 안으로 들어오지 못하는 택배는 집에 사람 없는 척하면서 경비실에 맡기라고 한다). 그것뿐인가! 귀가 길에 혹시 뒤에서 취객이라도 한 명 어슬렁거리며 따라

오면 머리털이 쫙 서면서 강도, 강간, 살인미수 등 온갖 처참한 상황이란 상황은 다 떠올리지 않는가.

하지만 무엇보다 가장 힘든 건 나를 하자 있는 제품인 양 요모조모 뜯어보고, 결점이라도 발견할라치면 '그럼 그렇지!' 따위의 반응을 보이는 주변 사람들이다. 그들은 내게서 안 간 이유가 아닌 못 간 이유를 발견하지 못하면 인생의 낙이 절반은 사라진다는 얼굴들을 하고 있다.

자, 이런 환경에 장시간 노출된다고 한번 생각해 보라. 이 지경까지 되면 특별히 스트레스를 즐기는 드문 타입의 인간이 아닌 바에 누구든 스트레스가 폭발할 지경으로 쌓이게 된다.

물론 이런 얘길 하면 인간들은 하나같이 말한다. "그러게 시집가, 그럼 다 해결되는 거 아니야?" 아예 내가 말을 말지…….

그러나 단지 저런 이유만으로 한 남자를 만나서 결혼을 하고 아이를 낳고 가정주부가 되고 싶지는 않다. 그게 나쁘다는 게 아니라 적어도 저런 이유로 평생을 결정짓고 싶지는 않다는 얘기다. 정말 웃기는 건 만약 저렇게 해서 소위 그들이 권장해 마지않는 아줌마가 된다고 해도 우리들의 신분은 그다지 상승하지 못한다는 것이다.

알다시피 대한민국에는 세 가지의 성이 있다. 남자, 여자, 아줌마. 아줌마는 지하철에 자리가 나면 무서운 속도로 돌진하여 그 육중한 엉덩이를 비집어 넣는 데 도사이며, 세일 기간에는 완전 투사 모드로 전환하여 목표 지점에 전력을 다해 도달한 다음 투견이 되어 한번 문 물건은 절대 놓치지 않는다. 그뿐인가! 부끄러움도 모르고 창피함도 모르며 천하에 게으른 자가 바로 아줌마라고 다들 생각하지 않는가 말이다. 따라서 우리가 노처녀 히스테리라는 말을 피해 결혼을 한다 하더라도 이건 뭐 피하려다 외려 뭐 맞는 꼴이 되어버리는 것이다.

내가 결혼하라는, 늦기 전에 하루라도 빨리 결혼하라는 독촉을 들은 것 중에서 가장 웃긴 것은 더 늙으면 애를 쑥쑥 낳기 힘들다는 것이다. 물론 노산은 위험하다. 그 정도는 여자라면 누구나 잘 알고 있을 것이다. 하지만 시대가 어떤 시대인데 여자에게 단지 종족번식의 의무를 위해 한 살이라도 어려 순산할 수 있을 때 결혼하라고 말하는 건가. 그렇다면 남자들에게도 똑같이 젊어서 정자 수가 한 마리라도 더 많을 때 결혼을 해서 가장 우수한 유전자를 물려줘야 하지 않느냐고 말해야 하는 거 아닌가? 왜 남자가 애 만드는 기계가 아니듯 우리 역시 애 낳는 기계가 아님을 인정하지 않는가.

단지 조금 늙은 여자이기 때문에 당해야 하는 온갖 언어폭력들! 이제는 정말 지긋지긋하다. 어떨 때는 '너는 말해라, 나는 한 귀로 흘리마' 하고 버텨보지만, 사실 아무리 내가 그 말들에 의미를 부여하지 않는다 하더라도 싫은 소리는 역시 싫은 소리다. 이걸 버티면 점점 더 강도를 더해 갈 뿐, '이쯤 했으면 됐겠지' 같은 적당한 멈춤의 미덕은 찾아볼 수 없다. 그러나 거기에 대고 이건 이렇고 저건 저렇다고 내 의견을 말하는 날이면 거의 무조건이라고 해도 좋을 정도로 100%, 노처녀 히스테리냐고 이죽거리는 소리를 들어야 한다.

노처녀 히스테리는, 정말이지 남자를 만나고 싶어 안달인데, 결혼은 그보다 더 하고 싶어 죽겠는데 그게 안 되는 상황이라서 세상 모든 게 다 이로 인해 짜증 나고 신경질 나는 상황에 처한 여자라는 뉘앙스를 은근히 풍긴다. 물론 한 살 한 살 나이를 먹어갈수록 연애와 결혼 문제에 관한 고민의 강도가 더해 가는 것은 사실이지만, 그것에 신경이 곤두선 나머지 모든 세상살이가 짜증 나서 공중 삼 회전이라도 하고 싶은 건 아니다.

이젠 제발! 단지 나이 좀 먹은 비혼 여성을 향해서, 그녀들이 까칠하다는 이유로 노처녀 히스테리라고 단정 짓지 말았으면 좋겠다. 노총각 히스테리는 없는데 유독 노처녀 히스테리만 있는 이유를 나는 아무리 생각해도 모르겠다. 아무튼 나를 히스테릭한 인간으로 보는 건 상관없지만 그 앞에 노처녀란 단어는 제발이지 좀 붙이지 말았으면 좋겠다.

그럼에도 불구하고 나는 까칠한 사람보다는 좀 유한 사람이 되고 싶다. 비단 노처녀 히스테리로 보일까 봐 두려워서가 아니라, 그냥 나이가 드니 세상을 모나게 살지 않고 둥글게 사는 게 좀 더 나와 남들이 다 같이 행복해지는 일이라는 생각을 하게 되었다고나 할까? 하지만 여전히 노처녀 히스테리라는 말은 듣기 싫다. 내가 히스테릭하다면 그건 노처녀라서가 아니라 차라리 내 인성 자체에 문제가 있다고 보는 게 옳을 것이다. 그리고 그건 결혼과도 남자와도 아무 상관 없는 일이다.

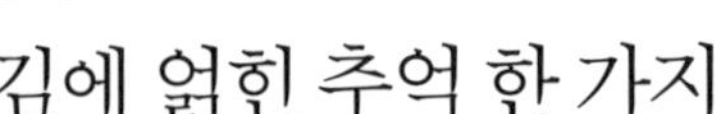

김에 얽힌 추억 한 가지

잠이 오질 않아서 마른 김을 안주 삼아 맥주를 먹다가 문득 떠오른 기억 하나.

좀 오래전 일이다. 당시 대학을 막 졸업한 내 친구와 나는 이태원동에서 자취를 하고 있었더랬다. 둘이 함께 의기투합해서 살게 된 이유는 '취직해 보세'였다.

친구는 음반 녹음실 기사가 되는 게 꿈이었고, 나는 뭐 아무거나 닥치는 대로 일자리만 들어온다면야 굽실굽실 분위기였다. 그때 우리는 커피숍이나 호프집 아르바이트를 하며 근근이 생활을 이어 나갔다. 기거하던 곳은 근근이 생활을 이어 나가기 딱 적당한 반지하방이었다(이 지하방에 물난리가 난 걸 생각하면 지금도 치가 떨린다. 그때 물 퍼내느라 나간 손목은 아직도 비만 오면 시큰거린다).

집주인 아주머니는 주변 상인들을 상대로 돈놀이를 하셨던 것 같은데, 하루는 우리의 반지하방에 감당하기 힘들 만큼의 마른 김을 들고 찾아오셨다.

"학생들(암만 '우리 학생 아닌데요' 라고 얘기해도 소용없었다), 혹시 김 구워 먹을 줄 알아?"

솔직히 동원 양반 김 같은 걸 사 먹기만 했지 김을 구워본 일은 없었지만 우린 자신 있게 대답했다.

"예. 그럼요."

그때 우리는 단 한 가지 밑반찬도 매우 아쉬운 시절이었으므로 아줌마가 손에 들고 온 김을 구울 줄 알건 모르건 간에 일단 마음으로 접수를 한 후였다. 아줌마는 김의 출처를 요 아래 건어물 상회를 하던 이씨 아저씨네 것이라고 밝혔다. 빌려준 돈을 하도 안 갚아서 현물로 받아 왔는데, 미역과 다시마 멸치 등은 어떻게 다 먹었는데, 평소 학생들이 착실해 보여서 뭐라도 하나 보태주고 싶었는데, 자기도 딸자식을 키우는 처지라 이 반지하방에서 고생하는 우리를 보니 영 남의 일 같지 않았는데, 마침 자기네들이 먹다 먹다 지쳐 아는 사람한테 다 돌려도 김이 남아돌았다나? 아무튼 그 사연 많은 김은 그리하여 우리의 반지하방까지 굴러들어 오게 되었다.

엄청난 양의 생김을 받아 들고 나서 우리는 행여 소중한 밑반찬거리가 눅눅해져 못쓰게 될까 봐 바로 김 굽기에 돌입했다. 참기름과 소금, 그리고 가스버너를 갖고 방 안에 앉아 둘이 자못 비장한 표정으로 일의 분업을 결정했다.

"보니까 김은 살짝살짝 두 번 굽는다더라."

"암만. 김은 두 번 구워야 제 맛이지."

"그럼 굽고 난 다음에 참기름을 바르는 거겠지? 소금도 그 후에 뿌리고?"

"두말하면 숨차지."

"내가 일단 두 번 구워서 김을 넘기면 넌 참기름을 바르도록 해."

"그럴까? 다 끝나면 소금 뿌리기는 같이 하자."

"근데 우리한테 참기름 솔이 있었던가?"

"팩 할 때 쓰는 솔이 있는데 그걸 쓴다고 뭐 죽기야 하겠어?"

"암만. 먹고 안 죽으면 다 보약이지."

"더구나 그 솔을 먹을 것도 아니고 단지 먹을 걸 바르는 데 쓰는 거니까 뭐."

"그래. 그럼 시작해 볼까?"

그러고 나서 우린 바로 김 굽기에 돌입했다. 어찌나 김이 산더미같은지 오전에 굽기 시작해서, 밥에다 바로 구운 김을 싸서 대충 점심을 해결하고도 한참이 지나서야 작업은 끝이 났다. 그런데 문제는 이 많은 김을 어디다 보관해야 눅눅해지지 않겠냐는 것이었다. 둘이서 열띤 토론을 한 결과, 먹기 좋게 한입 크기로 자른 다음(이것 역시 엄청난 일이었다) 랩으로 동동 싸서 냉동실에 보관하자는 것으로 결론이 났다(이 과정 또한 한참 걸렸다).

날이 어둑해질 때 즈음 우리는 냉동실 가득 랩에 싼 구운 김을 넣을 수 있었으며, 방 안에서는 온통 참기름 냄새가 진동을 해서 헛구역질이 다 날 지경이었다.

"아! 이제 참기름이라면 꼴도 보기 싫구나, 친구야."

"난 까만색이 다 싫어지려고 한다."

이따위 대화를 몇 마디 나눈 후 우린 나란히 누워서 잠이 들었다. 마치 참기름으로 만든 이불을 덮고 자는 것처럼 잠들기 직전까지 참기름 냄새는 우리의 코언저리를 맴돌았으며, 믿거나 말거나 나는 참기름, 그리고 친구는 김에 관한 꿈을 꿨다.

그렇게 해서 우리는 끼니때마다 우리가 구운 김을 먹기 시작했다. 하지만 냉동실에 꽉 찬 김은 줄어들 기미를 보이지 않았다. 내다 팔까도 잠시 생각했었지만 이태원이라는 동네 특성상 팔다가 영어를 사용해야 할 일이 있을지도 모른다는 두려움에 그 계획은 생각에 그쳤다.

정말이지 한 1년 정도는 먹었던 것 같다. 냉동실에는 꺼내도 꺼내도 화수분처럼 김이 또 남아 있었고, 그때쯤 우리는 완전히 물릴 대로 물려서 출세하면 절대 김 같은 건 먹지 말자는 말도 안 되는 맹세도 했던 기억이 난다.

아무튼 그렇게 김을 먹다 먹다 지쳐갈 즈음 나는 다시 부모님 집으로 기어들어 가게 되었다. 물론 취직이 되지 않았기 때문이었는데, 아르바이트로 버티기에는 IMF가 터진 상황이라 물가가 너무 살인적이었다.

집에 들어와서 한참 후, 친구가 어느 날 전화를 했다. 근데 아무 말 없이 울기만 했다. 뭣 때문에 우는지 알 수는 없었지만 나는 그녀가 왜 우는지 대충은 알 것 같았다.

그녀는 나와 달리 처음으로 혼자 살아보는 것이었고, 아마도 내가 떠나간 이후 혼자의 삶은 그다지 즐겁지 않았을 것이며, 그날따라 아르바이트하던 녹음실에 개뼈다귀 같은 가수라도 와서 그녀를 무시하면서 헛소리를 했든가 했겠지.

우리는 그냥 아무 말 없이 한참을 울었다. 그러다 문득 내가 물었다.

"김 아직도 있어?"

그러자 내 친구는 잠시 사이를 둔 후 대성통곡을 하며 말했다.

"아, 씨발. 무슨 김이 그렇게 많냐. 먹어도 먹어도 줄지를 않아, 씨발."

평소 욕을 하던 친구가 아니었는데 그날은 두 번이나 욕을 하는 걸 보니 역시 김의 양이 욕 나오게 많았나 보다. 내가 이삿짐을 싸면서 몇 묶음 집어 왔는데도 아직까지 남았다니 말이다. 그러고 또 한참을 울다가 끊었다. 그 후 나는 다시 그 김이 어찌 되었는지 묻지 않았고, 친구도 김을 다 먹었다든지 혹은 보기만 해도 토할 것 같아 버렸다든지 아니면 길 가던 흑인에게 '헤이, 맨!' 하며 나눠줬다는 둥의 얘기는 전혀 없었다.

나는 그 후 몇 번인가 혼자 살면서 김을 구웠고, 역시 일은 단순노동일수록 분업이 최고라는 걸 절실하게 깨닫곤 했더랬다.

지금의 나는 더 이상 김을 굽지 않는다. 그만큼 가난하지도 않을 뿐더러 더더구나 나는 부지런한 인간도 아니니 그저 마트에서 파는 구운 김을 사다 먹을 뿐이다. 일회용 포장에 무려 실리카겔씩이나 들어 있어서 일일이 랩으로 몇 번이나 꽁꽁 싼 다음 그래도 어딘가 불안해서 냉동실에 쟁여 넣지 않아도 되는 그런 김을 사 먹는다.

근데 가끔 김을 먹다가 보면 불쑥 하고 그때의 기억이 떠오른다. 그러면 그때의 반지하방 냄새와 참기름 냄새가 섞인, 그 뭐라 말로 표현하기 힘든 냄새가 솔솔 풍기고, 김을 다 굽고 난 이후 누가 먼저랄 것도 없이 한숨 자자고 의기투합했던 우리가 떠오른다.

지금 그 친구는 모 방송국 프로듀서가 되어서 잘나가는 싱글이 되어 있고, 나는 그저 굶지 않을 정도로 살고 있다.

가끔 궁금하다. 그때 내 친구가 그 엄청난 양의 김을 다 어찌했는지를 말이다.

그리고 내 친구도 김을 먹을 때 가끔은 그날 거의 노가다 버금가는 중노동에 시달리며 같이 김을 구웠던 일을 기억하는지를 말이다.

OBLADI OBLADA

얼마 전 그 친구를 만나 식사를 하면서 그때 그 김을 다 어떻게 했는지 물었다. 친구가 말하길, 자신이 그 집에서 나 없이 혼자 6개월 정도 살았는데 그래도 이사 갈 때 김이 좀 남아서 집주인 아주머니께 드렸단다. 아주머니는 자신이 생김을 준 사실은 까맣게 잊었는지 "어머, 웬 김이래?" 하면서 받았다고.

그리고 그때 전화를 해서 왜 울었냐고 물었더니 친구는 자기는 운 적이 없었다고 딱 잡아뗐다. 나는 그냥 "그런가?" 하고 넘어가주었다. 그때 친구가 왜 울었는지는 모르겠지만 아마 그녀에게는 잊어버리고 싶을 만큼, 혹은 잊어버렸을 만큼 힘든 기억인가 보다.

싱글들이여, 가사노동에서 탈출하자

제목을 읽은 사람 중 아마 일부는 저 문장에서 '싱글들'이라는 말이 오타이며, 그에 합당한 단어는 '주부들'이라고 생각할 것이다. 하지만 저 문장에는 오타가 없다. 나는 가사노동에서 탈출해야 하는 이가 분명 '주부'가 아닌 '싱글들'이라고 쓴 것이 맞다.

싱글들은 어느 정도 나이가 되면 갖은 이유로 독립을 하게 된다. 부모님의 눈치를 보지 않고 자유롭게 살고 싶어서건, 아니면 나이를 먹었음에도 불구하고 아직도 부모의 그늘에서 보호를 받는다는 게 창피해서건, 아무튼 독립을 한다. 예전에는 나이와 무관하게 결혼을 할 때까지 부모에게 얹혀살았지만 이제 그게 당연했던 시대는 서서히 내리막길을 걷고 있다.

독립을 하면 가장 먼저 부딪치는 문제가 경제적인 문제, 그리고 다음은 가사노동일 것이다. 그동안 경제적인 것은 아버지가, 또 가사노동에 관한 것은 어머니가 대신해 왔던 것으로, 자신이 그 역할을 어느 정도 분담하기는 했다 하더라도 아마 전적으로 온전하게 떠맡아본 경험이 있는 사람은 대체로 드물 것이다. 그러나 독립을 하게 되면 상황은 달라진다. 어떤 이유에서건 일단 본인의 의지로 독립을 했다면 부모님에게 손을 벌리거나 가사노동에 대한 문제를 해결해 달라고 말할 수는 없다. 하지만 경제적인 부분의 경우 이미 독립을 하기 전에 충분하게 예상을 하고 고민을 할 수 있었던 부분이기 때문에 뒤늦게 돈의 필요성을 느끼는 경우는 거의 없을 것이다. 그래서 나는 사람들이 미리 예상하기 힘든 가사노동에 초점을 맞춰볼까 한다. 가사노동은 일면 사소해 보이지만 자유로운 독립생활에 있어 뜻밖의 복병 역할을 톡톡히 한다.

나를 예로 들자면, 사회생활을 시작하고 얼마 되지 않아 바로 독립을 했다. 표면적인 슬로건이야 나이 먹어서 더 이상 부모님께 신세 지고 싶지 않다였지만, 속마음은 좀 내 멋대로 하고 살고 싶어서였다. 그 나이가 될 때까지 일요일에 퍼져 있으면 '말만 한 처녀가 주말에는 퍼질러 잠만 자냐' 소리를 언제까지 듣고 싶지는 않았다. 그뿐인가. 나는 자고 싶어도 식구들이 밥을 먹으면 '너 땜에 밥상 두 번은 못 차린다' 는 엄마의 엄포에 일어나서 억지로 밥을 먹어야 했으며, 밤늦게 들어오면 시끄러운 소리에 식구들이 깰까 봐 샤워를 하고 싶어도 고양이 세수 정도로 만족을 해야 했다.

아니, 사실 그것보다 더 견디기 힘든 것은 나가고 들어가는 시간을 일일이 누군가에게 체크당한다는 답답함이었다. 어딜 가면 '어디 가느냐', '왜 가느냐', '누구랑 가느냐' 부터 '언제 들어올 거냐', 혹은

'밥은 먹고 올 거냐' 까지. 정말이지 이건 초딩 때 이후로 달라지지 않는 레퍼토리였다. 거기다 옷차림과 돈 씀씀이 등등 나는 수도 없이 가족, 더 정확하게는 엄마의 간섭을 받아야 했다. 물론 엄마가 나를 걱정하기 때문에 그런다는 것은 안다. 하지만 문제는 저런 잔소리를 듣기에는 내 머리가 이미 굵어지다 못해 노화하고 있다는 것이었다.

그래서 나는 드디어 독립을 결심했다. 당연한 일이겠지만 그 과정에서 내가 제일 먼저 생각한 건 경제적인 문제였다. 그러니까 나와서 혼자 살더라도 내 몸 하나 뉘일 방, 그리고 내 입에 들어가는 밥을 해결할 수 있느냐는 것. 이미 그 중요성을 알고 있었기 때문에 거기에 대해서는 충분한 준비를 했고, 드디어 모일 모시에 짠 하고 독립을 했다. 하지만 그때는 알지 못했다. 가사노동이 얼마나 내 삶을 좀먹을지를 말이다. 가사노동에 대한 각오는커녕 그 실체조차도 제대로 파악하고 있지 못했다. 그러니까 그로부터 수년 후, 내 아파트 한편의 작업실에 앉아 머리가 띵해질 정도로 어질러져 있던 집을 떠올리며 이런 글을 쓸 줄은 몰랐었다.

자! 문장을 좀 주의해서 읽은 사람들은 내가 앞의 문장에서 과거형을 썼다는 것에 주목할 것이다. 그렇다. 나는 이제 엉망진창인 집을 보지 않고 과거형으로 떠올리게 되었다는 것이다. 더 이상 내 집은 이게 사람 사는 집구석이냐는 소리를 듣지 않게 되었다. 앞치마 입고 머리에 끈 하나 질끈 둘러맨 다음 열심히 청소를 해서 그러냐고? 물론 그렇게 하기도 했었다. 하지만 그건 어디까지나 단발성에 그칠 뿐이었다.

낮도 없고 밤도 없는 프리랜서 작가라는 직업을 가진 나 같은 인간에게 집을 그렇게 깔끔하게 유지하는 건 쉬운 일이 아니었다. 더구나 나는 '에잇, 이럴 땐 차라리 안 보는 게 속 편해' 하며 아침이면 직장으로 피해 버릴 수도 없었다. 집이 일터고, 일터가 집이니 말이다.

그러니까 아무리 '이 꼴을 더 보다가는 내가 이 꼴 못잖게 미치겠구나' 싶어도 탈출구가 없었던 것이다. 그래, 어쩌다 마음을 다잡아 먹고 깨끗하게 청소를 하고서는 이제부터는 뭐든 물건을 쓰면 제자리에 가져다 놓고, 뭣보다 음식물 쓰레기만큼은 정말이지 제때 갖다 버려야지 하면서도 그 결심은 일주일을 넘기기 힘들었다. 혼자 독립해서 사는 최대의 이점인 친구들 불러 모아 밤새 놀며 뭉개기를 일주일이면 이틀은 하게 되고, '오늘은 정말이지 손가락 하나도 까딱하기 싫어' 라는 기분에 충실하다 보면 어느새 나는 청소하기 이전 상태로 돌아간 집에 앉아 있곤 했다.

하지만 나는 이 문제에 별다른 탈출구가 없는 줄 알았다. 그저 이렇게 사는 게 내 팔자려니 하며 살았다. 비록 혼자 살지만 제대로 살아보겠다는 옴팡진 각오 끝에 사댄 물건들은 왜 그렇게 많은지. 친구들은 늘 내 오피스텔을 보면 혼자 사는 게 아니라 마치 신혼부부가 사는 것 같다고 말하곤 했다. 그건 처음부터 내가 혼자 산다고 대충 살진 않겠다고 생각했기 때문이고, 이왕이면 결혼할 때(싱글이 좋긴 하지만 결혼의 가능성을 전혀 배제하고 살진 않았다) 혼수랍시고 기존의 물건들을 버리고 새로 장만하느니, 하나를 사도 제대로 된 걸 사서 몽땅 들고 가자는 다

소 황당한 발상 때문이기도 했다. 거기다 소품은 또 어찌나 좋아하시는지……. 그런데 다들 알 것이다. 인테리어 소품이라는 것은 깨끗할 때나 그렇게 부를 수 있지 한번 방이 어지럽혀지기 시작하면 그런 것들은 전부 이 방을 어지르는 또 하나의 골칫거리일 뿐이라는 것을 말이다. 게으른 주제에 어항에 물고기를 기르고, 베란다에 식물을 잔뜩 사다 놓은 나는 정말이지 대책이 없는 인간이었다(그간 나의 게으름으로 인해 배가 터져서, 물이 너무 혼탁하여, 혹은 목이 말라 죽어간 수많은 동식물에게 심심한 위로의 말을 전하는 바이다).

하지만 나는 탈출을 했다. 정말이지 이제는 더 이상 '아냐, 이건 내가 한 게 아니야. 킹콩이 내 방을 통째로 들고 흔든 거야. 그런 거야' 하는 망상에 시달리는 어둡던 시절은 지나가고 바야흐로 찬란한 태양이 비추기 시작한 것이다. 내 방은 거의 일주일 내내라고 해도 좋을 정도로 말끔하고 깨끗하며 후레쉬 한 모습을 유지하고 있다. 대체 어떻게 했냐고?

비결은 간단하다. 어쩌면 이건 돈이 해결을 했는지도 모른다. 그래, 돈. 그건 정말이지 대부분의 문제를 너무도 간편하게 해결을 해준다. 그러니까 나는 도우미 아줌마를 부른 것이다.

처음 이 얘기를 했을 때 내 친구들은 모두 날 이상한 인간 취급을 했다. 그녀들 중 기혼은 "야, 애랑 남편까지 건사하는 나도 도우미 아줌마 안 부르거든요."라고 말했고 싱글들은 "도우미 아줌마한테 뿌릴 돈 있으면 구두 하나 더 사겠다."까지, 그녀들은 참으로 다양한 이유를 들먹이며 나를 반쯤 맛이 간 인간처럼 봤더랬다. 그래, 어쩌면 다 맞는 말인지도 모른다. 아직도 많은 여자들은 결혼을 하면 집안 살림을 전적으로 떠맡아서 혼자 해내며, 결혼하지 않은 여자들은 얼마 되지도 않은 집안일을 거창하게 도우미 아줌마씩이나 불러 가며 해결하는 대신 눈 한번 질끈 감고 나가서 비싼 구두 한 켤레를 사는 것으로 그 심란함을 달랠지도 모른다. 그렇지만 나는 정말이지 가사노동이 심각할 정도의 스트레스였다. 사 먹는 밥을 싫어해서 끼니는 꼬박꼬박 집에서 해 먹는데다 살림살이는 좀 많은가. 거기다 내가 거두어야 할 군식구들(물고기와 화분과 고양이들)까지 생각하면 머리가 터질 지경이었다. 그래서 나는 아줌마를 부르기로 결심했다.

아줌마는 일주일에 두 번 혹은 한 번 정도 온다. 그건 내 집의 상태에 따라 결정이 된다. 한 번 오면 아줌마는 약 다섯 시간 정도 내 집을 반짝반짝하게 윤을 내어주고 가신다. 밀린 빨래들을 해주고, 무거운 카펫을 들어 털어서 햇볕에 보송보송 말려주고, 청소기로 밀고 걸레로 박박 닦아서 나의 집을 그야말로 클린 업 시켜준다. 그뿐인가. 내가 취약한 나물류의 반찬을 해주고 가기도 하고(더 이상 엄마한테 얻으러 가거나 마트에서 만들어 파는 반찬들을 미심쩍어하면서 카트기에 담지 않아도 된다), 화분들도 물을 잘 준 다음 흙물로 인해 지저분해지지 않게 베란다를 쓸어주고, 늘 덮고 뭉개느라 이 속에 미생물이란 미생물은 다 살 것만 같은 내 이불과 침대 시트도 탁탁 털어서 햇볕에 일광욕을 시켜준다. 이런 살가운 보살핌은 집에서 일도 하고 생활도 하는 나에게는 눈물겹

게 고마운 일들이었다.

아줌마를 부르는 것 이외에 내가 한 게 있다면 식기세척기의 구입이었다. 처음부터 옵션으로 딸린 집에 들어가려다가 너무 센 가격을 부르는 바람에 포기를 했더니만 그게 영 아쉬웠다. 그래서 나는 내 돈을 주고 확 사버렸다. 그리고 내친김에 로봇청소기도 장만했다. 이제 설거지는 나오는 족족 세척기에 넣고 왱왱 돌리면 그만이고(1시간 50분이 걸린다만 내 알 바 아니다. 하루 온종일이 걸린다 해도 중요한 건 내가 직접 설거지를 안 해도 된다는 사실이다), 핸드 청소기로 미는 정도의 노력도 하고 싶지 않을 때는 발로 로봇청소기의 버튼을 꾹 누르기만 하면 된다(사실 이 녀석은 작동을 시키면 돌아다니며 청소하는 모양이 좀 신경 쓰이기 때문에 주로 외출할 때 가동시킨다. 생각해 보라. 내가 외출하고 돌아오면 집에 뱀처럼 기어 다니던 머리카락들이 싹 사라지는 거. 얼마나 유쾌, 상쾌, 통쾌한 일인가!).

그러고도 집이 해결이 안 되면 아줌마에게 SOS를 치면 그만이다. 물론 아줌마를 부르는 데는 돈이 든다. 하지만 일주일 내내 어지러운 집 안에 스트레스를 받지 않으며 사는 비용으로는 그다지 비싼 게 아니다. 또한 식기세척기와 로봇청소기는 비록 구입할 때 가격은 좀 비싸지만 한 번 사두면 발로 차거나 집 밖으로 던지지 않는 한 오래오래 내 가사노동을 도와줄 참 보배가 될 것이다.

여기까지 읽은 독립족들 중에는 이렇게 말하는 이도 있을 것이다. 그래, 너는 돈 잘 벌어 식기세척기와 로봇청소기를 사고 돈 들여 도우미 아줌마를 부르지만 난 당장 내일이면 카드 값 때문에 미치고 환장하고 팔짝 뛸 지경이라고. 하지만 나 역시 돈 잘 버는 골드미스라서 이러는 게 아니다.

직장인들은 박봉이나마 때 되면 꼬박꼬박 월급이나 들어오지, 나는 내가 일하면 일하는 만큼 벌고 놀면 노는 만큼 손가락을 빨아야 한다. 늘 수입은 들쑥날쑥하고, 그나마 그 일마저도 그저 내가 열심히만 하면 무한대로 할 수 있을 만큼 널려 있지 않다. 그러니까 이 글을 읽는 당신이나 나나 돈을 버는 문제에 있어서는 별반 다를 게 없다는 것이다. 다만 돈을 쓰는 가치관을 어디에 두느냐 하는 것이 문제의 핵심이다.

식기세척기와 로봇청소기를 사기 위해 나는 몇 달간 음식점을 비롯해서 커피숍, 카페, 술집 등등의 출입을 철저하게 끊었다(혼자 사는 사람들은 안다. 저런 곳에 얼마나 많은 돈을 지출하는지를 말이다). 뭘 먹고 싶으면 내가 해 먹었고, 간혹 술집에서 한잔하고 싶으면 그저 내 방이 그 장소려니 하면서 골골거리는 내 고양이들을 벗 삼아서 홀로 술잔을 기울이며 당장이라도 옷을 입고 밖으로 향하려는 내 마음을 다잡았다.

하다 보니 얘기가 길어졌다. 요는 그거다. 가사노동이 그대를 힘들게 한다면 거기서 탈출할 방법은 얼마든지 있다는 것이다. 꼭 가사노동에 시달리는 가정주부만 아줌마를 부를 수 있는 게 아니다. 우리 싱글들도 그럴 수 있다. 당신이 집 안을 늘 클린 한 상태로 유지하지 못한다면, 그래서 그것에 엄청난 스트레스를 겪고 있다면 충분히 그럴 수 있다. 나가서 밥 한 번 안 사 먹으면 일주일이 행복할 수 있다. 이건 생각의 차이이자 삶을 살아가는 또 다른 방식에 대한 제안이다.

이제 나는 더 이상 어지러운 집 때문에 머리 아파하지 않는다. 차라리 그 시간에 글 한 자 더 써서 한 푼이라도 더 버는 게 낫다. 아줌마가 일하는 다섯 시간이면 나는 실로 엄청난 양의 원고를 끝낼 수 있다. 그래서 나는 아줌마에게 3만 5천 원을 주고 일주일치 행복을 산다. 그걸로 내 싱글로서의 삶은 어느 정도 명확하게 행복해졌다. 지금 나는 그 기쁨을 함께 나누고자 내 친구들에게 열심히 설파하고 있다. 아, 물론 예상했다시피 다들 '미쳤구나'에서 좀처럼 '어머, 그런 방법이?' 라는 발상의 전환을 하려 하지 않는다는 게 문제일 뿐.

OBLADI OBLADA

내가 원래 청소를 싫어하는 인간은 아니었다(고 주장하고 싶다). 하지만 과거 직장생활을 했을 때와 달리 집에서 일하는 프리랜서가 되니 사정이 달라졌다. 또 열 평 남짓의 원룸이었을 때보다 조금 넓은 아파트로 이사를 하고 나니 더더욱 청소하는 게 쉽지 않아졌다. 요즘은 하는 일이 밀려서 청소에 신경을 쓰기 힘들 때면 도우미 아줌마를 부른다. 도우미 아줌마는 한동네에 사시는데 간혹 목욕탕에서 만나면 서로 등도 밀어주고 음료수도 권하는 등 매우 친하게 지내고 있다.

완벽한 이웃을 만나는 방법

정말이지 신경에 거슬린다. 시작은 며칠 전부터였다. 아침 10시가 되면 어김없이 들려오는 그 소리, 우루룽 쿵쾅쾅 드르르르르르르륵(특히 이게 사람 환장하게 한다). 써야 할 원고는 산더미같이 쌓였는데 윗집에서 아파트 리모델링 공사를 하고 있다. 점심때 잠깐 30분, 저녁때 30분을 제외하면 거의 하루 종일 저 소음에 시달려야 한다.

올빼미형 인간의 삶을 살다가 얼마 전부터 독하게 마음먹고 밤에 자고 아침이면 눈을 뜨고 하루를 시작하는 정상적인 패턴으로 겨우 바꿨는데, 이렇게 되면 또다시 밤에 원고를 쓰고 낮에는 잠을 자는 생활로 돌아가야 한다. 허나 낮에 잘 수 있을지도 의문이다. 저 소리는 아마 잠자던 코끼리를 깨우고도 남을 것이다.

덕분에 마감 하나를 펑크 냈다. 물론 노트북을 들고 나가서 카페나 커피숍 같은 곳에서 글을 쓸 수도 있었겠지만 그러지 못했다. 커피숍에서 글을 쓰다니, 난 《해리 포터》 작가가 아니다. 원고는 내 작업실 혹은 내 집의 가장 편안한 장소에서 조용하게 쓰는 게 좋다. 커피를 마시고 싶으면 마시고, 쓰다 배고프면 라면을 하나 끓여 먹어도 되고, 문득 청결에 신경을 써야겠다 싶으면 글을 쓰다 말고 씻을 수도 있다. 그리고 무엇보다 큰 볼일을 마음대로 볼 수 있다(난 밖에서는 좀처럼 큰 볼일을 보지 못한다).

이왕 얘기가 나왔으니 말인데 진짜 저 소릴 듣고 있으면 나오던 그것도 놀라서 도로 들어갈 판국이다. 당최 마음이 불안해서 볼일을 볼 수가 없는 것이다. 당분간 전동 칫솔도 못 쓰겠다. 같이 드르륵거리다 보면 마치 드릴로 이를 닦는 것 같은 느낌이니까. 정말이지 언제 공사가 끝날지 모르겠다. 집 안을 통째로 뜯어고치는 대대적인 공사인지 엘리베이터 앞에는 늘 한 무더기의 인테리어 자재가 쌓여 있다. 집에서 일을 해야 하는 나 같은 사람은 이웃을 잘 만나야 할 필요가 있다.

아주 오래전, 내가 원룸을 전전하던 시절이었다. 그때의 나는 겁도 없이 여름이면 늘 현관문을 활짝 열어놓고는 거실에 앉아서 글을 쓰거나 빈둥거리곤 했는데, 베란다가 없어서 빨래를 현관문 근처에 널어놓곤 했다(혹 누군가가 나쁜 마음 먹고 들어오려다 빨래 건조대를 피하느라 부스럭대면 나는 재빨리 몽둥이를 찾아 후려침 따위를 안전대책이랍시고 세웠더랬다). 그날도 앉아서 되지도 않는 원고로 씨름을 하고 있는데 문 밖에서 웬 남자가 "저어……." 하고 말을 걸어왔다. 드디어 올 것이 온 건가 싶어 식은땀이 흘렀지만 평정을 가장하며 물었다.

"누구세요?"

그가 '저어' 하고 말을 건 사연인즉 이러했다. 그는 한 달 전쯤 내 옆집으로 이사 온 사람인데(난 몰랐었다), 우리 집 앞을 지나칠 때마다 너무너무 좋은 냄새가 나더란다. 그래서 염치 불구하고 슬쩍 들여다보니 빨래들이 널려 있더라나(속옷은 밖에서는 안 보이게 침대 근처에 넌 것이 천만다행). 그래서 그 냄새가 섬유유연제 냄새임을 알아차리고 냄새를 잘 기억한 다음 슈퍼에 가서 온갖 섬유유연제 냄새를 다 맡아보았으나 도저히 찾을 수가 없었단다. 그러니까 그가 내게 말을 걸어온 이유는 섬유유연제 상표를 알고 싶어서였다. 너무도 착하고 마음씨 고운 나는 상표를 가르쳐주는 것은 물론, 작은 유리병에다 내가 쓰던 섬유유연제를 조금 덜어주기까지 했다.

그날 이후 그와 나의 핑크빛 러브러브 모드라도 조성되었다면 좋았겠지만 대신 우리는 술친구가 되었다. 섬유유연제를 줘서 고맙다며 어느 날 그는 내게 술을 한 병 갖다 줬고 그것이 계기가 되어 주말이면 함께 술을 마시는 사이가 되었다. 처음에는 집 밖에서 술을 마셨지만 곧 돈이 아깝다고 판단, 한 주는 우리 집에서, 또 다음 한 주는 그의 집에서 술을 마셨다. 처음에는 비록 서로의 집과 똑같은 구조이긴 해도 남의 집에서 술을 마신다는 것이 어색했지만 이내 우리는 그 일이 자연스럽게 느껴지기 시작했다.

그러다가 외국에서 공부를 하던 그의 애인이 돌아오고, 어찌 하다 보니 나와도 안면을 트고 친하게 지내게 되었다. 그 후 우리는 다 함께 모여 술도 마시고, 영화도 보고, 밥도 같이 해 먹는 등 참으로 재미있는 나날들을 보냈다. 그들이 결혼을 하고 내가 그 원룸에서 이사를 갈 때까지 계속해서 우리는 주말이면 다 같이 지냈다.

그때의 좋은 기억 때문이었을까? 다음번 원룸에 이사했을 때 나는 미래에 있을지도 모르는 술친구에게 인사를 한다는 기분으로 이사 떡까지 돌렸다. 하지만 떡을 받아 든 이웃들은 '원룸에서 웬 이사 떡?' 하는 냉랭한 반응을 보였고, 그중 특히 기억에 남는 사람은 옆집 여자였다. 초인종을 누르자 귀찮아서 미치기 일보 직전이라는 표정으로 문을 연 폭탄머리 여자는 시큰둥하게 떡을 받더니만 잘 먹겠다는 인사도 없이 문을 쌩하니 닫았다. 먹고 체하기나 하라는 욕을 속으로 실컷 해준 다음 나는 그 여자를 무시하고 살았다. 적어도 그 사운드가 들리기 전까지는 말이다.

처음에는 잘못 들었거나 영화에서 나오는 소리거나 아무튼 그런 줄 알았다. 그런데 아무리 들어봐도 이건 그 폭탄머리가 남성과 애정을 나누는 소리였다. 물론 처음 한두 번은 재미있었더랬다. 그래서 친구 J도 부르고 L도 불러서 그 소리를 함께 들으며 "야, 멈춘 걸 보니 자세 바꾸나 보다." 하며 키득거렸다. 허나 듣기 좋은 꽃노래도 한두 번이었다. 그녀는 어떤 주간에는 거의 하루도 빠짐없이 일주일 내내 남자를 불러들여 그 소리를 냈다. 나는 밤만 되면 신경이 잔뜩 곤두서서는 잠도 안 오고, 그렇다고 집중해서 원고를 쓸 수도 없는 지경에 이르렀다. 신경이 잔뜩 곤두서 있는 나에게 누군가는 귀마개를 해보라는 충고를 해줬지만, 귀마개를 꽂는다고 해서 신경이 쓰이지 않을 리 만무했다. 물론 내가 〈섹스 앤 더 시티〉의 사만다였다면 '함께 엔조이 하실래요?' 하며 야시시한 잠옷을 입고 문을 두드렸겠지만 불행하게도 난 그저 그녀가 해피 해서 내지르는 괴성 때문에 언해피 할 뿐이었다.

그 다음 투룸으로 이사했을 때, 이번에는 맞은편 집이 문제였다. 신혼부부가 이사를 온 모양인데, 이 인간들이 하루도 빤할 날 없이 서로 죽일 듯이 싸우는 것이었다. 어찌나 열심히 싸우는지 가서 응원이라도 해야 하는 거 아닐까 싶을 정도였다. 거기다 개념 없는 새댁은 늘 국물이 질질 흐르는 쓰레기봉투를 복도에 놔둬서 내 코까지 괴롭게 만들었다. 어쩌다 어두운 복도 앞에서 헛디뎌 그 국물에 발이라도 닿을라치면 그 지독한 냄새를 내 집 안까지 끌고 들어오는 꼴이 되었다. 그들이 웅웅거리며 싸울 때마다 나는 차라리 싸우는 내용이라도 제대로 들린다면 누군가의 편을 들거나 혼자 심판을 하기도 하면서 나름대로 즐길 수 있었을 것이다. 하지만 싸우는 소리는 온통 콩고물로 버무린 것처럼 뭉쳐서 들렸고, 내 귀에는 '악악악' 혹은 '꺅꺅꺅' 에 이어 가끔은 뭘 때려 부수는지 '우당탕' 하는 소리만 들릴 뿐이었다. 가뜩이나 원고 쓰느라 골이 딩딩거려 죽겠는데 그들이 싸우기라도 할라치면 머릿속에서 수십 마리의 닥터 피쉬가 뇌를 쪼아 먹는 것 같았다.

처음 원룸에 살 때 빼놓고는 나는 완벽한 이웃을 단 한 번도 만난 적이 없었다. 매번 조금씩 이상한 이웃들이 조금씩 예상의 허를 찌르는 방법으로 내 평온을 침해했으며, 그것은 나 아니면 그들이 이사를 가기 전까지는 끝나지 않는 전쟁과 같았다. 애초에 신이 내게 그리도 완벽한 이웃을 내려주신 건 그 이후 겪을 온갖 고난과 시련에 대한 보상이었던가(그는 심지어 고향 어머니가 담아다 준 김치도 나와 반반 나눠 먹었다. 지금 어디서 사는지 모르겠지만 그들 부부에게 축복 있으라). 아무튼 나는 글을 쓰고 있는 지금 이 순간에도 위층에서 공사하는 소리를 들으며 괴로워하고 있다. 언젠가 TV에 보니까 아파트 층간 소음을 사람 잡는다고도 표현하던데, 절대 손톱만큼도 과장이 아니다.

어쩌면 지금 이 순간에도 내 이웃은 날마다 집에만 틀어박혀 있다가 간혹 약속이 있어 밤늦게 나갔다 새벽에 들어오는 나를 보고 '저 여자는 대체 뭐 하는 여자일까?' 하고 생각할지 모르겠다. 사실 완벽한 이웃을 만나는 방법 같은 건 없다. 이웃은 내가 결정할 수 있는 문제가 아니니까. 요즘은 거의 이웃 같은 건 모르고 사는데, 특히나 혼자 사는 사람들은 더욱 그렇다. 그러나 혼자 살수록 이웃과 잘 지내는 게 중요하다. 위급할 때 손쉽게 도움을 청할 수 있는 이웃이 있다는 것은 일단 마음만으로도 든든하니까 말이다.

그 모든 시간은 아름다웠다

아무도 가르쳐주지 않았다. 한밤중에 무서운 꿈을 꾸다 깨어나면 어떻게 해야 하는지. 마땅히 전화할 곳도 떠오르지 않는 그 늦은 시간에 다시 잠을 청하는 일이 얼마나 힘든지를 말이다.

아무도 말해 주지 않았다. 전기 퓨즈가 나가면 어떻게 갈아 끼워야 하는지. 세금 자동이체는 어떻게 신청해야 하는지. 화장실 변기가 막히면 어떻게 뚫어야 하는지.

아무도 경고하지 않았다. 돈을 계획 있게 나누어 쓰지 않으면 상징적인 의미에서의 밥 굶음이 아닌 진짜로 밥을 굶을 수 있다는 것을 말이다.

아무도 충고해 주지 않았다. 다달이 별생각 없이 당연하게 내는 원룸의 방세가 1년 동안 모이면 얼마나 큰돈인지를. 그리고 사 먹는 밥이 얼마나 사람의 몸을 해치는지를 말이다.

적어도 나에게는, 내가 독립을 하기로 결심했을 때 저런 것을 알려주거나 충고해 주는 사람은 아무도 없었다. 내 주변에는 나와 마찬가지로 하루빨리 독립해서 자유롭게 살고 싶다는 꿈을 꾸는 불타는 청춘들만 가득했으므로. 그래, 어쩌면 그때 누군가가 나에게 저런 것들에 대해 현실적이고도 명확한 충고를 해주었다고 해도 내 귀에 들어왔을지는 의문이다. 아마도 나는 그래도 할 수 있다고, 혹은 그런 자잘한 문제 때문에 독립을 고사하는 건 말도 안 된다고 생각했을 것이다. 그렇다. 세상의 어떤 일들은 경험하지 않으면 도무지 알 수 없는, 그래서 몸으로 올곧이 다 겪어내고 나서야 그게 어떤 의미인지를 알게 되는 일들이 있다.

나와 내 친구들의 20대 독립생활은 결코 성공적이지 못했다. 위에서 나열하지 않은 수천수만 가지 문제점들이 날이면 날마다 우리의 행복한 독립생활을 방해했다. 그리고 달콤한 목소리로 귓가에 속삭였다. 뭐 하러 사서 고생하느냐고. 지금이라도 '엄마, 내가 잠시 미쳤었나 봐. 헤헤!' 하면서 납작 엎드려 기어들어 가면 한 일주일 정도는 구박을 당하다가 그래도 역시 가족이라는 든든하고 따뜻한 이불을 덮게 될 것이라고.

그렇지만 그 달콤한 말을 듣기에는 우리의 피가 너무 뜨끈했고, 자존심을 지키는 게 중요했으며, 자유가 소중했다. 지나고 나면 어쩌면 아무것도 아닐 그런 것들이 안락한 생활보다 훨씬 더 가치 있는 무언가라고 생각했었다.

혼자 살면서 나는 처음으로 친구를 외면해 봤다. 분명 어려운 친구였고, 그때 나 아니면 아무도 도와주지 못할 상황이었다. 하지만 나는 독립생활 2년 차에 이미 모든 걸 알아버렸다. 세상은 죽기 아니면 까무러치기로 살아야 한다는 걸 말이다. 처음 한두 번은 멋도 모르고 곧 방세를 구하면 나간다고 철석같이 약속을 하며 짐을 푸는 친구들을 반갑게 맞이했다. 하지만 곧 알게 되었다. 그들은 말처럼 쉽게 곧 방세를 구하지 못하며, 시간이 지날수록 왜 그래야 하는지도 점점 잊어버린다는 걸 말이다.

그때 내가 외면했던 친구는 지금도 술만 취하면 그날의 일을 얘기한다. 내가 문을 열어주지 않았던, 그래서 그녀에게 편히 쉴 하룻밤을 제공하지 않았던 그날 일을 잊어버리지도 않고 고장 난 레코드처럼 무한 반복을 해댄다. 지금 생각해 보면 그 정도의 인심도 쓰지 못하는 그때의 나는 얼마나 냉정했던가 반성이 되기도 하지만, 솔직히 말해 다시 그때로 돌아간다 하더라도 나는 문을 열어주지 않을지도 모른다. 그때 내가 알게 된 것은 책을 통해서도 누가 가르쳐줘서도 아닌, 자기 자신도 돌보지 못하는 인간이 남을 돌보려 하다가는 둘 다 살아남지 못한다는, 내 몸으로 체득한 생존의 법칙이었기 때문이다.

우리가 겪는 시행착오들은 어쩜 그렇게 다들 똑같고 한결같은지. 마치 그 꼭대기에 가기 위해서는 꼭 지나야 하는 등산로에 있는 약수터처럼 그렇게 우리는 하나씩 포인트를 찍고 돌아왔다. 더 이상한 것은 누구 하나 먼저 그런 시행착오를 겪었다고 해서 나머지 사람들이 그 일을 귀감 삼아 자신은 시험에 들지 않고 넘어가는 일 같은 건 없었다는 것이다. 모두들 자기의 몸으로 겪어내고 체험해 내야만 우리는 그 과정을 통과할 수 있었다.

때로는 그런 일들이 너무나 지겨웠다. 언제까지 이렇게 감정적 육체적 소모전을 해야 하는 건지, 정말로 산다는 일이 누구에게나 다 이렇게 버겁고 힘든 일인지 회의가 들었다. 하지만 그런 20대를 지나온 지금에 와서 돌이켜 생각해 보면 꼭 필요한 경험들이었다. 왜냐하면 그 길들을 지나오지 않았다면 지금의 우리는 없을 것이므로.

이제 나와 내 친구들은 비교적 안정적인 독립생활을 꾸려 나가고 있다. 더 이상 예쁘다는 이유로 쓸데없이 짐만 되다가 결국엔 이사나 방 정리를 계기로 버리게 되는 장신구나 자잘한 주방 소품 따위는 사들이지 않게 되었고, 가구 하나를 사더라도 단 한 가지 기능만이 아닌, 때에 따라서는 이렇게도 저렇게도 쓸 수 있는 것들을 사는 눈도 갖게 되었으며, 아무리 노력해도 늘 약간씩 마이너스 인생인 것 같던 경제적인 문제들도 플러스로 돌아서게 할 줄 알게 되었다. 그리고 무엇보다, 이제는 더 이상 혼자 살다가 최악의 상황이 닥치면 집으로 들어간다가 아닌 여기가 내 집이라는 생각을 하게 되었다.

얼마 전 원룸에서 살던 내 친구가 투룸의 전세로 이사를 가게 되었다. 원룸에서 살아보지 않은 사람들은 원룸이 얼마나 불편한지(단지 동선이 짧다는 장점 빼면) 모를 것이다. 거기서는 고등어를 한번 구워 먹고 나면 이틀은 고등어와 눈뜨고 고등어와 함께 이불을 덮고 자야 한다.

내 친구 중 한 명은 원룸에서 살면서 가장 지겨웠던 것이 행거에 걸린 옷들을 보는 것이라고 했다. 원룸은 옷장이나 장롱을 두기에는 공간이 너무 협소해서 주로 옷을 행거에 걸어두는데, 1년 내내 그걸 쳐다보고 있으면 저 옷들이라도 좀 안 보이는 데 두고 싶다는 생각을 하게 된다. 그리고 수납공간이 부족하기 때문에 모든 물건이 다 밖으로 노출되어 있어서, 간소하게 살겠다고 다짐을 하지 않으면 금방 그 좁은 집 안은 살림살이로 넘쳐흐르게 된다.

따라서 투룸으로 이사를 간다는 것은 단지 좀 더 넓은 공간을 가지게 된다는 것을 의미하지만은 않는다. 이제 그 모든 냄새와 안녕인 동시에 마음 놓고 부엌에서 뭐든 해 먹을 수 있으며, 누군가와 함께 있을 때 더 이상 욕실에 들어가서 불편하게 옷을 갈아입지 않아도 된다는 얘기가 된다. 별것 아닌 것 같겠지만 그 별것 아닌 걸 할 수 없을 때에 인생은 훨씬 더 피곤해진다.

예쁜 일본산 접시 세트를 사 가지고 친구의 새로운 집에 집들이를 갔다. 나보다 훨씬 시행착오를 많이 겪었던 친구였는데 이젠 제법 독립생활 10년 차의 노련함이 보였다. 새로 구입한 책장이며 수납장들은 모두 튼튼하고 쓸모 있어 보였으며 무엇보다 자투리 공간을 환상적으로 활용하고 있었다. 그녀도 나도 그런 것들을 알게 되기까지 얼마나 넘어지고 멍들었던가를 생각하니 짠한 생각이 들었다. 그녀는 새 집에서 살게 되어 참 행복해 보였다. 무라카미 하루키가 말했던 작지만 확실한 행복은 이런 게 아닐까? '다음 달에도 이번 달처럼 살아야 하다니!' 라는 절망 대신 '다음 달도 이번 달처럼 살면 되는 거야' 가

이어지고 그게 삶이 되는 것.

이제 우리들의 독립은 더 이상 깨지고 다치는 일 없이, 하루하루 다 아름다울 것이다.

독립을 결심했다면 우선 살림살이를 장만할 때 주의해야 한다. 한 번에 좋은 걸 사서 오래 쓸 품목과 조금 쓰다가 바꿀 물건들로 구분을 해서 구입하는 게 좋다.

그리고 대부분 원룸이나 오피스텔을 선호하는데 그런 집들은 깔끔하기는 하지만 비싼 게 흠이다. 같은 값에 좀 더 넓은 집에서 살고 싶다면 가정집 독채나 상가 건물 제일 위층에 있는 살림집을 찾아보는 것도 괜찮은 방법이다. 그리고 옥탑 방은 절대 추천하지 않는다. 겨울에는 너무 춥고 여름에는 에어컨을 틀지 않으면 잠시도 못 견딘다. 그리고 옥탑 방 산다고 절대 드라마에서처럼 로맨틱한 일은 벌어지지 않는다(이를테면 애인과 함께 이불 빨래를 한다든지).

우리들의 얄팍하지만 질긴 우정에 대하여

저 유명한 〈섹스 앤 더 시티〉를 보면서 가졌던 의문점은 고작 칼럼니스트 주제에 어떻게 지미추와 마놀로 블라닉을 맘껏 사 신을 수 있었던가가 아닌 쟤네들은 어떻게 매번 단 한 명의 불참도 없이 주말이면 다 같이 모여서 브런치를 즐기는 것인가였다. 그것도 목하 열애 중인 멤버까지 포함해서 말이다.

알다시피 여자들은 남자가 생기면 여자친구를 잘 만나지 않거나 그 횟수가 현저하게 줄어든다. 일부러 그런다기보다는 여자들은 한번 연애를 시작하면 홀라당 빠지는데, 그런 만큼 연애 이외에 다른 것에는 신경을 쓰지 못하기 때문이다. 따라서 이제 막 타오르는 사랑을 시작한 우리 중 누군가가 얼굴을 자주 내밀지 않거나 전화가 뜸하다 해도 우린 모두 이해한다.

"걔 요새 연애해."

누군가 이렇게 한 마디만 해주면 다들 '아아!' 하는 표정을 짓고는 이내 다른 화제로 넘어간다. 아무도 '아니 대체 남자가 생겼으면 생겼지 그걸로 연락을 똑 끊는다는 게 말이 되니? 이러니까 여자들의 우정에는 알맹이가 없다는 소리를 듣는 거야' 하며 목청 높여 분개하지 않는다. 왜냐하면 우리도 그랬고 또 앞으로도 얼마든지 그럴 가능성이 농후한 인간들이니까.

남자라면 용서받지 못할지도 모른다. 새로운 여자가 생길 때마다 코빼기도 안 보이다가 그 사랑이 끝나고 나면 눈물 콧물 다 짜면서 친구들을 찾는다면? 남자들의 우정 세계에 대해 잘은 모르겠지만 아마 게이를 제외하고는 저런 남자는 같은 남자들 사이에서 환영받지 못할 것이다.

그렇지만 우리들은 다르다. 연애하는 내내 죽었는지 살았는지 연락조차 없어도, 가끔 지인들 사이에서 강남의 모 레스토랑에서 웬 덜떨어진 녀석과 앉아서는 서로의 입에 샐러드며 고기 조각을 넣어주기에 여념이 없더라는 목격담만이 전해진다 하더라도 우리는 용서한다. 아니 용서를 넘어 그녀를 이해한다.

그리고 이 용서와 이해가 진정 크나큰 우정으로 승화되는 순간이 있으니 그건 바로 그녀가 불현듯 "뭐 해?" 하고 유독 '해' 자를 길게 빼며, 방금 전까지 눈물 콧물 짜가면서 운 것이 분명한 코맹맹이 목소리로 전화를 하는 순간이다.

한참 열애에 온몸과 마음을 바쳤던 그녀. 그런 그녀가 갑자기 나 같은 중생이 어디서 뭘 하는지 궁금해지는 이유는 딱 한 가지다. 이제부터 우리는 그녀의 길고도 긴 러브스토리와 복수 삼종 세트, 혹은 분노와 저주로 점철된 이야기를 들어야 한다.

이런 얘기를 들을 때마다 왜 세계의 석학들이 대부분 남자인지 도무지 이해가 가질 않는다. 적어도 사랑에 있어서 여자의 기억력과 추리력 및 상상력은 타의 추종을 불허한다. 이 좋은 머리를 부모님들이 '공부 안 하려거든 너 죽고 나 죽자!' 라고 했을 때 썼더라면 우리 인생은 확실하게 달라졌을 것이다.

이렇게 말한다고 해서 우리들이 그런 스토리를 그저 의리상 들어주거나 노는 귀에 염불 듣는다는 자비심을 발휘해서 듣는다고 생각하면 오산이다. 우리는 그녀들의 이야기에 진심으로 분노하며 가끔은 '이씨, 그 인간 지금 어디 있어! 같이 가서 뜨거운 맛을 보여주자!' 며 흥분까지 한다. 특히나 여기서 제2의 여인 따위가 등장한다면 그야말로 수화기 사이로 피가 튄다. 모르긴 해도 그놈과 그의 새로운 그녀는 꿈자리가 심히 뒤숭숭하리라.

만나서 열애를 하는 동안에는 얼굴 한 번 못 본 녀석이지만 내 친구를 아프게 했다는 사실 하나만으로도 우리는 누구보다 전투적으로 돌변한다. 만약 정말로 얘기가 잘 풀려서(혹은 잘못 풀려서) 그런 놈은 절대 그냥 두면 안 된다 따위의 결론이 내려진다면 진짜로 짱돌 들고 쳐들어갈지도 모른다.

'기지배, 연애하느라 우린 보이지도 않지?'와 같은 서운함은 잠시뿐이다. 그렇게라도 열렬히 사랑해서 그 사랑 때문에 친구가 행복에겨워 날마다 구름 속을 걷는 것 같기만 하다면야 연락 좀 뜸하면 어떠라.

상대와 빨리 친해지는 가장 좋은 방법은 공공의 적을 함께 만드는 것이다. 설사 데면데면하니 별로 친하지 않았다 하더라도 자신의 가슴 아픈 러브스토리를 털어놓으며 함께 씹을 '나쁜 놈'만 제공한다면 10년 우정이 부럽잖다. 당장 그날 저녁 초록색 소주병과 함께 돈독한 우정의 탑을 쌓을 수도 있다.

그리고 그 다음 날 누군가가 그녀에 대해 어떤 사람이라고 묻는다면 우리는 아주 좋은 사람이라고 얘기를 해줄 것이다. 단지 그녀가 사랑에 아파했다는 이유만으로, 혹은 드물게 돼먹잖은 놈을 만나 맘고생을 했다는 것만으로도 그녀는 충분히 좋은 사람이 될 자격증을 취득한 거나 마찬가지다.

만약 남자들이었다면 여자와 헤어진 얘기를 아주 작은 부분 하나까지 놓치지 않고 모조리 친구들에게 전달할 수 있을까? 그들은 그저 '헤어졌다' 정도의 결과 보고로만 끝낼 것이다. 설사 헤어짐의 이유가 그녀의 무지막지하게 나쁜 무엇무엇 때문이었다 하더라도 그의 친구들은 끝내 그 무엇이 무엇인지 모르고 지나갈 것이다. 그들에게 중요한 건 헤어졌다는 사실 그 자체이지 언제, 어떻게, 왜, 무엇을, 누가, 어떤 식으로가 아니니까.

더구나 여자친구가 있을 때는 그림자도 비추지 않다가 실연을 하고 나서야 위로해 달라고 나타나 징징대는 소리를 해댄다면 아마 그는 친구들로부터 신체의 일부분 중 남성을 상징하는 것을 떼어내라는 권고를 받을지도 모른다.

물론 처음부터 이런 여자들의 특성에 대해 한없는 이해심이 펼쳐
졌던 것은 아니었다. 스스로가 여자라는 이름에 갇혀 있다 생각했던
20대 초반에는 이런 여자들의 우정이 너무나 한심하게 느껴졌다. 일
단 새로운 남자를 만나면 잠수를 타는 것에서부터 어쩐지 여자들의 우
정은 남자들의 그것에 비해 열등하게만 보였다(남자들을 보라! 그들은 새
로 사랑을 시작한다고 해서 잠수 따위는 절대 타지 않는다. 오히려 우리들로 하여
금 '내가 좋아, 친구들이 좋아?' 라는 질문을 받아낼 만큼 자신들의 우정에 최선
을 다한다). 그러다 남자와 헤어지고 나면 언제 그랬냐는 듯 쪼르르 달
려와 위로를 바라는 꼴이란. 같은 여자지만 여자는 믿을 만한 동물이
못 된다는 생각을 하곤 했었다.

하지만 여자라는 생명체로 30년을 넘게 살다가 보니 이제는 저런
것들이 모두 사랑스럽게 느껴진다. 남자를 만나는 동안에는 그 남자에
게 최선을 다하느라, 혹은 자신의 사랑에 온 힘을 쏟아 붓느라 미처 친
구들을 챙길 정신이 없는 것. 그리고 남자와 헤어지고 나서는 어디선
가 따뜻한 위로를 받고 싶어서 친구들을 찾아와 축 처진 어깨를 기대
는 것. 이 모든 것은, 그럼에도 불구하고 내 친구들은 나를 기다려주고
이해해 줄 것이라는 믿음이 있기 때문에 가능할 것이다.

가끔은 나보다 더 예쁘고, 안 늙고, 돈 잘 벌고, 근사한 남자친구가

있는 내 친구들을 속으로 무지하게 질투하기도 하지만 그래도 나는 내 여자친구들이 좋다. 비록 《신의 물방울》을 3권까지밖에 안 읽었으면서 어지간한 소믈리에 뺨칠 듯 잘난 척을 해댄다 하더라도, 특 A급 짝퉁이 분명한 몇백 만 원짜리 샤넬 시계를 진짜라고 박박 우겨도, 다이어트 중인 것이 분명한데도 맛이 있네 없네 하면서 음식 타박을 한다 하더라도 말이다.

우리가 일면 얄팍하면서도 질기디 질기게 우정을 나눌 수 있는 것은 우리가 사랑에 상처받았을 때 진심으로 함께 슬퍼하고 분개하기 때문이다. 당사자인 나보다 더 흥분해서는 '이런 식으로 감정이입 하시다가는 한국의 스타니슬라브스키 탄생하겠네' 싶을 정도로 펑펑 울고 함께 아픔을 나누는 그녀들이 없다면 우리 인생은 얼마나 재미없고 허전할까?

우린 만나서 와인을 마시지도 브런치를 즐기지도 않는다. 물론 그런 게 유행하면 우르르 몰려가서 흉내를 내보기는 하지만 그건 어디까지나 잠깐의 반짝임이다. 진득하니 우리 옆에서 우리의 우정을 토닥여 주는 것은 참으로 이슬보다 맑은 소주이며 불 위에서 지글거리는 조개구이와 곰장어, 그리고 삼겹살이다. 집에 놀러 올 때면 새로 뚫은 맛있는 떡볶이를 사 오는 그녀들. 그래서 나는 오늘도 그 떡볶이에 곁들일 어묵국을 새벽 3시에도 콧노래 불러가며 끓이는 것이다. 비록 내일이면 새로운 사랑을 찾아 훨훨 날아갔다가 그 사랑이 식어야 다시 찾아든다 하더라도 그간의 행적에 대해서 우리는 100% 이해하고 공감할

준비를 한다. 그게 서른을 훌쩍 넘긴 여자들이 서로가 서로를 친구라

고 부르며 살아가는 방식이다.

간혹 여자들이란 그저 모여서 쓸데없는 수
다나 떤다고 생각하는 남자들을 만난다. 하
지만 그건 단순히 수다가 아닌 서로 공감하
기의 과정이다. 당신들이 당구를 치거나 축
구를 하면서 우정을 다지는 것처럼 여자의
우정은 수다, 즉 대화하기로 다져진다.

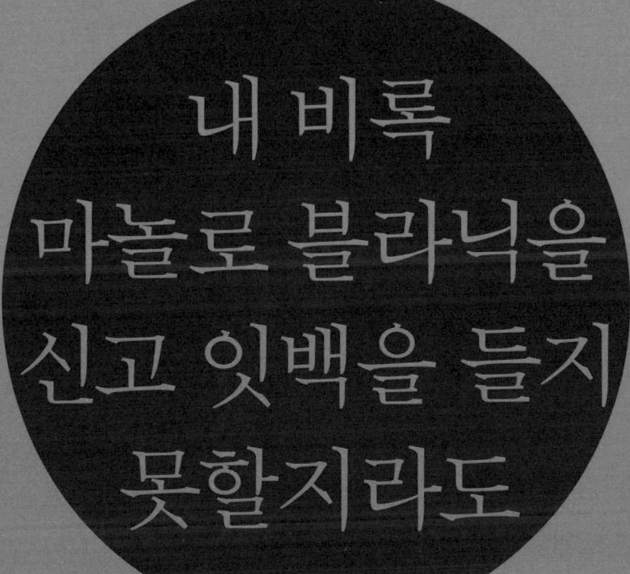
내 비록
마놀로 블라닉을
신고 잇백을 들지
못할지라도

천사도 프라다를 입는다

알다시피 요즘의 악마들은 프라다를 입는다. 거꾸로 뒤집은 삼각형 모양의 로고. 아마 그 로고가 박힌 가방은 진짜가 되었건 짝퉁이 되었건 간에 한두 개씩은 우리의 손을 거쳤을 것이다. 프라다를 폄하하는 사람들은 겨우 나일론 가방 쪼가리에 상표 하나 붙이고는 몇백만 원씩 한다는 건 말이 안 된다고 한다. 맞다. 재료비를 비롯한 원가만 생각하면 그건 말이 안 된다. 하지만 '프라다'라면 말이 된다. 그 삼각형 로고는 세련되었지만 잰 척하지 않는, 심플하지만 단순하지 않은 미학을 대표한다. 끌로에의 회색 니트에 에르메스의 흰색 스카프를 느슨하게 두르고, 얼 진의 빈티지한 느낌이 나는 스키니 진을 입고 빨간 아르마니 힐을 신었다면? 그녀는 이제 까만색 프라다 빅 백만 메면 위에서 말한 세련되고 심플한 패셔너블함의 마침표를 찍게 되는 것이다.

사실 악마야 워낙 물욕적이고 세속적인 캐릭터인지라 프라다를 향해 빨간 혀를 내미는 게 전혀 이상할 거 없다. 오히려 악마가 프라다를 멀리한다면 그거야말로 이상한 일일 것이다. 하지만 천사라면 문제는 좀 다르다. 그러나 그 착하다는 천사도 이제는 프라다를 입는다. 천사라고 언제까지나 흰색의 펑퍼짐한 의상만 입고 장신구라고는 달랑 나팔 하나만 들고 다니란 법이 있는가. 이제 천사는 구찌 클러치 백을 들고, 3초 이상 보면 정신 사나워지기 딱 좋은 패턴의 미소니 칵테일 드레스를 입을지도 모른다. 천사는 착한 일을 많이 했으니까 각선미마저 착하서 크리스티앙 루브탱의 아찔한 킬힐이 기똥차게 어울림은 두말할 필요도 없다. 그러니까 이제는 천사고 악마고 인간이고 간에 프라다를 입는 시대가 온 것이다(주님의 십자가는 불가리나 쇼메일지도 모른다).

내 나이쯤 되면 청바지에 티셔츠만 입어도 괜찮아 보이는 시절과는 이미 백만 광년쯤 떨어져 있다. 바야흐로 여성들의 꿈의 몸무게가 46kg이었다가 44kg인 시대가 도래했다. 연예인들은 이제 하나같이 자신의 몸무게가 46kg이 아닌 44kg이라고 한다(심지어 예전의 통통하고 촌스럽던 모습에서 급 마른 몸매로 환골탈태한 여자 연예인은 39kg의 몸무게를 가졌다고 한다).

물론 나는 저 몸무게에 해당된다. 하지만 46kg도 46kg 나름이다. 요즘의 이상적인 몸매는 비록 뼈 위에 가죽만 있다고 할 정도로 말랐어도 가슴과 엉덩이는 50kg 대의 여자와 비교해도 뒤지지 않아야 한다. 하지만 내 가슴과 엉덩이는 딱 46kg에 걸맞은 초라한 사이즈를 자랑한다. 사정이 이런데 청바지와 티셔츠라니⋯⋯. 또 모르지. 프리미엄 진에다 배꼽쯤에 명품 로고가 커다랗게 박혀 가슴으로 가는 시선을 단박에 차단하는 티셔츠라면 얘기가 달라질지도. 하지만 내가 말하는 평범한 청바지와 평범한 티셔츠를 입었을 때 아름다울 수 있던 나이는 이미 오래전에 지났다. 서른이 넘은 나는 옷차림도 전략이어야 한다는 광고를 맹신해야만 그나마 스타일 구기지 않고 살아남을 수 있게 되었다.

남자가 없는 건 괜찮다. 밤마다 외로움에 어금니가 썩을 지경이건, 휴일이면 리모컨에서 연기가 날 정도로 심심하건 간에 그건 나만 입 다물면 된다. 그럼 아무도 모른다. 하지만 옷차림은? 일단 문을 열고 나서는 그 순간부터 나는 사람들에게 끊임없이 나 자신을 말하는 꼴이 된다. 그 소통은 너무도 순식간에 이루어져서 상대도 나도 대화를 했는지조차도 모른다. 다만 나를 본 사람에게 '생긴 것도 못생긴 주제에 옷까지 구질구질하게 입은 걸 보니 넌 딱 봐도 애인 하나 없고 하는 일도 변변찮겠구나' 라는 인상만은 절대로 심어주고 싶지 않을 뿐이다.

초라한 차림으로 백화점에 가본 적이 있는가? 명품관이 아니라 그냥 동네 백화점에 '잠깐인걸 뭐' 하며 갔더라도 마찬가지다. 살 것만 사고 금방 나오면 괜찮겠지라고 생각한 내 머리를 갈라서 찌개라도 끓이고 싶도록 그런 곳에서의 초라한 차림은 사람을 비참하게 만든다. 비싼 물건을 사든 싼 물건을 사든 초라한 입성은 대접받지 못한다. 내 돈 주고 내가 그들의 물건을 팔아줌에도 불구하고 어딘가 모르게 눈치가 보이고 주눅이 드는, 정말이지 지랄 같은 시츄에이션이 펼쳐진다. 기껏해야 판매사원 제복을 입었을 뿐인 그녀들에게서도 또 쇼핑을 나온 다른 여자들에게서도 한결같은 광선이 나를 향한다. '쟨 도대체 백화점은 왜 왔다니? 동네 시장이나 가지'. 한술 더 뜰까? '저런 것들 때문에 내가 동네 백화점에 오기 싫다니깐. 하여튼 요샌 개나 소나 다 백화점이야'. 세상에 어떤 여자가 이런 시선을 견디고 싶겠는가.

벌이가 빤한 프리랜서 칼럼니스트로는 명품을 휘감을 처지가 못 된다는 건 캐리 브레드쇼 빼고는 세상이 다 아는 일이다. 하지만 나는 가난한 글쟁이가 되고 싶지 않다. 글이 좋아서 일을 시작하긴 했지만 그 일이 나에게 겨우 입에 풀칠 '만' 되는 건 견딜 수 없다. 그래서 나는 끊임없이 칼럼이 아닌, 내 이름은 들어가지 않지만 돈은 많이 주는 일거리를 찾아 하이에나처럼 헤맨다(대기업 홍보팀에는 그런 알바거리가 솔솔찮게 있다. A4 열 장이면 세금을 제하고도 3백만 원을 주는 곳도 있다. 그런 거 하나 물어온 날이면 로또 1등 당첨자 부럽잖다). 그리고 통장에 돈이 꽂히자마자 현금 인출기에서 향기로운 만 원짜리를 인출하여 나를 향해 손짓하는 옷과 구두와 가방들에게 달려간다.

꼭 비싸지 않아도 디자인만 좋다면 브랜드 같은 건 없어도 된다. 이 나이가 되면 더 이상 머리에서 발끝까지 상표를 달아야 한다는 강박관념 같은 건 사라진다. 이거야말로 진정한 믹스앤매치라며, 큰맘 먹고 장만한 가방에 리어카에서 파는 3천 원짜리 시폰 스카프를 달고, 몇 달을 벼르다 세일해서 구입한 프리미엄 진에 동대문에서 단돈 5천 원에 건진 티셔츠를 걸친다.

한때는 나도 페레가모 신발에 페레가모 머리띠를 한다든지 D&G 티셔츠(반드시 겉에 로고가 찍혀 있어야 한다. 그렇지 않으면 동대문에서 산 것과 아무런 차이가 없는 면 티셔츠를 그 가격 주고 사는 건 미친 짓이라 믿었다)에 D&G 로고가 박힌 시계를 차기도 했다. 심지어 늘 왼쪽 가슴에 말을 타던 조그만 남자가 티셔츠 한가운데에 대문짝만 하게 나타나자 랄프 로렌에게 가서 존경의 키스라도 퍼붓고 싶었다. 하지만 무슨 짓이건 자꾸 하다가 보면 뭔가를 알게 되는 순간이 온다. 그 순간 나는 어제의 내 차림새를 떠올리며 홀로 쪽팔림에 부르르 떨어야 했다.

누군가 나에게 패션에 대해 묻는다면 '남들의 시선 따위는 고려 대상이 아니야. 중요한 건 내 만족인 거지' 라고 말하겠지만 사실은 이것도 저것도 내게는 다 중요하다. 아침에 눈을 떠서 거리로 나가자마자 시작해서 집에 들어와 불을 끄고 눕는 그 순간까지 늘 남과 부딪치며 사는데 어떻게 그들의 시선을 무시하나. 확실히 차려입고 나간 날과 그렇지 않은 날의, 홍해 갈라지듯 확연히 다른 시선의 차이에 무슨 수로 무덤덤할 수 있겠는가? 나는 이왕이면 남들이 한 번 더, 그리고 좋은 시선으로 쳐다봐주길 원한다. 어딜 가나 모두에게 주목받고 싶은 지경은 아니지만 그래도 다홍치마는 걸치고 싶다.

자기만족? 이것보다 중요한 게 어디 있겠는가. 내가 내 자신의 모습에 만족하지 못하면 대체 뭘 보며 만족을 해야 하나? 비록 외모는 부랑자 못지않게 구질구질하지만 부지런하고 착해서 언젠가는 복받을 게 분명한 내 삶? 개 풀 뜯어 먹는 소리도 정도껏 해야 하는 법이다.

일을 해도, 연애를 해도, 모두 인간과의 첫 대면의 순간이 있다. 그 순간에 내가 그들에게 어필할 수 있는 것은 내가 얼마나 성격이 좋은 인간인지 혹은 능력 있는 인간인지가 아니다. 사람을 보자마자 입을 열어 자신의 장점을 나열한다면 멀쩡한 육체에 깃든 불안정한 정신세계를 의심받기 딱 좋을 뿐이다. 그 찰나의 순간에 내가 그들에게 어필할 수 있는 방법은 오직 시각적 이미지를 이용하는 것밖에는 없다. 그들은 나의 목소리를 듣기도 전에, 그리고 내가 내민 명함을 받기도 전에 나라는 인간을 머리부터 발끝까지 파악한다. 물론 그 시간은 단 1분도 걸리지 않는다. 첫인상의 모든 것은 3초 안에 판가름이 난다. 그 짧고도 가혹한 심판대에서 나는 50점쯤 빼앗기고 시작하는 게임은 하고 싶지 않다.

내가 걸친 옷과 가방과 구두는 내가 어떤 사람인지를 가장 극명하게 드러내준다. 전체적으로 톤 다운된 컬러와 단순한 디자인을 선호하는 인간인지 아니면 주렁주렁 히피 스타일의 자유주의자인지, 비록 입은 옷의 이미지와 실제 자신이 추구하는 가치관이 아무런 상관이 없다 하더라도 상대방은 그 정보를 알 길이 없다. 나라는 인간을 제대로 알기 전까지는 말이다. 하지만 첫인상에서 실제의 나와 정반대의 느낌을 주게 된다면, 어쩌면 나는 나를 제대로 알릴 기회 자체를 박탈당할 수도 있다.

알다시피 첫눈에 반하는 것은 순전히 외모 때문이다. 소개팅의 8할은 외모가 그 당락을 좌우한다고 해도 모자람이 없다. 이 일에 적임자라는 첫인상을 주는 것은 내 구구절절한 프로필이나 포트폴리오 이전에 바로 내가 걸친 것들이 만들어내는 나라는 인간에 대한 전체적인 이미지다.

옷차림도 전략이라는 말은 이제 너무 진부한 말이 되어버렸다. 어쩌면 문제는 브랜드가 아니라 자신의 옷차림에 대해 어떤 철학을 가지고 있는가인지도 모른다. 동대문에서 산 옷이라 하더라도 스타일리쉬하게 보일 수 있으며, 명품 브랜드를 휘감고 있어도 전혀 아름다워 보이지 않을 수도 있다. 하지만 분명한 것은 이제 옷을 잘 입는 사람들을 겉만 번지르르하고 실속은 없을 것이라고 생각하는 사람은 아무도 없다는 것이다.

OBLADI OBLADA

20대의 나는 소위 명품 브랜드라는 것을 가져본 적이 없었다. 가난하기도 했거니와 그런 것에 별다른 관심이 없었다. 요즘 들어서는 큰맘 먹고 눈 한번 딱 감으면 저런 걸 살 수도 있는 형편이 되었지만 문득 그런 생각을 하게 된다. 나이가 들어서 명품을 가질 수 있는 능력이 생긴 대신 젊음을 대가로 지불한 것이 아닌가 하고. 명품 백을 들고 예전에는 상상도 할 수 없는 가격을 지불한 옷을 입어도 절대 당해 낼 수 없는 게 있다면 아마 젊음 그 자체가 주는 아름다움일 것이다.

그녀들은 알고 있을까? 명품 백이나 디자이너 브랜드의 옷 없이도 지금 자신들이 얼마나 눈부시게 아름다운지를 말이다. 어쩌면 아름다움은 스스로가 그 아름다움의 가치를 모르고 무심할 때 가장 빛나는 순간을 맞이하는지도 모르겠다.

액세서리의 힘을 믿으세요?

나는 결코 스타일리쉬 한 사람이 아니다. 시크한 멋을 내는 방법도 모르고 주변 사람들에게 '잇 걸'로 추앙받는 일 같은 건 더더욱 없다. 그러나 다년간 패션 잡지에 칼럼을 쓰고, 그러면서 하나둘 패션 에디터들을 친구로 사귀게 되면서 약간의 감 같은 것을 익히게 되었다. 그녀들은 무조건 많은 쇼핑과 비싼 것들로 무장하는 게 아닌 나만의 쇼핑 철학과 하나를 사도 여러 가지로 활용할 수 있는 아이템들에 승부를 걸었다.

다들 들고 다니는 가방, 지금 대유행하는 옷이 아닌 자신만의 스타일을 사야만 한번 사면 유행과 상관없는 베이직 아이템으로 오래 입을 수 있다는 사실도 알게 되었다.

그러나 여전히 패션은 부담스럽다. 가방까지는 어떻게든 내 스타일을 찾아보겠는데 옷은 너무 어렵다. 거기다 내 체형은 어깨가 좁고 말랐으며 키도 작기 때문에 어지간한 옷으로는 멀쩡한 인간으로 보이지도 않는다. 다들 입으면 중간은 한다는 블랙 재킷과 블랙 팬츠 같은 베이직 아이템도 나에게는 NG였다. 그래서 생각한 것이 액세서리였다. 옷에 투자를 하려면 돈도 시간도 많이 들지만 액세서리는 달랐다. 작은 귀걸이 하나, 무심하게 걸친 듯 보이는 목걸이 하나가 옷까지 달라 보이게 했다. 그래서 그때부터 나의 액세서리 쇼핑은 시작되었다.

처음에는 그 자체로도 화려하고 예쁜, 에스닉 하거나 엘레강스 한 액세서리를 좋아했다. 당시 나는 아는 지인이 직접 만드는 천연 스톤과 실버를 이용한 액세서리를 구입했다. 세상에 오직 하나뿐인 수공 액세서리는 대단히 매력적이었다. 하지만 그 액세서리들은 예쁘기는 했지만 나와는 잘 어울리지 않았다. 흔히 수공품이 그러하듯. 그 액세서리들은 지나치게 섬세하고 화려했으며 알록달록한 색상들은 오히려 옷을 어지간히 잘 차려입지 않으면 싸구려처럼 보이기까지 했다. 거기다 나는 흔히 패션 초보들이 저지르기 마련인 색깔 맞추기에만 신경을 써서, 빨간 귀걸이에 빨간 반지, 빨간 팔찌를 차고 다니는 기염을 토하기도 했다.

그러다가 싸구려 액세서리나, 예쁘긴 하지만 내게 어울리지 않는 액세서리들을 한 보따리씩 사느니 차라리 활용도 높은 제대로 된 아이템을 하나씩 사기로 마음을 바꿔 먹었다. 나와 어울리진 않지만 예쁘니까 하나, 싼 맛에 하나, 누구누구가 드라마에서 하고 나오니까 하나(물론 카피)가 아닌, 그냥 나에게 제일 잘 어울리는 것들을 그리고 무난해서 어떤 옷에도 매치가 가능한 액세서리들에 눈을 뜨기 시작한 것이었다.

먼저 내가 갖고 있던 액세서리부터 지인들에게 다 나눠주고, 액세서리 함부터 치워버렸다. 기성품으로 나오는 액세서리 함들이라는 게 다 그러하듯, 그것은 공간 분할이 이상하게 되어 있어서 목걸이들은 서로 엉키고 귀걸이들은 한 짝씩 이상한 곳에 처박혀 있기 일쑤였다. 그리하여 마침내 액세서리들은 그냥 거대한 하나의 덩어리처럼 보였고, 따라서 눈에 딱 뜨이는 색상을 지닌 게 아니라면 있는지 없는지도 모른 채 그냥 액세서리 함에서 때깔만 죽어가고 있었다.

액세서리 함을 버리고 나서 나는 나만의 액세서리 함을 직접 만들었다. 액세서리를 구입할 때 주는 작은 함을 이용했는데, 뚜껑에 자석이 달려 있는 그 작은 함들은 여닫기도 편리했다. 그래서 나는 크기별로 그 상자들을 딱 맞는 나무 쟁반에 담은 다음 목걸이는 큰 상자에(목걸이는 어지간하면 한 개씩 작은 지퍼 비닐 팩에 넣어야 서로 엉키지 않는다), 반지는 그 다음, 이어링은 그 다음, 이런 식으로 정리했다. 그러니 액세서리의 활용도가 높아짐은 물론 지들끼리 부딪쳐서 스크래치가 나는 일 같은 것도 없어졌다.

나는 거의 한 군데에서만 액세서리를 사는 편인데, 디자이너 브랜드가 가장 좋다. 왜냐하면 모든 디자이너 브랜드는 그 디자이너만의 분위기가 있기 때문에 따로 구입을 해도 같이 걸치면 동일한 톤을 내기 때문이다. 게다가 내가 좋아하는 브랜드는 그다지 튀지 않는 깔끔한 쥬얼리를 주로 내놓기 때문에 어떤 옷과의 매치도 가능했다. 그리고 지나치게 화려한 여성 전문 액세서리 브랜드보다는 남녀의 옷이 함께 나오는 멀티하고 유니섹스한 브랜드의 제품을 이용했다.

내가 좋아하는 액세서리는 거의 실버 재질 아니면 메탈 소재다. 금은 어쩐지 너무 올드 해 보이거나 과시하는 듯 보여서 좋아하지 않는다. 물론 금은 잘 활용하면 고급스러워 보이면서도 극도의 세련된 인상을 주기도 하지만 아직까지 내 경제력도 그렇고, 내 감각도 그 수준에 다다르지는 못했다.

보석이나 스톤이 들어간다 하더라도 나는 블랙, 화이트, 그레이, 이 세 가지를 기본으로 해서 구입한다. 당장 눈에 띄는 알록달록한 색들은 매장에서는 한없이 예쁘지만 막상 사 가지고 오면 옷에 매치하기가 여간 까다롭지 않다. 물론 포인트 액세서리라는 것이 엄연히 존재하기 때문에 가끔은 크리스털 브랜드에서 나오는 유색 빅 사이즈 목걸이랄지 칵테일 반지 같은 걸 구입하기도 하지만 자주는 아니다.

액세서리를 착용하면서 가장 신경 쓰는 부분은 더 이상 덜어낼 것이 없는 상태를 만드는 것이다. 누군가가 그랬다. 완벽한 디자인이란 더할 것이 없는 게 아니라 뺄 것이 없는 상태라고. 예쁘다고 귀걸이도 하고 목걸이도 하고 반지에 팔찌, 거기다 시계까지 차버리면 너무 과하게 느껴진다. 거기다 청담동 며느리 같은 헤어밴드나 과감한 디자인의 가방과 튀는 색상의 슈즈를 매치해 버린다면? 과함은 언제나 모자람만 못하다. 적어도 패션에 있어서는 그렇다.

간혹 포인트를 주고 싶으면, 말 그대로 딱 포인트가 될 만한 곳 한 군데에만 신경을 쓴다. 이어링도 포인트, 목걸이도 포인트, 팔찌도 포인트가 될 수는 없다. 빅 사이즈의 이어링에 길게 늘어지는 치렁치렁

한 목걸이를 하고 칵테일 반지까지 낀다면 아마 집에 있는 모든 액세서리는 다 걸고 나온 것 같은 느낌을 줄 것이다(사실 저렇게 빅 사이즈 액세서리를 과하게 믹스 해도 과장돼 보이지 않는 사람은 이 지구상에 사만다 존스딱 한 사람뿐일 것이다). 빅 사이즈의 액세서리 및 가방 등은 키가 크고 골격도 있으면서 이목구비도 시원시원해야 어울린다. 빅 사이즈의 루이비통 백이 잇 백으로 등극했을 때 딱 올슨 자매만큼 키 작고 마른 여자들이 그 가방을 들고 다녔던 것을 떠올려보라. 그건 잇 백이 아닌 온리 백만 보일 뿐이었다(우리나라 여자 연예인 중 빅 사이즈의 가방이나 액세서리가 잘 어울리는 사람은 김혜수, 한채영, 한예슬 정도일 것이다).

액세서리를 고를 때 한 가지 주의할 점은, 누가 했기 때문에 혹은 유행한다고 해서 구입하지 않는 것이다. 옷에 비해 액세서리가 현저하게 싸기는 하지만, 그래서 유달리 충동구매를 할 확률이 높긴 하지만 아무리 그래도 쓰지 않는 물건은 결국 짐이고 쓰레기일 뿐이다. 또 연예인을 따라 한 액세서리는 유행을 많이 타기 때문에 그 연예인이 더 이상 착용하지 않는 시점이 되면 아무리 예쁘고 비싸다 하더라도 구닥다리로 보이기 십상이다.

또 대부분 액세서리를 구입할 때는 지금 입고 있는 옷에만 어울리는 액세서리를 살 확률이 높다(당장 착용해 봤을 때 입고 있는 옷과 잘 어울리는 액세서리가 가장 예뻐 보이므로). 따라서 옷마다 어울리는 액세서리를 다 장만할 여력이 되지 않는 한 조금 다른 스타일의 옷과의 매치도 분명 체크해 봐야 한다. 오래 쓰는 액세서리일수록 무난한 디자인이 많다. 유행도 타지 않으며 어떤 옷과도 조화를 이루어 활용도가 높기 때문이다. 이런 베이직한 디자인일수록 디테일이랄지 소재, 마감 처리 같은 게 유달리 눈에 더 잘 들어오기 때문에 하나를 사도 제대로 된 좋은 물건을 사야 한다. 그런 액세서리는 매우 평범해 보이지만 결코 다른 카피 제품들이 따라 할 수 없는 정교함이 무기다. 그리고 이 과하지 않으면서 정교하고 세련된 액세서리는 그 액세서리를 착용하는 순간 과장되지 않으면서도 사람을 돋보이게 할 것이다. 이것이 진짜 보석을 쓰는 하이쥬얼리만큼은 아니더라도 꽤 값이 나가는 액세서리를 사는 이유다.

흔히 가방이나 옷으로만 기억되는 코코 샤넬 여사의 성공 신화를 보면 액세서리가 굉장히 큰 부분을 차지한다. 그녀는 하이쥬얼리만 존재하던 그 시대에 싼 모조 진주를 여러 겹 걸치거나 당시에는 액세서리 재료로 활용되지 않았던 플라스틱 같은 소재를 과감하게 사용해서 시대를 아우르는 스타일을 만들어냈다. 그러나 그녀가 만든 그 모조 진주 목걸이나 플라스틱 팔찌는 결코 싸구려가 아니었다. 소재는 싼 것을 쓰더라도 마감 처리나 디자인까지 싸구려는 아니었기 때문이다. 그녀는 보석을 낀 채 앉아서 하우스 키퍼가 내어다 주는 밀크티나 마시면서 부채질이나 하는 여자들이 아닌 일하는 여성들을 위해 옷을 디자인하고 액세서리를 만들었다. 따라서 그녀가 만든 액세서리는 결코 활동에 지장을 주거나 특정한 드레스에만 잘 어울리는 단품용이 아니었다. 코코 샤넬이 액세서리 디자인에 많은 관심을 보인 것은 모든 사람들이 예쁜 옷을 많이 살 수 있는 건 아니기 때문이었다. 따라서 그녀는 한 가지 옷으로도 여러 가지 느낌을 낼 수 있는 액세서리에 주목했고, 이런 그녀의 안목은 큰 성공으로 이어졌다.

액세서리의 힘은 믿기 힘들 정도로 크다. 아무 생각 없이 예쁘다고 귀걸이를 달고 또 예쁘다고 목걸이를 걸던 것에서 벗어나 하나의 분위기, 그리고 내가 가진 단순하고 저렴한 옷들을 좀 더 돋보이게 하겠다는 마음에서 고른 액세서리들은 비싼 가방이나 구두 못지않게 스타일에 큰 힘을 발휘한다. 가방이나 구두에는 아낌없이 투자하면서 액세서리는 늘 동대문이나 좌판대에서 골라 몇 번 하다가 싫증나면 버리고 또 사고를 반복할 수도 있겠지만 결과적으로는 그게 더 손해일 수도 있다.

나도 과거에는 시시때때로 싼 액세서리를 사서 기분 따라 쓰다가 이내 버리고 또 다른 액세서리를 기웃거렸다. 경제적인 측면에서 따져 볼 때, 당장에는 조금 비싸지만 심사숙고해서 단 하나를 사서 오래 쓰는 것이 싸구려 액세서리를 한 보따리 쇼핑할 때보다 훨씬 더 싸게 먹힌다. 오래 사용하는 건 물론이고 어떤 옷에도 큰 고민 없이 매치할 수 있어서 실제 그 물건이 지니는 경제적 가치보다 더 많은 걸 누렸다.

물론 당신이 매우 스타일리쉬하며 패션 감각만큼은 보기만 봐도 손이 베일 정도로 날카롭다면 나의 이런 얘기들이 매우 가소롭게 들릴 것이다. 시장 바닥에서 산 싸구려 물건도 런웨이에서 막 공수해 온 것처럼 근사하게 소화해 내는(혹은 고급스러운 제품들과 기막히게 믹스 매치해 내는) 능력을 갖고 있을 테니까.

하지만 대부분 평범한 우리들은 패션 잡지를 기웃거리면서 '음……
나도 이렇게 해볼까?' 생각하고 어떻게 하면 같은 값에 좀 더 좋은, 좀
더 예쁜 패션 아이템을 고를 수 있을까 고민한다. 우리는 시에나 밀러
나 지젤 번천처럼 존재 자체가 스타일이라서 어떤 걸 걸쳐도 다 시크
해 보이는 부류가 아니잖는가.

그렇다면 일단 액세서리부터 한번 출발을 해보는 건 어떨까? 옷에
비해 부담도 적고, 비용 대비 가장 큰 효과를 내는 게 바로 액세서리가
아닌가. 당장 카드 값을 갚을 능력도 안 되는 지경만 아니라면 나는 적
당한 선에서 즐겁게 쇼핑하고 예쁘게 잘 차려입고 다니는 여자들이 좋
다. 그건 여자들만의 특권이다.

타고나길 너무 아름답게 태어나서 비너스 여신처럼 옷을 벗건 걸치
건 내내 아름답다면야 액세서리 따위가 다 무슨 필요가 있겠는가. 하
지만 우리는 예뻐지고 싶고,
멋있어 보이고 싶은 평범하
게 생긴 여자들이다. 이런
우리들이 조금 더 예뻐지겠
다고, 그리고 아름다워지고
싶어 애쓴다면 그걸 누가
뭐라고 하겠는가.

나는 인터넷에서 액세서리를 구입하는 것을
별로 추천하지 않는다. 가격은 정말 착하지
만 막상 배달된 물건을 보면 사진과 달리
너무 조잡스러운 경우가 있기 때문이다. 그
래서 액세서리는 뭐니 뭐니 해도 직접 보
고, 소재와 디자인을 살피고, 무엇보다 내가
직접 착용했을 때 어떤지를 봐야 한다. 아
무리 예쁜 액세서리라 하더라도 내게 어울
리지 않으면 그림의 떡일 뿐이다.

피부에 관한 몇 가지 진실과 오해

누군가는 말했다. 피부는 여자의 생명이라고.

미를 좌우하는 것까지는 인정하겠는데 생명이라고? 근데 불행하게도 생명 맞다. 아무리 절세미인이라 하더라도 여드름이 온 얼굴을 덮고 있거나 검고 칙칙한 피부, 혹은 기미 주근깨가 잔뜩 낀 얼굴을 상상해 보라. 얼굴 작고 이목구비가 아무리 예뻐도 그 얼굴은 이미 아름다운 얼굴로서는 그 생명을 다한 것이나 다름없다. 대신 피부가 좋다면 얼굴이 예쁘지 않아도 반대의 경우보다 훨씬 예뻐 보인다. 피부는 깨끗한 인상을 좌우하고, 얼굴에 있어 가장 중요한 부분을 차지한다.

예뻐지려고 눈 고치고, 코 고치고, 턱 깎거나 이 교정하는 과정을 다 거친 여자들이 마지막으로 깨닫게 되는 진리는 피부과에 제일 먼저 가야 했다는 것이다. 일단 피부부터 좋게 만들고, 그래도 어딘가 반드시 고쳐야겠다면 수술을 하든지 하는 게 순서다. 피부는 얼굴에 있어 큰 눈, 오뚝한 코를 제치고 1순위다.

피부에 관한 절대적 진실이 존재한다면 그건 딱 한 가지다. 피부는 타고나야 한다는 것이다. 하얀 피부 톤에 탱탱하고 매끄러운 피부, 모공 하나 없이 말끔하고 여드름 자국 같은 건 상상도 할 수 없는 피부는 따로 있다. 그들은 날 때부터 그렇게 타고난 사람들이다. 이런 사람들은 세월이 흐르면 주름만 좀 생길 뿐 피부에 적이라는 커피, 담배, 술, 초콜릿, 튀김 따위를 달고 살아도 피부가 나빠지지 않는다.

하지만 저런 피부가 아니라고 실망할 건 없다. 피부과와 화장품에 천문학적인 돈을 쏟아 부으면 똑같진 않더라도 비슷하게 흉내는 낼 수 있다. 그러니까 피부는 타고나든가 아니면 열심히 관리하는 것 빼고는 답이 없는 것이다.

그러나 관리도 뭘 알고 해야 한다. 그저 피부과나 관리실에서 하면 좋다고 하니까 비싼 시술을 받고, 연예인이 광고하는 화장품을 바른다고 해서 좋은 피부가 되는 건 아니다. 사람마다 체질이 다르듯 피부 상태도 사람마다 다 다르고, 따라서 당연한 얘기지만 자신의 피부를 정확하게 알고 관리를 받아야 한다.

우리나라 여성의 약 70%가 자신의 피부를 민감성이라고 생각한다. 하지만 실제 민감성 피부는 약 30% 안팎이다. 그렇다면 왜 많은 여자들이 민감하지도 않은 자신의 피부를 민감성이라고 생각하는 것일까? 그건 피부에 다른 문제가 있는 것을 단지 민감성일 것이라고 착각한 것이다(진짜 민감성 피부는 피부과에서 비교적 간단하게 진단할 수 있다).

다시 처음으로 돌아가서, 피부 관리실과 피부과의 차이부터 우선 짚고 넘어가자. 피부 관리실은 말 그대로 피부를 관리해 주는 곳이다 (팩을 하거나 마사지를 하는 정도). 피부과를 가서도 관리를 받는다고 말하지만 그건 정확하게 말하자면 관리가 아닌 치료 안에 포함된 것이다. 그러니까 피부 관리실은 피부 관리사 자격증을 따면 샵을 오픈해서 운영할 수 있는, 좋은 피부를 유지하기 위해 관리해 주는 곳이고, 피부과에서 받는 관리는 전문의가 피부의 문제점을 치료함과 동시에 피부 관리도 어느 정도 해주는, 문제성 피부의 치료와 개선에 그 목적이 있다. 만약 치료를 요하지 않는 정도의 그저 탄력 있는 피부라든가 촉촉한 피부 정도를 원한다면 비용 면에서 훨씬 저렴한 관리실을 이용하는 것이 맞다.

하지만 기미, 주근깨, 모공수축, 주름, 여드름 같은 문제를 해결하고 싶다면 그건 피부과를 가야 한다. 왜냐하면 저런 피부를 개선시키기 위해서는 반드시 의료 행위가 필요하고, 의료 행위는 의사만 할 수 있기 때문이다.

간혹 피부 관리실에서 여드름을 짜기도 하는데, 이때 사용하는 것은 의료용 주사 바늘이다(우선 여드름으로 인한 화농이나 이 화농이 굳어진 피지를 피부 밖으로 빠져나오게 하기 위해서는 인위적으로 피부에 구멍을 뚫어야 한다). 주사 바늘은 아무나 만질 수 없다. 반드시 전문 의료인이 다루어야 하는 의료기기다. 따라서 관리실에서 주사 바늘을 사용하는 것은 엄밀히 말하자면 모두 불법 행위에 해당한다.

피부과의 경우, 대부분 피부과 내에서 운영되는 관리실에서 주사 바늘을 이용한 의료 행위가 이루어지는데 이때는 잠정적으로 의사 동의하에 이루어진다(의사의 동의가 중요한 이유는 문제가 생길 때 책임을 의사가 진다는 것을 의미한다).

많은 여성들이 비싼 레이저 치료를 받으면 무조건 피부에 좋은 줄 안다. 물론 좋은 것도 있다. 하지만 대부분의 시술은 굳이 필요치 않은데도 불구하고 병원의 이득을 위해 이루어진다. 거기다 의사들은 매번 새로운 레이저 시술을 권한다. 무조건 전에 있던 기계보다 더 좋은 거란다. 그리고 피부도 확실히 좋아진다고 말한다. 하지만 그런 이유에서라기보다 실은 비싼 기계를 새로 들여왔고, 빨리 기계의 본전을 뽑기 위한 경우가 대부분이다.

피부과 레이저 기계는 생각보다 비싸다. 이런 비싼 기계는 동네방네 모든 피부과에서 다 들여놓을 수 있는 것은 아니다. 따라서 렌탈을 하는 경우도 많다. 근데 렌탈을 한 한정된 기간 동안 렌탈비, 즉 본전과 의사의 수입, 거기에다 이익을 모두 창출하려면 당연히 환자들에게 별로 필요치도 않은 시술을 권할 수밖에 없다.

매우 안타깝게도, 관리실의 관리사보다는 피부과 의사가 좀 더 전문적이긴 하지만 그들의 말을 다 믿을 수는 없다는 것이다. 만약 여드름을 짜러 피부과에 한 번 간다고 가정했을 때 거의 백이면 백 다 그 피부과에 있는 관리실에서 비싼 관리나 레이저 시술을 패키지로 끊어서 받을 것을 권한다.

병원 간판에 '피부과' 가 아닌 '진료과목 피부과' 라고 적혀 있는 것을 본 적이 있을 것이다. 진료 보는 과목에 피부과가 있으니 그 의사는 당연히 피부과 전문의라고 생각하겠지만 아니다. 전문의는 레지던트 4년 수료 후 해당 과목의 전문의 시험을 통과해야 한다. 그래야 병원 간판에 '피부과' 와 '병원' 이라는 말을 쓸 수 있다. 하지만 만약 산부인과 전문의가 산부인과 진료만으로는 성에 차지 않아 피부과를 하나 더 추가하고 싶다면? 약간의 수련 과정 및 시술법 등을 마스터한 다음 '진료과목 피부과' 라고 간판에 표기하고 피부과를 운영할 수 있다. 물론 피부과 전문의들은 다른 전문의들이 피부과를 끼워 넣기 식으로 병행하는 것을 매우 못마땅해 하지만, 치료가 아닌 미용 차원이라면 사실 실력 차이는 크게 나지 않는다고 볼 수 있다. 그렇다면 피부과 전공의가 아닌 타 전공의가 피부과를 병행하는 이유는 무엇일까? 답은 하나다. 돈이 되기 때문이다. 피부과 수입은 환자를 받아서가 아닌 피부 관리실 운영으로 버는 돈이 대부분이다. 즉 질환 차원의 피부 문제로 병원에 가는 사람들이 아닌, 관리 차원에서 가는 사람들이 다 먹여 살리는 셈이다.

피부과에 가면 대부분 관리를 패키지로 끊는 게 훨씬 싸다고 말한다. 하지만 그렇지 않은 경우도 많다. 그들은 싸게 해주는 척하면서 실은 필요하지도 않은 각종 관리와 레이저 시술을 끼워 팔고 있을 뿐이다. 패키지는 적게는 50만 원부터 많게는 수백만 원이다. 그러니 한 번 패키지를 팔면 적게 잡아도 환자 두당 50만 원은 수익을 올릴 수 있는 것이다. 치료만 해서는 자신들이 생각하는 수지타산이 맞지 않기 때문이기도 하다.

관리실이나 병원에 다니는 사람들 중에서는 그곳에서 권하는 화장품을 쓰는 사람들이 많을 것이다. 그들은 이렇게 말한다. 그게 우리나라에서만 잘 안 알려졌지 사실 유럽으로 가면 다 아는 유명한 화장품이라고. 그리고 그 화장품이 마치 기적의 피부 치료제라도 되는 양 효과를 과장해서 말한다.

결론부터 말하자면 말도 안 되는 소리다. 우리나라가 후진국도 아니고, 더구나 전 세계 화장품 시장에서 동양권에서는 일본 다음으로 규모가 큰 시장인데, 만약 유럽에서 유명한 화장품일 경우 황금 시장인 우리나라에서 왜 병원이나 관리실만을 유통망으로 삼겠는가. 당연한 얘기지만 이미 외국에서 유명한 화장품들은 거의 다 우리나라 백화점이나 화장품 샵에도 들어와 있다.

하지만 유명 백화점에 들어와 있다고 해도 화장품을 너무 맹신해서는 안 된다. 좀 잔인하게 말하자면 그들이 판매 시 하는 말의 5분의 1 정도만 믿으면 된다. 이 화장품 하나면 모든 피부 고민이 말끔히 사라질 것처럼 얘기하지만 그런 기적의 화장품은 전에도, 지금도, 앞으로도 없을 것이다. 또 어떤 화장품이건 한 가지만으로 모든 피부 문제를 개선할 수 있는 화장품은 없다. 만약 정말로 그들의 말처럼 단 한 개로 모든 게 다 해결되는 화장품이 있다면 사람들이 왜 미백 따로, 모공 따로, 탄력 따로 화장품을 사 쓰겠는가.

그리고 화장품은 화장품일 뿐 절대 치료제가 아니다. 이것만 바르면 여드름이 싹 사라진다든지 까만 피부가 하얗게 변한다든지 기미 주근깨가 말끔히 사라지는 일 같은 건 일어나지 않는다. 화장품은 피부 문제의 완화 내지는 진행을 더디게 만드는 것일 뿐이지 아예 진행을 멈추거나 완벽하게 개선하는 기적의 묘약이 아니다.

우리나라 여성들의 가장 큰 문제점은 너무 일찍부터 고가의 기능성 화장품을 쓴다는 것이다. 왜 화장품 모델들이 점점 어려지는지 아는 가. 어린 여자들이 예쁘니까? 물론 그런 이유도 있다. 하지만 수입 화장품들이 외국에서 이미 쓰고 있는 글로벌 모델을 놔두고 그보다 훨씬 젊은 한국 모델을 쓰는 진짜 이유는 사용 연령을 최대한 낮추기 위해서다. 그래서 고가의 아이크림이나 링클케어가 필요 없는 20대 초반들도 자신들과 비슷한 연령의 모델이 광고를 하면 '나도 저 제품을 써야 하는 거 아닐까?' 하는 생각을 무심결에 하도록 만드는 것이다. 이건 30대도 마찬가지인데, 현재 백화점에서 고가에 판매되는 화장품은 대개 심각한 문제를 지닌 40대 피부를 위한 것들인 경우가 많다. 그런데 우리나라에서는 20대들도 저런 비싼 화장품을 쓴다. 물론 고기능성의 비싼 화장품을 발라주면 정도의 차이는 있겠지만 확실히 효과는 있다. 그런데 너무 젊을 때부터 이런 고기능성 화장품을 써주다 보면 피부에 내성이 생겨서 진짜 나이가 들어 조금씩 기능성을 써주어야 할 때쯤이 되면 더 비싸고 더 좋은 화장품을 써주지 않는 한 답이 없다는 것이다.

그럼 비싼 화장품들은 다 좋을까? 그렇지 않다. 화장품은 명품처럼 한 그룹이 여러 가지의 고가, 중가, 저가 화장품 브랜드를 거느리고 있는 경우가 많다. 간혹 저가 라인에서 신제품을 출시해서 반응이 괜찮을 경우, 약간의 성분만 더해서 다른 메이커의 고가 라인으로 출시하는 경우도 있다. 따라서 반드시 고가의 화장품만 좋은 것은 아니다.

또 잡지에 나오는, 기자들이 쓴 화장품 리뷰를 너무 믿지는 말아야 한다. 당연한 얘기지만 리뷰에 소개된 화장품들은 그 잡지에 광고를 하고 있다. 따라서 광고주의 심기를 건드릴 만한 '이건 값만 비쌌지 아무 효과 없음' 같은 문구를 쓸 수 있는 기자는 없다. 대신 어떤 면에서는 좀 아쉽지만 어떤 면에서는 그 효과가 놀라울 정도라고 표현한다. 또 여러 개의 제품을 서로 비교하는 화장품 기사라 하더라도 다들 장점이 두어 개씩은 있어 결국은 이것도 저것도 다 좋다고 얘기한다. 그리고 남이 써서 좋은 화장품이 내가 썼을 때도 좋다는 보장은 없다. 불행하게도 잘 맞는 화장품은 샘플을 써보건 정품을 사서 쓰건 일단 내가 직접 써봐야 알 수 있는 것이다. 따라서 저런 리뷰들은 그저 참고 사항이 될 뿐이다.

세상에 기적의 화장품, 기적의 시술은 없다. 단 한 번의 사용, 혹은 시술로 피부가 좋아지고 그게 영원히 유지된다면 얼마나 좋겠는가마는 그렇지 않다. 따라서 피부과를 가더라도 꾸준하게 계속 가주어야 좋아지는 것이고, 비싼 고가의 화장품 한 병을 쓴다고 평생 좋은 피부가 유지되는 것도 아니다. 피부는 세포다. 따라서 끊임없이 생성되고 소멸된다. 좋은 피부를 갖고 싶다면 늘 열심히 관리하고 신경을 쓰는 것 이외에 다른 방법은 없다.

요즘은 나이보다 어려 보이는 얼굴, 즉 동안이 대세다. 동안을 위해 가장 첫 번째로 할 일은 바로 맑고 깨끗한 피부를 가꾸는 것인데 스트레스, 자외선, 수면부족 등에 피부가 노출되지 않도록 신경을 쓰는 것이 가장 중요하다. 피부과를 선택할 때 고가의 패키지나 피부과에서 파는 화장품 세트 구매를 강요한다면 그다지 양심적인 피부과로 볼 수 없으므로 주의해야 한다. 또 레이저를 비롯한 각종 피부 시술 상담은 매니저가 아닌 반드시 피부과 의사와 상담을 해서 결정해야 한다.

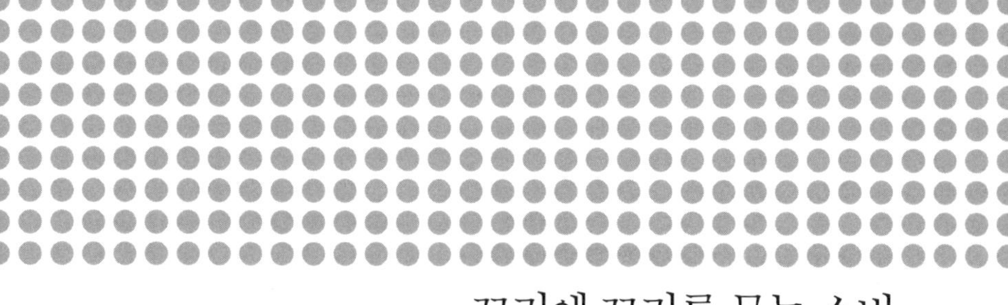

꼬리에 꼬리를 무는 소비

쇼핑 중독자들 중에는 살짝 특이한 인간들이 있다. 그들은 절대 자기가 얼마나 비싸고 좋은 제품을 샀는지를 자랑하지 않는다. 그들이 새로 쇼핑한 물건을 들이밀며 "이거 얼마에 샀게?"라고 질문한다면 무조건 말도 안 되는 낮은 가격을 불러야 한다(물론 정답을 맞히는 게 아닌, 질문한 이의 의도를 한껏 살려주고 싶다면 반대로 말해야 하겠지만).

물건에 합당하겠다 싶은 가격을 부르면 그들은 얼굴에 득의만만한 미소를 띠며 말한다. "내가 그 가격이라면 이걸 샀겠냐?"

그들은 언제나 쇼핑을 돈 번 것이라고 해석한다. 왜냐하면 그 물건의 정가는 10만 원이었으나 자기는 50% 대박 세일 때 5만 원에 구입했으니까 나머지 5만 원을 벌었다는 식인 것이다. 아예 그 물건을 사지 않았다면 애초에 5만 원의 지출조차도 없었을 것이라는 명명백백한 사실을 죽어도 인정하지 않는다. 그리고 생각한다. '번 돈 5만 원으로 뭘 하지?' 문제는 대개 그 생각을 집에 와서 하지 않고 그 자리에서 바로 한다는 것이다. 그러고는 기어이 자신이 벌었다고 믿는 돈

5만 원을 홀랑 다 써야 직성이 풀린다.

이런 인간이 만약 백화점 반경 100미터 이내에 산다면 그것은 알코올 중독자가 소주 공장 옆에 사는 것과 같으며, 뷔페식당을 운영하는 비만환자와 같은 결과를 낳게 된다. 백화점은 늘, 항상, 언제나, 무슨 핑계와 이유를 대서라도 세일을 한다. 설사 밖에 세일이라고 대문짝만하게 써 붙여놓지 않아도 상품권 행사 내지는 사은품 행사, 그것도 아니라면 브랜드별 특별 세일이라도 한다. 백화점은 사실상 1년 365일 세일을 하고 있는 셈이다.

내 친구 A양. 자산이라는 말조차도 창피한 그녀의 경제가 거의 파산 지경에 이르렀을 때는 모두 백화점 근처에 살 때였다. 백화점이 바로 코앞이니 슬쩍 엎어지기만 해도 어느새 백화점 안에 들어와 있더라나? 그러고는 열심히 세일하는 물건들을 찾아 눈을 빛내고 다녔다. 그리고 거기서 건진 전리품들은 모두 자랑거리가 되었다.

"세상에나! 장 폴 고띠에 선글라스를 5만 원에 건졌다니까. 근데 마침 지갑에 상품권 두 장이 있지 않겠어? 결과적으로는 내가 이걸 단돈 3만 원에 건졌다는 거 아니야. 완전 거저인 거지!" 그녀의 계산법에 의하면 상품권은(그것 역시 물건을 구입하고서 받은 거다) 돈이 아닌 것이다. 그러니 15만 원 하던 선글라스를 10만 원이나 할인받고, 거기다 상품권 두 장 덕에 현금을 3만 원만 썼으니 그녀로서는 거저라고 느낄 수밖에.

이들의 공통점은 절대 물건을 '샀다' 라고 표현하지 않는 데 있다.

그들이 물건을 구입한 행위는 어디까지나 '건진' 것이다. 그것도 거의 공짜나 다름없는 가격에 말이다. 그리고 그들은 그렇게 해서 건진 물건들을 차곡차곡 쌓아둔다. 그 물건을 쓸지 말지는 차후에 결정할 일이다. 살까 말까 망설이는 사이 그 물건이 다른 사람에게 팔리기라도 하면 끝장이니까(점원들은 대부분 주저하는 표정이 보이면 전국 완판, 마지막 남은 하나를 외친다). 간혹 쓰지 않고 처박혀 있는 물건들, 그 포장지와 상표조차 선명하게 붙어 있는 물건들을 보며 심란해지는 순간에는 또 나름대로의 해결책이 있다.

"맞아. 다음 달에 엄마 생신이지? 그래, 선물로 주면 되지 뭐. 우리 엄마가 나 아니면 어디서 이런 비싼 물건을 써보기나 하겠어? 이참에 효도 한번 하는 거지."

이쯤 되면 쇼핑 중독은 중증을 지나 말기라 하겠다.

계획에 없던 소비의 나쁜 점을 꼽자면 한도 끝도 없겠지만 그 중 딱 하나를 고른다면 바로 꼬리에 꼬리를 문다는 것이다. 아무 생각 없이 샀던 니트 한 장은 그에 받쳐 입을 스키니 진을, 또 스키니 진을 입고 신으면 뽀대가 날 부츠를, 마지막으로 심플해서 예쁘긴 하지만 너무 밋밋한 것 같은 니트에 포인트를 줄 수 있는 벨트나 목걸이를 기어이 사게 만든다.

언젠가 우리 엄마는 그릇 세트 한번 생각 없이 질렀다가 식탁이며 식탁보를 통째로 바꾼 적이 있었다. 그때 나는 이 우아한 그릇에 이 낡은 식탁이 웬 말이냐며 식탁을 바꾸려 드는 우리 엄마가 돌아도 단단히 돌았다고 생각했는데, 알고 보니 나 역시 마찬가지였다. 선글라스 하나 때문에 트렌치코트를 사지 않나, 심지어는 귀걸이 하나 때문에 미용실에 가서 머리를 새로 한 적도 있었으니.

쇼핑에 한번 맛을 들이고 나면 재정 상태는 말 그대로 악순환의 연속이다. 은행 잔고는 통장의 잉크도 마르기 전에 즉시 카드 값으로 인출되고, 현금이 부족하니 또다시 카드로 한 달을 살게 된다. 그러니까 실제 돈은 만져보지도 못하고 그저 은행 저 깊숙한 곳 어디에선가 지들끼리 빠져나가고 들어오고 메워졌다가 없어지는 쌩 쇼를 하는 것이다. 그리고 그 쌩 쇼의 박자는 신용카드 용지가 출력되느라 삑삑대는 음이 맡고 있다.

된장녀라는 신조어에 '정신 나간 것들' 하다가도 돌아서면 생각한다. 근데 된장녀들도 카드 값 때문에 돌 지경일까?

여자라면 한 번쯤은 쇼핑에 미쳐서 대형 사고를 친 경험이 있을 것이다. 물론 대형 사고의 금액은 제각각이다. 부모님께 애걸복걸하면 해결될 금액이 있는가 하면 말 그대로 섬에 팔려 갈 정도의 금액일 수도 있다. 그리고 그 금액의 차이는 얼마나 빨리 제정신을 찾는가에 따라 달렸다. 하지만 서른을 넘기고도 카드 사고를 쳐댄다면 정신 차리기는 좀 늦은 감이 있다. 우리가 사고라고 표현할 수 있는 것도 어디까지나 20대 그 언저리에 있는 것. 30대를 넘어서서 친 거라면 그건 사고가 아니라 그녀가 미쳤기 때문이다. 옷에, 가방에, 신발에, 그리고 쇼핑 전체에.

나 역시 20대 중반쯤에 카드 사고를 친 적이 있었다. 허나 다행스럽게도 그 금액은 섬에 팔려 가기에는 너무 허접스러웠다. 그래서 엄마한테 죽지 않을 만큼 맞고 다시 한 번 이따위 일을 저지른다면 부모 자식 간의 연을 끊겠다는 각서와 내 손으로 갈기갈기 자른 신용카드 두어 장으로 끝이 났다. 이것도 집안 내력인지 큰언니와 나, 여동생들까지 살면서 한 번씩은 카드 사고를 쳤던 것 같다. 물론 엄마의 친구네 집 자식들은 절대 하지 않는(그들은 오히려 부모의 카드 값을 대신 내준다), 불효막심한 우리 집안 딸년들의 이야기다.

내 손으로 번 나만의 돈이 생긴다는 것, 그리고 당장 돈을 지불하지 않아도 물건을 구입할 수 있는 신용카드가 발급된다는 것은 분명 달콤한 유혹이다. 하지만 그 균형을 유지하기란 공길이가 외줄타기를 하는 것과도 같아서 자칫하면 전자의 금액을 후자가 도저히 따라가지 못하는 사태에 이르게 된다. 거기다 이걸 '나눠서 갚지 뭐'라며 할부라도 해버리면 그때부터 나쁜 머리로는 아무리 계산을 해도 답이 안 나온다. 이번 달에 끝나는 게 아닌 다음 달도, 그 다음 달도, 이제는 계절이 지나서 어디 처박혀 있는지도 모를 코트 값을 갚아대고 있는 꼴이 연출된다. 그리고 그 코트는 세일이 아니었다면 감히 손도 댈 수 없었던 코트일 확률이 100%다.

그때는 분명 그랬을 거다. 이거 사면 완전 돈 버는 거라고. 코트라는 게 어디 하루 이틀 입고 마는 물건이냐고. 내년도 내후년도 잘만 입으면 완전 본전 뽑고도 남는 거라고. 허나 정작 다음 해에 옷장을 열면 그 코트 따위는 눈에 보이지도 않는다. 도대체 입을 옷이 없는 거다. 적어도 3년을 내다보고 샀다고 장담했던 옷들은 철이 지나면 늙은 술집 작부의 얼굴 같다. 좀 더 미니멀한 디자인을 샀어야 했어. 그래, 맞아. 좀 더 비쌌지만 그 옆에 있는 까만 코트를 사는 거였어. 싼 게 비지떡이지……. 이렇게 말할 지경까지 이르면 머릿속에 '한심'이라는 글자가 깜빡이는 것 같다.

대체 여자들은 왜 그렇게 쇼핑에 열광할까? 좀 더 나은 가방과 옷과 신발을 걸치면 나 자신의 가치도 그만큼 올라간다고 믿기 때문일까? 아니면 이제는 나이가 들어서 꾸미지 않으면 모두들 나를 구닥다리 취급할까 봐 불안해서? 혹은 그 고생해서 돈을 버는데 내가 이 정도도 누릴 자격이 없나 싶어 억울해서?

어디선가 비혼의 경우에는 수입의 70%를 저금해야 정상이라는 기사를 본 적이 있었다. 70%라고? 문득 심심해서 계산기를 들고 내가 돈을 벌기 시작한 그날부터 지금까지 저렇게 살았다면 대체 얼마를 모았을까 계산을 해봤다. 결과는 놀라서 뒤로 나자빠질 지경. 저 기사를 스물 몇 살 무렵의 내가 읽었고 만약 실천까지 했다면 지금 나는 전세로 살고 있는 이 아파트를 내 돈으로 살 수도 있었다는 결론이 나왔다. 그렇다면 그것과 맞바꾼 것들은 무엇이었을까? 아마도 이사를 할 때마다 심플하게 살자며 버려댄 그것들이 아닐까? 이건 이래서 못 입고, 저건 저래서 못 입는다며 버렸던 옷과 신발과 가방 들에 있는 걸까?

물론 나는 돈이 있으면서도 지지리 궁상으로 사는 것에는 찬성하지 않는다. 좀 더 나은 내일을 위해 오늘을 완전히 저당 잡히는 것이 당연하다고 생각하지 않기 때문이다. 내일이 중요하다면 오늘 역시 중요하다. 하지만 오늘이 너무 중요한 나머지 내일은 마치 이 세상에 존재하지 않을 것처럼 살 수는 없는 일이다. 왜냐하면 이제 우리는 더 이상 어리지도 젊지도 않으므로.

소비를 줄이려면 먼저 신용카드 개수를 줄여야 한다. 카드가 너무 많다 보면 월말에 이걸 계산하는 것도 만만한 일이 아니다. 사는 데는 꼭 필요한 혜택을 제공하는 두어 개의 신용카드만으로도 충분하다. 그리고 쓰면 빚이 되는 신용카드보다는 통장에서 바로 빠져나가는 체크카드를 쓰는 게 훨씬 더 좋다. 만약 현금을 많이 사용한다면 미리 연말정산 등을 고려해서 현금 영수증 카드를 국세청에서 발급받아 두는 게 좋다. 비계획적인 소비를 줄이려면 쓸데없이 백화점에 아이쇼핑을 간다든지 쇼핑 카탈로그를 들여다보는 것부터 줄이자. 자고로 견물생심이라고 했다. 보다가 보면 평소 전혀 필요성을 느끼지 못했던 물건들도 마구 사들이게 된다. 안목을 기르기 위해 아이쇼핑을 다니라는 사람들도 많지만 그것은 오히려 안목보다는 카드빚을 늘이는 데 더 큰 이바지를 한다.

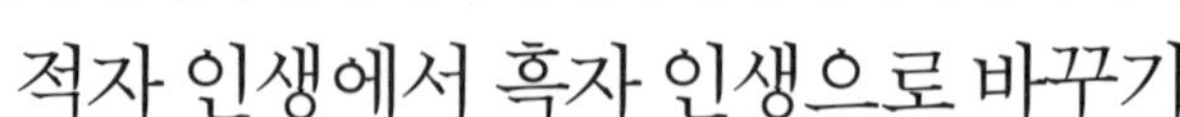

적자 인생에서 흑자 인생으로 바꾸기

처음에는 나도 그랬다. 혼자 살기 전까지는 도무지 가정 경제를 책임져 본 일이 없어서 한 달 월급을 월초에 다 써버리고 월말에는 거의 빈털터리로 살았다. 집에서 엄마 아빠와 함께 살았을 때도 마찬가지였지만. 그래도 그때는 쌀값이나 월세 걱정 같은 건 하지 않았다. 그때의 빈곤이란 다만 내가 뭘 사멜 돈이 없다는 것을 의미했지 생활비가 없다는 얘기는 아니었다. 하지만 혼자 살면서 전기세도 내고 월세도 내고 내 입에 들어가는 반찬거리 하나, 쌀 한 톨까지다 사다 보니 돈이 없다는 건 꽤 심각한 문제였다. 말 그대로 굶을 수도 있단 소리였다.

첫 달을 그렇게 어이없이 보내고 난 다음부터는 그 전달에 들어갔던 공과금과 월세를 낼 날짜가 되기 전에 미리 빼서 챙겨두었다. 그러나 사정은 크게 달라지지 않았다. 여전히 월말이면 돈이 없어서 절절맸고, 카드를 긁으면 어떻게든 버틸 수는 있었지만 수중에는 푼돈조차 남아 있지 않다는 사실은 변함 없었다.

몇 달째 그렇게 잔돈푼까지 긁어서 살아야 할 지경이 되자 나는 특단의 조치를 내리지 않을 수가 없었다. 집에서 살 때는 엄마가 아껴라 아껴라 하는 말이 으레 하는 엄마표 잔소리인 줄로만 알았는데, 혼자 살아보니 그게 아니었다. 정말 아껴야 했다. 아끼지 않고서는 도저히 한 달 동안 굶지 않고 멀쩡하게 살아남을 수가 없었다.

일단 제일 먼저 한 일은 신용카드 할부금을 해결하는 일이었다. 무이자라 좋다고 3개월씩 할부를 그어댔더니 월급의 대부분이 할부를 갚는 데 빠져나갔다. 현찰이 모자라니 당연히 또 그 달은 카드로 살 수밖에 없었다. 원래 있던 할부금에다 생활비로 쓴 카드 값까지 더하니 나중에는 그 금액이 눈덩이처럼 불어나 감당하기 힘들 지경이었다.

일단 아무리 사고 싶은 것, 혹은 사야 할 것이 있어도 그 다음 달에 갚지 못할 금액은 당분간 쓰지 않았다. 그랬더니 한 3개월 정도 후에는 모든 할부금 납부가 끝나서 카드 값이 현저하게 줄어 있었다. 그러나 그것만으로는 부족했다. 카드 값은 줄었지만 여전히 차 떼고 포 떼고 나면 내 월급은 플러스마이너스 제로였다. 그래서 내 월급에서 제일 많은 비중을 차지하는 게 뭔지 찾아봤더니 다름 아닌 월세였다. 당시 나는 보증금 5백에 월 40만 원인 원룸에 살고 있었는데, 만약 이걸 전세로 돌릴 수만 있다면 한 달에 40만 원이 고스란히 남는다는 계산이 나왔다. 그러나 보증금을 백만 원 올릴 때마다 월세 2만 원씩을 빼줬으니(요즘은 백만 원에 만 원으로 바뀌었다고 한다), 이미 낸 보증금을 합친다 하더라도 1천5백만 원이라는 큰돈이 필요했다. 물론 맘먹으면 언젠가는 모아지겠지만, 아무리 생각해도 내가 저 돈을 모으기까지는 상당히 오래 걸릴 것 같았고, 그동안에도 월세는 끊임없이 들어간다는 것에 생각이 미쳤다. 그래서 딱 한 번 아빠에게 도와 달라고 요청을 했다. 대신 한 달에 50만 원씩 30개월 동안 갚아 나가기로 했다. 다달이 원금을 갚아 나가는 형식이었기에 당장은 월세보다 10만 원이 더 필요했지만 그 돈이 사라지는 게 아니니 결과적으로는 이득이었다. 그리고 보너스와 각종 상여금이 나올 때마다, 또 저금하는 셈치고 아껴 쓴 돈을 모아 조금씩 더 갚았더니 1년 5개월 만에 다 갚을 수 있었다.

그렇다면 어떻게 해서 나는 1년 5개월 동안 1천5백만 원이라는 돈을 갚을 수 있었을까. 정말 무조건 아끼는 것 이외에는 답이 없었다. 당시만 해도 회사원이었기에 기대할 수 있는 수입은 정해져 있었다. 지금처럼 인세가 들어올 일도, 연재를 하나 더 해서 돈을 벌 길도 없었다. 그래서 나는 독하게 마음먹고 허리띠를 졸라맸다.

먼저 나는 대형 마트에 가서 장을 보는 버릇부터 고쳤다. 알다시피 대형 마트는 모든 물건을 대용량으로 싸게 판다. 그래서 지금 필요하지도 않은 것들을 쓸데없이 많이 사게 된다. 긴 기간을 보면 이득이라고 생각할 수도 있겠지만 당장 필요치 않은 돈이 더 들어가는 셈이다. 그래서 나는 대용량으로 파는 건 화장지, 세탁 세제, 생리대 등을 제외하고는 거의 구입하지 않았다. 특히 식료품의 경우 싸다고 무턱대고 사놨다가 유통기한이 지나서 다 먹지도 못하고 버리는 일이 허다했으므로, 약간 더 비싸도 동네 마트에서 딱 먹을 만큼만 장을 봤다. 그리고 냉장고를 다 비운 다음 장을 본다는 원칙을 세웠다. 사실 냉장고를 찬찬히 뒤져보면 아직 해 먹을 수 있는 재료들이 많은데도 마트에 가면 자꾸만 새로운 식재료를 사게 된다.

장을 볼 때 세운 또 한 가지 원칙은 똑 떨어지지 않는 한 사지 않는다는 것이었다. 그러니까 곧 떨어질 것 같은 무언가를 사느라 미래의 소비를 현재의 소비로 앞당기지 않았다. 정말 다 떨어져서 지금 당장 필요해야만 그것들을 구입했다. 소비는 늦출수록 무조건 이득이었다.

그리고 나는 마트에 가는 횟수에 제한을 두었다. 아무리 안 산다 하면서도 이놈의 마트라는 것은 가면 사야 할 것이 마구 생겨나곤 했다. 견물생심이 이보다 더 극명하게 드러나는 곳도 없었다. 마트의 물건들은 다른 곳에 비해 비교적 액수가 낮은 편인데, 가뜩이나 아껴 사느라 쇼핑에 대한 욕구를 눌러 참고 있던 나는 가끔씩 발작적으로 카트기에 물건을 쓸어 담곤 했다. 그래서 마트는 한 달에 딱 두 번만, 그리고 가더라도 지금 당장 종이에 적힌 물건들만 사는 것을 원칙으로 정했다.

그러나 그렇게 해도 버리는 식재료가 많다 싶으면 나는 차라리 마트 대신 가끔 백화점에서 장을 봤다(동네 마트는 없는 게 너무 많으므로). 백화점은 당연히 더 비싸지만 대신 싱글들을 위한 소포장이 많고, 또 가격이 비싸다고는 해도 큰 묶음을 한꺼번에 사는 것보다는 쌌다. 야채는 되도록 시장에서 사서 손질해서 먹고 나머지 식재료는 그때그때 필요한 곳에서 적당량만 구입했다. 그랬더니 생활비가 놀랍도록 줄었다.

그리고 나서 줄이기 시작한 것이 전기세, 난방비 등이었다. 일단 나는 집 안에 있는 조명등, 일명 무드 등이라고 부르는 것을 다 끄기 시

작했다. 워낙 따스한 불빛을 좋아해서 형광등이 아닌 백열등을 썼었는데 이게 전기를 장난 아니게 먹었다. 조명기구 본래의 목적이 아닌 분위기 때문에 설치한 것이었으므로 끄려고 마음만 먹으면 얼마든지 가능했다. 난방은 출근하면서 외출 모드, 혹은 날이 좀 따뜻하다 싶으면 아예 꺼놓고 다녔다. 그리고 겨울이면 뜨거운 물에 설거지하던 버릇을 고쳐 손이 시리지 않을 정도의 약간 미지근한 물을 썼으며, 샤워를 할 때도 샤워 꼭지를 끝까지 돌리지 않고 3분의 2만 틀어서 사용했다. 여름에는 에어컨 대신 선풍기를 이용했고, 히터 같은 건 켜지도 않았다(순간 히터기는 놀랍도록 전기세가 많이 나온다. 에어컨보다 이게 훨씬 더하다. 첨에 멋모르고 좀 켰다가 다음 달 전기세를 보고 기절하는 줄 알았다).

그리고 백화점에서 날아오는 일정 금액 이상 구매고객에게 주는 사은품을 고를 때 주로 쓸데없는 접시나 쟁반 같은 걸 고르곤 했던 습관도 바꾸었다. 무조건 돈이 들어가는 소모품을 선택하기 시작했다. 화장지, 치약, 세제 같은 걸 받기 시작하자 그만큼 돈을 아낄 수 있었다. 또 주로 대용량을 구입하는 분말형 세탁 세제는 나중에 굳어서 쓰기 힘들기 때문에 고농축 액상용을 사서 정량만 넣었다(빨래를 깨끗하게 하겠답시고 세제를 필요 이상으로 들이붓는 경우가 의외로 많다. 이건 환경을 위해서도 좋지 않은 일이다). 또 분리수거도 철저히 해서 쓰레기를 최소한으로 줄였다. 알고 보니 꽤 많은 제품 포장지에 분리수거 마크가 있었고, 그것만 제대로 버려도 쓰레기봉투를 줄일 수 있었다.

돈을 줄이는 가장 확실한 방법은 가계부를 쓰는 것이었다. 가계부를 쓰나 안 쓰나 들어가는 돈은 똑같다고 생각했는데 오산이었다. 무언가를 계획하고, 다시 돌아보며 반성하는 것과 그렇지 않은 것은 분명 큰 차이가 있었다. 무턱대고 쓰던 생활비를 일주일 단위로 쪼개어 쓰고, 거기서 남는 잔돈 같은 것은 따로 저금했다. 예전에는 무식할 만큼 큰 빨간 돼지 저금통에 저금을 했었는데, 잔돈을 단위별로 작은 유리병에 모으니 훨씬 더 빨리 모였다. 큰 돼지 저금통은 '저걸 언제 다 채우냐. 늙어 죽기 전에 따 보기나 하겠어?' 라고 부정적인 생각이 들게 하는데, 투명한 유리병에 모으니 맘이 달라졌다. '그래. 빨리 저 병을 다 채워서 은행 가야지' 하는 긍정적인 마인드로 바뀌고 나니 저금을 하면서 기분도 좋아졌다.

그리고 단 하나뿐이었던 통장이 목적별로 여러 개 늘어나기 시작했다. 돈을 6개월 단위, 1년 단위, 3년 단위로 모을 것을 나누고, 이 적금들은 또다시 금리가 높은 예금상품에 넣기 시작했다. 그러자 무려 통장이 여섯 개로 늘어났다. 물론 통장이 여러 개라고 그 개수만큼 돈이 많아지는 건 아니었지만 계획적으로 돈을 모으고, 각종 금리가 높은 금융상품 정보에 관심을 갖기 시작하니 훨씬 빨리 돈이 모였다. 예전에는 적금을 들 때 많은 금액을 불입할 게 아니라면 창피해서 안 만들곤 했었는데, 심지어 월 만 원씩 넣는 통장도 전혀 창피해 하지 않게 되었다. 그리고 그때 나는 알게 되었다. 펑펑 쓰느라 한 달에 만 원도 저금 못 하고 마이너스 인생을 사는 게 창피한 거지, 절대 적은 돈을 저금한다고 해서 창피한 건 아니라는 것을 말이다.

돈을 모을 때 가장 중요한 것은, 아낄 수 있는 모든 것에서 최대한 아낀다는 것이다. 물론 꼭 써야 할 때는 돈을 쓰는 것도 잊지 말아야 한다. 3년 만에 몇억을 모아 책까지 써낸 누군가처럼 못 먹어서 영양 실조에 걸리거나 원형 탈모 같은 게 올 정도로 독해질 필요는 없다고 생각했다. 나는 저렇게 모으면서도 여전히 책을 사 보고, 영화를 보고, 친구들을 만나는 것을 계속 했다. 다만 책은 인터넷에서 적립금과 할인 쿠폰으로 최대한 저렴하게 사고, 영화는 현금보다는 할인되는 신용 카드를 이용함과 동시에 적립금을 꼬박꼬박 쌓았다. 그리고 친구들에게도 내가 요즘 열심히 돈을 모으고 있는 중이라는 걸 말해야 한다. 만약 친한 친구라면 나를 적극적으로 도와줄 것이기 때문이다. 그들은 자신에게는 필요 없지만 내게는 요긴한 물건들을 넘겨주기도 하고, 때로는 밥값을 내주는 등 선심을 쓴다. 물론 이건 어디까지나 매우 친한 친구들한테만이다. 모든 사람들에게 빈대를 붙다가는 인간관계가 정리되는 거 순식간이다(아무리 기특한 이유라 하더라도 늘 남에게 돈을 쓰길 요구한다면 그건 너무 이기적이다. 그리고 사실 돈 모아 기특한 건 스스로에게나 그렇지 남들에게는 모으느라 안 쓰건, 없어 못 쓰건 마찬가지다).

솔직히 말해 나는 내가 살던 시간의 대부분을 저축과는 무관하게 살았다. 어렸을 때는 저축을 하지 않아도 사는 데 아무 지장이 없었다. 이건 순전히 부모님들 덕분이었다. 그들이 나를 먹이고 입혔기에 나는 돈에 대해 큰 걱정을 해본 적이 없었다. 하지만 혼자 살면서는 돈이 얼마나 중요한지 알게 되었다. 그리고 지금도 낭비는 하지 않으려고 노력한다.

돈은 인간이 살아가는 데 꼭 필요하다. 돈이 없으면 간혹 마음과 달리 사람 노릇 하는 것도, 그리고 사람들과 관계를 유지해 나가는 것도 쉽지 않다. 선물은 정성이라고 말하지만 사실 그 정성도 일단은 돈이 있어야 가능하니까 말이다.

간혹 혼자 사는 어린 친구들 중에서 생각 없이 돈을 물 쓰듯 쓰다가 월말에는 땡전 한 푼 없이 사는 모습을 보게 된다. 하지만 나는 그들에게 내가 똑같은 과정을 겪어왔다고 해서 '너 그렇게 살면 큰일 나' 따위의 어설픈 충고는 하지 않는다. 그건 자기 스스로 느끼기 전까지는 엄마의 잔소리와 다름없기 때문이다. 아니, 오히려 이건 '웬 늙은 노처녀가 무슨 상관이라고 잔소리람?' 하기 십상이다. 그래도 나는 그들에게 마음으로 기원한다. 빨리 깨닫기를, 그래서 하루라도 빨리 그 힘든 마이너스 인생에서 벗어나기를. 하나 더 바라도 된다면 그들은 나보다 조금 더 일찍 깨닫는 똘똘한 이들이기를.

OBLADI OBLADA

흔히들 지금 당장 지불하기에 부담되는 금액의 물건은 할부로 구입한다. 할부 구매는 지금 당장 지불이 불가능한 금액을 써도 나누어서 낼 수 있다는 장점이 있기는 하지만 결과적으로는 내가 다 갚아야 할 빚이다. 그리고 할부를 하는 버릇을 들이다 보면 당장 필요하지 않은 고가의 물건들을 자꾸만 구입하게 된다.

스스로 생각했을 때 충동구매 성향이 있다고 판단되면 꼭 필요한 물건을 구입할 때가 아니라면 되도록 아이쇼핑 같은 건 가지 않는 게 좋다. 쇼핑을 할 때는 딱 한 가지만 생각하자. 내가 이 물건을 보기 전에도 이 물건이 필요했는지를 말이다.

싱글,
세상의 중심에서
불만을
외치다

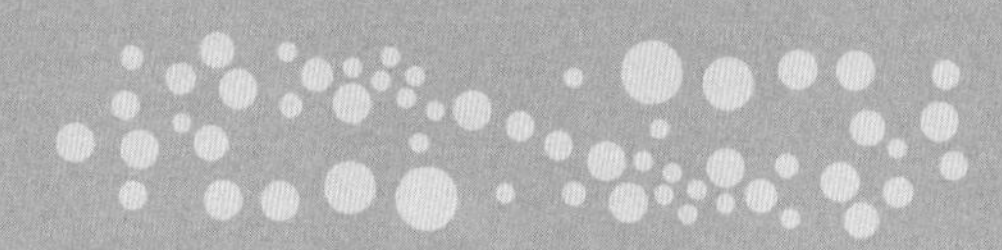

같은 여자인 내가 봐도 재수 없는 여자

1. 말 그대로 뻑 하면 우는 여자.

얘네들 특징은 안 되겠다 싶으면 일단 울먹거리기 시작한다는 것이다. 남자 앞에서만 그러면 더욱 재수 없겠지만, 같은 여자한테 그렇게 해도 재수 없긴 마찬가지. 눈물의 사용법에는 참 여러 가지가 있다만, 어지간하면 눈물은 이용하는 게 아닌 감정의 표현 수단으로만 썼으면 하는 바람이 있다. 일단 울어버리면 정말이지 상대방은 이러지도 저러지도 못한다.

우리나라 여배우들은 뭔가 상황이 불리해지면 자주 눈물을 사용하는데 이때 주의할 점은 노 메이크업을 해야 하고(검은 눈물을 흘리면 골때리므로), 이마를 깐 생머리에, 의상은 버**를 입어야 한다. 조금 부연 설명을 하자면, 이마를 드러내는 것은 숨기는 것 없이 정직하다는 인상을 주기 때문이다. 만약 우느라 머리를 숙였을 때 앞머리가 내려와 얼굴을 가린다면 그녀들의 눈물은 어딘가 모르게 사연 많은 비밀을 감춘 것처럼 보일 것이다. 버** 의상은 영국 귀족 분위기를 풍기므로,

주로 그녀들의 눈물이 지저분한 스캔들에 의한 것임을 감안한다면 최고의 선택이 아닐 수 없다(여기에 대한 모범 답안은 심 모 여배우의 '동거설' 해명 기자회견을 참고하면 될 것이다).

2. '난 라면도 못 끓여'라며 당당하게 얘기하는 여자.

이건 단지 자기가 라면을 끓일 줄 모른다는 사실만 나타내는 게 아니다. 그 말 안에 자신은 집에서 정말 귀하고 곱게 자랐다는 의미도 내포하고 있다. 그러니까 라면을 못 끓인다는 사실을 뻔뻔함을 넘어 당당하게까지 말하는 이유는 '나 집에서도 손에 물 한 방울 안 묻히고 자랐다. 그래서 밥은 물론이고 라면 같은 것도 당연히 못 끓인다'에서 찾을 수 있을 것이다.

인간이 살기 위해 사사로이 해야 할 일들 혹은 생존에 필요한 일을 전혀 못하는 것, 그건 절대 자랑이 아니다. 어떻게 설거지 한 번, 밥 한 번 안 해봤고 못한다고 당당하게 말하는지? 그녀들은 자신이 아닌 다른 누군가가 그 몫을 대신 해왔다는 것은 전혀 생각하지 않는다(그리고 그 다른 누군가는 자신의 엄마일 확률이 높다).

여자니까 당연히 집안 살림을 잘해야 한다는 소리가 아니다. 이건 솔직히 남자들도 해당되는 얘기다. 너무나 일상적이고 그리 어렵지 않은 일들을 당당하게 못한다고 말하는 인간들은 자신이 미숙아임을 인정하는 것과 마찬가지다.

3. 힘들고 어려운 건 죽어도 못한다고 투덜대는 여자.

애들은 무거운 가방도 못 들고, 오래 걷지도 못하며, 잠이 오거나 춥거나 배가 고픈 것도 절대로 견디지 못한다. 이런 여자를 만나는 남자들은 무릇 그녀의 돌쇠가 되어야 한다. 무거운 거 다 들어주고 걷기 힘들다면 업어줘야 하며 전화만 하면 쪼르르 모시러 달려가야 된다. 얘들은 할 줄 모르는 게 아닌 하기 싫은 일들을 주로 절대 못한다고 말한다. 왜 절대 못하냐고? 힘들고 어려워서다. 그럼 그걸 대신 해야 하는 남은 안 힘들고 안 어려운가? 이런 이기적인 여자들은 정말이지 옆에 두면 여러 사람 골병든다.

4. 지 낯만 반지르르한 여자들.

자신의 몸치장은 한결같이 유지하면서 주변 정리는 절대로 하지 않는 여자들이 있다. 이런 여자들 집에 한번 가봤는지. 진짜 끝내준다. 지가 화장하고 머리하느라 한 시간 넘게 앉아 있는 화장대에도 솜뭉치 같은 먼지가 굴러다닌다(믿기 어렵겠지만 이거 실화다). 나갈 때 예쁜 옷만 입을 줄 알았지, 집에 가보면 약 한 달 전에 입고 벗어던진 옷들이 새 옷들과 뒤섞여 있다. 집구석은 물론 자기 방 청소를 하지 않는다. 오랜만에 쓰는 화장품의 사용법을 아는가? 그 화장품 위에 앉은 먼지에 손가락 면적이 최대한 덜 닿게 해서 케이스를 열고 예쁘게 화장을 한다. 먼지를 닦거나 적어도 후 불어낼 정도의 노력은 필요없다. 그 예쁜 얼굴의 10분의 1이라도 청소를 했다면 아마 집에서 광이 날 거다. 얘들이 진짜 짜증 나는 이유는 밖에만 나가면 세상 깔끔은 지 혼자 다 떤다는 거다.

5. 엄마한테 함부로 하는 여자들.

사실 여자들은 누구라 할 것 없이 엄마하고 싸운다. 부모 자식 간에 싸움이 되겠냐고 하겠지만 남자들만 그렇지 여자들은 아니다. 근데 엄마랑 지지고 볶고 하는 것에서 그치지 않고 자기 엄마에게 정말 막 대한다 싶을 정도로 하는 애들이 있다. 친구랑 별 쓸모없는 수다를 떠는데도 엄마한테 전화 오면 '바빠, 끊어' 하면서 전화를 탁 끊어버린다든지, 혹 가다 길게 통화라도 할라치면 어찌나 짜증을 부려대는지 옆에 있는 사람이 다 불안할 지경이다(쟤네 엄마 저러다 못 참고 칼 들고 쫓아오는 건 아닐까?). 엄마한테 이렇게 막 나가는 애들일수록 자기 남자친구한테는 어찌나 애교스러운지, 예쁘고 사랑스러운 암고양이 한 마리가 따로 없다.

6. 대충 일하다가 시집가면 그만이라고 생각하는 여자들.

이 여자들은 위에서 말한 1번, 2번, 3번 신공을 번갈아 펼치면서 직장에서 참 편하게도 일한다. 상사한테는 안 되면 1번, 동료들한테는 2번과 3번을 슈팅게임 버튼 누르듯 한다. 이런 애들일수록 커피 타 오라면 여권신장이 어떻고 남녀차별이 저떻고 참 말도 많다. 커피 타기 싫은 건 좋은데 그럴 거라면 일이라도 좀 제대로 하든지. 왜 직장 상사가 그 많은 여직원들 놔두고 유독 저한테만 커피를 타 오라고 하는지 파악을 못 한다. 하루 중에 직장에서 커피 타는 거라도 안 시키면 쟤 회사 왜 왔나 싶은 걸 저만 모른다. 이런 애들이랑 같이 팀으로라도 엮이는 날이면 그날은 운수 사나운 걸로 쳤을 때 상위 5위 안일 것이다. 그렇게 대충 버티다가 시집만 가면 냉큼 때려치울 일을 왜 열심히 할 다른 사람 일도 못 하게 면접을 봐서 합격을 해대는지 알다가도 모를 일이다(애들이 합격하는 건 외모 덕이 크다. 이렇게 시집가는 걸 푹 믿는 애들은 일단 예뻐야 하니까).

7. 밥값, 술값 절대 안 내는 여자.

이건 같은 여자들끼리 있으면 좀 덜한데 그 자리에 단 한 명이라도 남자가 있으면 절대이다. 이 아이들의 머릿속에는 '돈내기=남자'라는 공식이 얼마나 단단히 틀어박혀 있는지, 우리들끼리 다 먹고 나중에 어떤 남자가 잠깐 합류해도 계산은 그 남자가 해야 한다고 생각한다. 얘들은 다 먹고 나갈 때 미적거리며 늦게 나가지도 않는다. 그건 조금 미안해 하고 무안해 하기라도 한다는 소리지. 애들은 오히려 당당하게 제일 먼저 나가면서 남자가 낸 돈을 받아 든 점원에게 말한다. "여기 적립되죠?" 이쯤 되면 알뜰이고 뭐고 간에 확 질려버린다. 지 입으로 들어가는 밥과 술을 왜 남자가 사야 한다고 생각하는 걸까?

8. 아기들만 보면 호들갑 떠는 여자.

애를 귀여워하는 거야 충분히 그럴 수 있는 일이지만 애만 보면 무슨 난리가 난 것처럼 발 구르고 손뼉 치고, 감탄사 연발하고 그러는 여자들이 있다. '뭐 여자가 모성애 있어 보이고 좋네'라고 생각할 수도 있겠지만, 글쎄다. 아기 귀엽다고 난리 치는 애들이 과연 모성애가 강해서 그런 걸까? 물론 아주 귀여운 애들을 보면 누구나 약간의 호감을 표현하기도 한다. 근데 문제는 호들갑이다. 눈을 동그랗게 뜨고 '어머 어어어'로 시작해서 '너어어어무~'로 이어지면 지켜보기 좀 머리 아픈 거지. 진심일 수도 있지 않느냐고? 진심과 과장 정도는 구분할 줄 알아야 한다. 그리고 그런 일이 벌어질 때는 항상 일행, 혹은 남자친구와 함께였다는 것도.

9. 드라마, 영화, 혹은 연예인에 미친 여자들.

물론 나이가 어리면 좀 용서가 된다. 하지만 서른쯤 된 여자가 입만 열면 드라마나 영화, 연예인 얘기만 한다면 그건 문제가 있다. 내가 아는 여자 중에 서른여덟 된 여자가 있는데 그녀와 만나고 나면 인터넷 뉴스 연예란에서 세 시간 동안 클릭을 해댄 느낌이다. 물론 나도 좋아하는 드라마와 영화 그리고 연예인이 있다. 하지만 우린 사람만 만나면 그 얘기로 시간을 보내지는 않는다. 이런 여자들이 내가 잡지사 기자들과 친분이 있다는 사실이라도 알게 되면 연예인들의 온갖 증명되지 않는 루머와 썰들을 다 진짜냐고 물어본다. 그거 알면 내가 기자게?(그리고 기자들, 생각보다 입 무겁다. 그 바닥에서 오래 일할 생각이 있다면 코디건 기자건 뭐건 자기 밥줄과도 연관된 연예인을 씹는 멍청한 짓은 절대 안 한다.)

10. 자신의 신체적 단점에 대해 지나치게 걱정이 많은 여자.

그런 여자가 있었다. 약간 통통, 아니 솔직하게는 이 시대 미의 기준으로 봤을 때 뚱뚱 쪽에 가까운 여자가 있었다. 근데 이 여자의 관심사는 온통 어떻게 하면 조금이라도 덜 뚱뚱해 보일까, 또는 어떻게 하면 날씬해 보일까다. 이런 여자랑 옷이라도 같이 사러 가는 날에는 집에 와서 지쳐 쓰러질 각오를 해야 한다. 이것도 뚱뚱해 보이고 저것도 뚱뚱해 보인다며 계속 난리를 피우는 바람에 점원도 옆 사람도 참 난감하다. 솔직히 뚱뚱한 여자가 날씬하다 못해 비쩍 곯은 여자 연예인이 입고 나온 옷을 입고 자기도 그 핏이 나길 바란다면 그게 말이나 되는 일인가? 그럼 그 여자 연예인들은 미쳤다고 다이어트 하느라 몇 시간씩 운동하고 굶으며 버티겠는가. 이 외에도 눈 크기, 피부, 키, 빈약한 몸매 등등 아무튼 관심사가 온통 신체적 단점에만 있는 여자들은 매우 피곤하다. 얘들은 주로 주변 사람들을 갖은 질문으로 괴롭히는데, 솔직하게 얘기해 주면 화내거나 의기소침해지고, 빈말이나마 듣기 좋게 해주면 믿지 않으며 계속해서 묻고 또 묻는다.

물론 저런 특성을 갖고 있다고 해서 그것만으로 재수 없는 여자가 되는 것은 아니다. 사람은 누구나 단점이 있으면 장점도 있는 법이니까. 위에 나열한 사례들은 그리 드문 것들이 아니라 내 자신도 몇 가지 해당사항이 있다. 그리고 그런 점들은 스스로 고치려고 노력한다.

남자들의 눈에는 잘 보이지 않을지 모르겠지만 같은 여자의 눈에는 저런 부분들이 드러나게 마련이다. 남자가 볼 때 좋은 여자보다는 같은 여자가 봤을 때도 좋은 여자가 되는 것. 어떻게 보면 그게 좀 더 어려운 일이 아닌가 싶다.

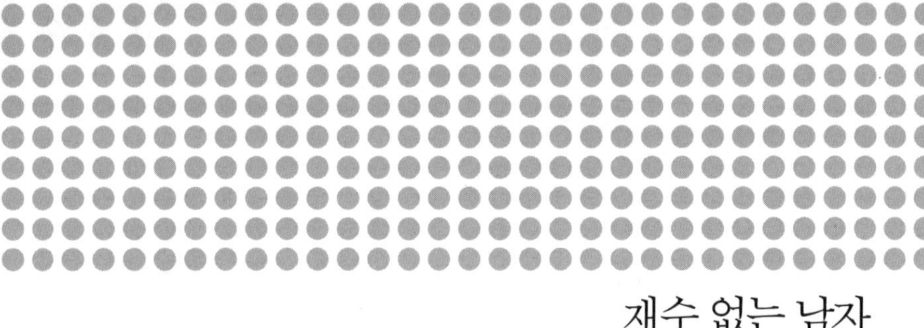

재수 없는 남자

나는 앞서 '같은 여자인 내가 봐도 재수 없는 여자' 라는 제목으로 각종 재수 없는 여자들을 나열했다. 엄밀히 말하면 단순히 내 개인적인 의견에 불과했지만, 이게 뭐 리서치 회사에서 쓴 리포트도 아니고 하니 이번에도 역시 순전히 내 개인적 사견으로 재수 없는 남자를 한번 나열해 볼까 한다(이번에는 내 주변 여자들의 의견을 다수 참고했다).

1. 말끝마다 '여자가 어디' 라고 말하는 남자.

사실 저기에는 단어 하나가 숨어 있다. '감히' 라는 단어다. 그러나 그들은 그 표현을 쓰는 대신 '여자가 어디……' 하며 얼버무린다. 젊은 세대에는 거의 사라진 것으로 알겠지만 그게 꼭 그렇지도 않다. 헌신적인 어머니, 가부장적인 아버지 밑에서 자란 아들들은 거의 '여자가' 라는 말을 자기도 모르게 하거나 생각하게 된다. 그들은 남자라는, 또 아들이라는 특권을 누리고 자랐으며 그런 만큼 여자가 자신들과 똑같다는 것은 말도 안 되는 얘기라고 생각한다. 물론 여자는 남자와 다르기 때문에 그래서 조심해야 할 것, 하지 말아야 할 것들이 분명 존재한다. 하지만 문제는 말끝마다, 또 자기가 안 그랬으면 하는 것을 여자가 할 때마다 저 말을 한다는 것이다. 그럴 때는 차라리 내가 싫으니 하지 말라고 하면 좋겠구만. 그들은 오늘도 말한다. "여자가 어디!"

2. 만난 지 얼마 안 되는 여자 앞에서 재력을 과시하지 못해 안달인 남자.

이런 남자는 차 키를 주머니에 넣지 않는다. 덜렁덜렁 들고 와서는 명품 키홀더에 꽂힌 외제차 키를 탁자 위에 턱 하고 올려놓는다. 그리고 여기서 한 걸음 더 나아가면 명품 시계까지 끌러서 나란히 내려놓기도 한다. 실제로 내 지인은 여러 사람이 앉아야 하는 바람에 남자의 가방을 둘 곳이 없어서 비교적 깨끗해 보이는 바닥에다 놓았더니 "오우, 마이 듀퐁!"이라고 말하는 것도 들었단다. 돈 많은 게 자랑인 세상이긴 하지만 그래도 이건 좀 심하다. '오우 마이 듀퐁' 아니라 '오우 마이 갓' 이다.

3. 스스로가 성적으로 매우 개방된 사람이라는 것을 증명하려는 남자.

이런 남자는 아무 여자나 붙들고 시도 때도 없이 야한 얘기들을 해댄다. 우리도 분명 남자들과 야한 얘기를 키득댈 때가 있긴 하다. 하지만 그건 어디까지나 친밀한 사이, 혹은 편한 친구 사이에만 그렇지 세상 온갖 남자들과 다 Y담을 나누고 싶은 건 아니다. 지가 무슨 야동 순재도 아니고 어디서 그런 야한 얘기들은 다 주워들었는지 레퍼토리가 떨어질 기미를 안 보인다. 이런 남자 앞에서 수줍은 척하면 놀림당할 것 같아서 나도 알 건 다 안다는, 혹은 그 얘기 이미 들어 식상하다는 분위기를 조금만 연출했다가는 큰코다친다. 이 남자는 그야말로 물 만난 듯 수위도

검열도 없는 짐승 같은 얘기들을 해댈 테니까. 그렇다고 해서 얼굴을 붉히거나 '어머, 뭐예요' 같은 반응을 보여도 안 된다. 이들은 태곳적 여자아이들 치마를 '아이스케키'를 외치며 치마를 들출 때처럼 하지 말라고 하면 더 악을 쓰고 한다. 이런 한 치도 자라지 못한 영혼들 같으니라고.

4. 화나면 손부터 올라가는 남자.

설마 이런 막돼먹은 인간이 아직까지 지구상에 존재하느냐고 묻고 싶겠지만, 알려진 바에 의하면 아직까지도 그 명맥을 유지한 채 오늘도 손찌검에 물건도 때려 부수며 잘도 살고 있다고 한다. 이런 남자들이 손을 올리면서 하는 변명은 딱 하나다. 맞을 짓을 한다는 것이다. 한마디로 우리가 매를 번다는 얘긴데, 글쎄다. 그들도 과연 본인들이 잘못했을 때 누군가에게 맞을 준비가 되어 있을까?

폭력은 남녀노소를 불문하고 인간이 인간에게 저지르는 가장 최악의 민폐다. 나는 남성들이 폭력적인 원인을 학창 시절에 선생들한테 하도 맞아서가 아닐까 하는 생각도 해봤다. 선생들 중에는 가르친다는 이유 하나로 애들을 개 잡듯이 잡는 경우가 많다. 아무리 바른생활 청년이라 하더라도 한 번쯤은 다 중고등학교 때 담임 혹은 학생주임에게 무지막지하게 맞아 본 적이 있을 것이다. 제발이지 폭력 좀 쓰지 말고 일을 해결하자. 우리는 의사소통이 가능하고, 대화를 할 수 있는 인간들이다. 여자가 맞을 짓을 한다든지 때리는 거 이외에는 답이 없다는 말 같은 건 제발 좀 하지 말고 말이다.

5. 아무 데나 가래 뱉고 침 뱉는 남자들.

이건 사실 좀 나이가 든 남자들이나 아니면 중학생 정도의 극단적으로 어린 남자들에게 주로 나타나는 성향이다. 자고로 한 현자가 말했다. 인간은 자기 배설물을 얼마나 잘 처리하느냐에 따라 문화인과 비문화인으로 나뉜다고. '오줌 마려워 죽겠는데 그럼 노상 방뇨하지 말고 바지에 싸랴?'는 얘기가 아니다. 적어도 침이나 가래 정도는 참으려고 마음만 먹으면 얼마든지 참을 수 있다. 근데 여기도 퉤익, 저기도 퉤익. 정말이지 그 길을 함께 지나다니고 있다는 사실만으로도 끔찍하다.

6. 좌변기에 변기 커버 안 올리고 볼일 보는 남자들.

아, 진짜 당신들한테는 따로 해줄 말도 없다. 당신들도 알지 않는가? 당신의 골드샤워 줄기가 일자로 매끄럽게 떨어지지는 않는다는 거 말이다. 여기저기 튀기고 그런다는 거, 십수 년 해봐서 알지 않는가. 그 커버를 올리고 볼일 보는 것조차도 귀찮아서 못 한다면, 그 정도의 배려심도 갖고 싶지 않다면 화장실 바닥에다 시원하게 쫙 갈기지 뭣 하러 변기에다 싸는가? 그리고 커버를 올렸으면 내려놓는 게 에티켓이다. 여기에 왜 여자들만 좋으라고 변기 커버를 내려놓아야 하는가 따지는 남자들. '닥쳐, 말포이'라는 말을 해주고 싶다.

7. 러닝셔츠가 이너웨어가 아닌 아우터웨어인 줄 아는 사람들.

이런 남자들 생각보다 많다. 민소매티도 아닌 분명 흰색 백양 러닝 그것인데 어째서 그것만 달랑 입고 온 집 안은 물론 동네까지 활보하는 걸까? 여름에 더운 거 우리도 안다. 브라까지 하는 우린 더 덥다. 특히 친구네 집에 놀러 갔는데 그 집 아빠도 런닝셔츠 차림, 아들도 런닝셔츠 차림일 때는 정말 난감해서 어찌할 바를 모르겠다. 러닝셔츠는 분명 속옷이다. 우리가 브라나 캐미솔 차림으로 돌아다니지 않듯이 당신들도 그런 에티켓 정도는 지켜줘야 하는 거 아닌가? 그렇게 내추럴 한 원시 사회가 좋거들랑 캘커타에 있는 어디 숲으로 들어가 오랑우탄 털이나 솎아주며 사시든지.

여기다 대고 우린 가슴 없으니까 그래도 된다고 생각하는 남자들 분명 있을 거다. 거기다 한술 더 떠서 우리가 벗어주면 좋지 뭘 그러냐는 남자도 있을 거다. 한마디만 하자. 니들이 비냐?(난 비도 러닝셔츠 바람으로 돌아다닌다면 똑같이 재수 없겠지만 내 지인들의 중론에 따르면 비 정도라면 용서를 한번 해보겠다고 한다)

8. 바로 코앞에 있는 물건도 못 찾아서 엄마, 누나, 여동생 다 불러내서 시키는 남자들.

이건 내가 당해 봐서 안다. 우리 오빠. 유일하게 우리 집구석에서 시력 좋아 안경 안 쓴다. 그런데도 늘 집 안에 있는 모든 걸 절대로, 결코, 찾지 못한다. 그게 장롱이나 서랍장에 있으면 말도 안 하겠는데 뻔히 눈앞에 보이는 리모컨이나 재떨이 좀 찾아보라고 할 때는 정말이지 기가 막혀 턱이 다 덜덜 떨린다. 내가 볼 때 이건 정말 못 찾아서가 아닌 찾겠다는 의지 자체가 없는 거다. 왜냐하면 무한 반복이니까.

이렇게 아무것도 못 찾는 남자들이 운전은 어째서 그렇게 샛길까지 찾아내며 잘들 하는지 모르겠다. 물론 공간 지각력과 공간 안에 있는 사물에 대한 인지력은 엄연히 다르다고 주장하고 싶겠지? 그럼 묻자.

대체적으로 공간 지각력이 약하다고 알려져 있는 우리 여자들이 운전을 좀 버벅거릴 때, 당신들은 어쨌는가. 창문 내리고 온갖 쌍욕을 다 하지 않았는가? 우리의 공간 지각력 부족에 대해서는 욕설부터 시작해서 '집구석에서 밥이나 하지 차는 왜 끌고 나와서 지랄이냐'로 끝나면서 어째서 당신들의 공간 안에 있는 사물에 대한 인지력 부족에 대해서는 우리가 돕는 게 당연하다고 생각하는가?

9. 예쁜 여자들에게는 무슨 일이든 다 용서해 주는 남자들.

이거 솔직히 여자들도 좀 그렇다. 하지만 우리는 그렇게 해주지 않은 덜 생긴 남자들에게 대놓고 '넌 안 생겼잖아'라고 말하지는 않는다. 허나 이들은 당당하게 말한다. "쟤는 예쁘잖아. 넌 남들 예쁠 때 뭐 했냐?" 혹은 그들끼리 얘기한다. "쟤는 예쁘니까 용서가 돼." 우리도 안다. 예쁜 것들은 뭘 해도 아름답고, 실수를 해도 귀엽기만 하다는 걸. 하지만 미스코리아 심사위원이라도 된 양 말할 필요가 뭐 있을까? 이렇게 말하면 분명 그들은 또 이렇게 대꾸할 것이다. "못생긴 게 니 죄지 내 죄냐? 그러게 억울하면 생기든지." 근데 이런 인간들일수록 지가 잘생겼을 확률은 가뭄에 논농사 노 나는 확률과 비슷하다.

10. 대화를 하지 않으려고 하는 남자들.

이 남자들은 여자와의 대화는 전부 말싸움이며, 말싸움에서는 결코 여자를 이길 수 없으므로 아예 말을 하지 않을 뿐이라고 한다. 하지만 다들 알 것이다. 화가 났건 삐쳤건 어쨌건 간에 절대 말하지 않고 그저 버티는 남자가 얼마나 사람 속을 뒤집는지를 말이다. 내 주변의 기혼 여성 중 한 명은 자기 남편이 싸우면 꼬박 하루는 기본이고 일주일 정도는 말을 안 한단다. 처음에는 자기가 애교도 떨고 먼저 사과도 하고 그랬는데 이젠 도저히 자존심 상해서 못 그러겠다고. 큰 싸움 날까 봐 말을 피한다지만 당장의 큰 소리가 차라리 한 달 동안 서로 감정의 골만 파이는 것보다는 훨씬 낫다. 우리는 말로써 당신들을 이기려는 것이 아니다. 사실 이기려고 마음만 먹으면 당신들의 말마따나 말로는 절대 당신들에게 지지 않는다. 하지만 우리가 하고자 하는 것은 대화다. 이 상황을 서로 얘기하고, 자신의 생각을 말하는 것이 화해의 시작이다. 그게 바로 싸우는 거라고 한다면 할 말 없다.

11. 그것만 생각하는 남자들.

간혹 지인들 중에는 자기 남자친구가 자기랑 자기 위해 사귀는 것 같다고 말하는 이들이 있다. 물론 여자인 우리들도 남자친구 혹은 애인과 자고 싶다. 하지만 우리는 늘 어떤 상황에서건 그 생각만 하지는 않는다. 함께 만나서 영화도 보고, 공원도 걷고 싶고, 경치 좋은 곳에 함께 여행도 가고 싶다. 하지만 이런 남자들은 영화관에서 더듬고, 공원이 어두워지기만을 기다리고, 여행을 가자고 하면 그 여행에서 밤이 되었을 때만을 생각한다. 이쯤 되면 정말이지 내가 이 남자를 왜 만나나 싶은 생각이 절로 들 것이다. 그러다 생각을 멈추지 않으면 '내가 공짜라서?' 같은 해괴망측한 결론마저 내려진다.

자지 않겠다는 얘기가 아니다. 어차피 줄 거 비싸게 굴어보겠다는 소리가 아니다. 자는 것 이외에도 나와 할 것이 많다는 것을 당신도 좀 알아 달라는 얘기다. 만나자마자 '낮거리도 괜찮지 않아?' 하며 모텔 간판을 등지고 서서 씨익 웃는 당신. 정말 제대로 재수 없다.

12. 여자에게는 친절한 금자 씨가 있다면 친절 맨의 대표는 바로 나라는 듯한 남자들.

모든 여자들에게 다 친절한 남자들이 있다. 친절이 도를 지나쳐서 '저거 작업 걸려는 거 아니야?' 혹은 '이 남자 나한테 관심 있나?' 라는 착각까지 불러일으킬 정도다. 이들은 친절과 동정을 구분하지 않으며, 모든 여자들에게 친절을 베풀 수 있는 한 최대한도로 베푼다. 물론 막돼먹고 불친절한 남자보다야 친절한 남자들이 좋다. 하지만 이런 남자가 내 남자친구라고 생각했을 때, 아무에게나 다 친절한 건 좀 곤란하다. 그래서 어느 날 내 친구에게 "저어, 니 남자친구 혹시 나한테 관심 있는 거 아니야?" 하는 소리까지 들어버린다면 친절이 만들어내는 최악의 재앙 되시겠다.

13. 지나치게 치장한 남자들.

머리를 길게 길러서 묶는다든지, 헤드밴드를 한다든지, 귀에 부담스러운 이어링과 저건 사슬일 거야 싶은 목걸이를 하는 남자들. 거기다 보는 사람 민망해서 눈을 어디다 둬야 할지 모를 정도로 쫙 붙는 스키니 진까지 입어버리시면 답이 없다.

물론 남자들도 요즘은 외모에 신경을 많이 쓰고, 또 그래야만 하는 시대다. 옷차림이 전략이 되었으며, 양복 일색에서 벗어나 멋있게 캐주얼을 입고 다니는 남자들을 보면 나도 그들이 시크해지고 있는 것에 흐뭇하다. 그러나 제발 런웨이의 모델에게나 어울릴 것 같은 과감한 아이템을 자신의 체형 및 외모를 무시한 채 과도하게 착용하지는 말았으면 좋겠다. 여자들이 조금만 다리가 두꺼워도 "저 코끼리 다리에 치마는 왜 입은 거야?"라고 말하면서 정작 자신이 입은 레이어드 룩은 넝마처럼 보인다는 걸 모른다.

하지만 진정한 왕좌는 뭐니 뭐니 해도 커피숍 같은 데 앉아서 샤넬이나 디올 파우더 팩트를 열어서 꼼꼼하게 화장을 수정하는 남자. 남자는 그저 세수하고 알코올인지 스킨인지 모를 만큼 쏴한 것을 손에 콸콸 들이부어 철썩 하고 뺨에 내리치기만 하면 된다는 소리는 아니지만 그래도 파우더 팩트를 꺼내는 건 좀 당황스러운 거지.

14. 스스로 터프가이라 불리고픈 모든 남자들.

이런 남자들이 남자들의 세계에서는 어떤지 모르겠지만 여자들은 대부분 싫어한다. 물론 모든 터프가이를 다 싫어하는 건 아니다. 예를 들어 이훈 정도의 캐릭터는 봐줄 만하다. 하지만 김보성? 이래 버리면 곤란한 거지.

이런 터프가이들의 특징은 다음과 같다. 시도 때도 없이 의리를 외치고, 모든 일에 말보다 주먹이 앞선다(그러면서 또 말도 많다. 문제는 입만 열면 홀랑 깬다는 거다). 주변 사람들의 이목을 끌기 위해서라면 어떤 괴상한 행동도 주저하지 않는다. 이들은 10년도 더 된 것 같은 가죽 코트에 선글라스, 저거 분명히 발과 하나가 되었지 싶을 만큼 매일 신어대는 징 박힌 가죽 부츠가 트레이드마크이며, 간혹 증상이 심한 경우에는 가죽 손가락장갑을 끼고 나타나기도 한다.

터프하다는 것은 남자들만이 가질 수 있는 매력 중 하나지만 스스로 터프하지 못해 안달 난 것 같은 인상을 주는 남자는 정말 싫다.

15. 하지 말라고 아무리 말해도 못 알아듣는 남자.

그런 남자가 있었다. 장난과 스릴을 즐기는. 하지만 그 수위를 넘는 장난에 그의 애인이었던 내 친구는 늘 괴로워했다. 하루는 온 팔뚝에 잇자국이 가득하기에 어찌 된 일이냐고 물었더니 남자친구가 팔뚝 깨무는 걸 재미있어 한다고. 허나 그녀는 괴로웠기에 하지 말라고 하는데도 계속 하더니만 급기야 짜증을 내고 눈물까지 흘린 다음에야 끝이 났다고 한다. 이런 남자들일수록 여자들이 견디기 힘들어하는 장난을, 당하는 입장에서는 장난 아니게 해댄다. 운전을 할 때도 부러 장난친다며 아슬아슬하게 해대는 그 남자와 내 친구는 일찌감치 헤어졌다마는, 아무튼 그는 진상 중 진상이었다. 장난과 괴롭힘을 구분하지 못하는 인간은 재수 없음을 넘어서 공포다.

16. 여자에게 외모를 지적하는 남자.

아마 여자들은 알 것이다. 자기가 엉망인 스타일을 하고 있더라도, 누가 그걸 고쳐주겠답시고 아무리 애정 어린 충고를 해준다고 해도 기분이 나쁘다는 것을 말이다. 기분 좋게 충고를 해줘도 자칫 맘이 상하게 마련인데, 이런 걸 비아냥거리며 충고하는 남자들이 있다. '넌 다리도 짧은 게 어그 부츠를 신으니까 정말 스머프 같다', '지금 그런 옷이 너한테 어울리기나 하냐? 니가 무슨 이효리냐?', '너 솔직히 말해봐. 거울 안 보지?' 같은 말은 심한 상처로 남는다.

물론 안타까운 여자친구의 스타일을 바꿔주고 싶다는 그 마음은 가상하다마는, 제발 눈치 없는 지적은 삼가길. 조금이라도 여자친구를 배려할 마음이 있다면 차라리 쇼윈도 앞에 진열된 옷을 보고 '저거 너한테 잘 어울리겠다. 넌 저런 스타일로 입으면 지금도 예쁘지만 훨씬 더 예뻐 보일 거야' 라고 말해 주라. 어울릴 만한 옷을 사다 주는 것은 바라지도 않을 테니 제발 말 한마디로 천 냥 빚을 쌓지는 말길.

17. 마마보이들.

엄마와 친밀한 관계를 갖고 있는 거야 누가 뭐라고 하겠느냐마는 이건 뭐 하나 할 때마다 엄마한테 전화해서 보고하고, 해도 되는지 물어보고 하는 남자는 심하게 매력 없다. 거기다 이런 남자들은 내가 그의 여자친구인지 엄마의 여자친구인지 헷갈릴 정도로 자기 엄마가 원하는 타입을 여자친구에게 강요한다. '우리 엄마가 뭐뭐래' 로 시작되는 요구들. 듣고 있으면 짜증나서 엄마라는 단어만 나와도 온몸에 소름이 돋는다.

여기 나열한 내용은 순전히 나 개인적인 생각이므로 다른 여자들은 저런 남자를 싫어하거나 불편해 하지 않을 수도 있다. 이 글을 썼을 때 남자들이 가장 많은 반론을 제기한 것이 변기 커버를 올리고 볼일을 보는 것에 관한 것이었는데, 주로 왜 우리만 여자들을 배려해야 하냐는 것이었다. 누군가가 말하길 그건 효용성의 문제라고 했는데 나는 그 말이 정답이라고 생각한다. 여자는 소변과 대변을 모두 커버를 내리고 볼일을 보지만 남자는 소변을 볼 때만 커버를 올리므로, 여자 쪽을 배려하는 것이 옳지 않을까?

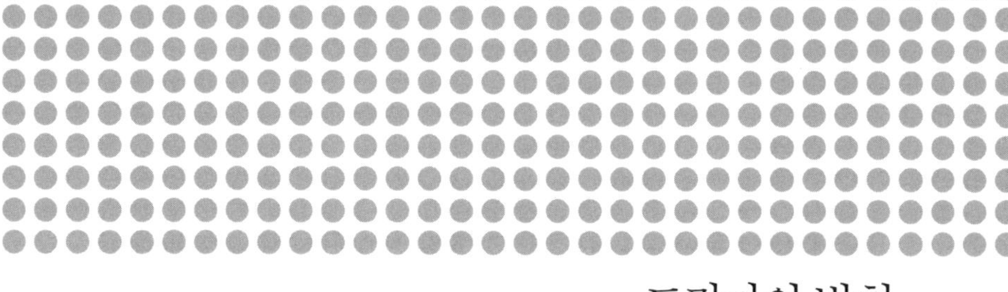

드라마의 법칙

TV라는 것은 확실히 바보상자가 맞나 보다. 한번 보기 시작하면 아무 생각 없이 몇 시간씩 보게 만든다. 요즘 들어 내가 자주 보는 것은 TV 드라마인데, 현재 방영되고 있는 것부터 케이블에서 보여주는 재방송까지 보다가 보니 몇 가지 드라마의 법칙을 발견하게 되었다. 물론 여기서 벗어나는 드라마도 가끔 있기는 하지만 대부분의 드라마는 이 법칙에서 크게 어긋나지 않았다. 다음은 내가 드라마를 보면서 발견한 몇 가지 사소한 법칙들이다.

1. 촌스럽거나 못생기게 나오던 여주인공은 반드시 시간이 지나면 아름다워진다. 뽀글이 파마에서 웨이브로, 본인의 얼굴과는 전혀 맞지 않는 커다란 검은색 뿔테 안경에서 콘택트렌즈로, 촌스럽거나 평범한 옷차림에서 몸매가 드러나는 섹시한 옷차림으로. 어떻게 해서 그녀들이 갑자기 미에 눈을 떴는지, 또 그렇게 꾸밀 줄 알면서 왜 처음에는 촌스럽거나 못생기게 하고 다녔는지는 아무도 모른다.

2. 멍청한 등장인물은 어느 정도의 회를 거듭하면 조금씩 똑똑해져서 마침내 정상적인 인물이 되어버린다. 처음에 어벙했던 인물이 드라마가 끝날 때까지 어벙한 경우라면 그는 비중이 매우 낮은 조연이다.

3. 출생의 비밀을 가진 주인공의 친모, 친부는 항상 주인공 주변에서 얼쩡거리고 있다. 아무도 그들에게서 멀리 떨어진 곳에 살지 않는다. 입양을 보냈건 주인공을 버렸건 간에 주인공이 잘 다니는 곳이나 주인공 동네에서 가까운 곳에 산다. 허나 사건이 시작되기 전까지는 아무도 그 사실을 모른다. 그러다 사건이 시작되면 그때부터는 집 밖에만 나갔다 하면 우연히 서로 마주친다.

4. 무리한 요구를 받는 주인공은 언제나 멋지게 거절한다. 그리고 주인공이 거절하고 나가면 그 무리한 요구를 했던 인물은 주인공을 향해 호탕하게 미소 지으며 고개를 끄덕인다. 가끔은 "역시 내가 사람 하난 잘 봤어." 따위의 말을 주억거리기도 한다. 아무도 요구를 거절했다고 주인공을 향해 화내지 않는다.

5. 여자 주인공에게는 언제나 근사한 남자가 그녀에게 반한다. 하지만 반하기 전에 반드시 그녀와 약간의 티격태격하는 기간을 가진다. 그러다 갑자기 남자는 별 볼일 없는 그녀에게 꽂혀서 그녀를 사랑하고 도와주고 보호해 준다. 그들은 하나같이 잘생기고 돈도 많다.

6. 주인공들 옆에는 반드시 그들을 질투하는 인물이 등장한다. 대개 그들은 똑똑하고 근사한 외모를 가지고 있으며 부자다. 그런데도 그들은 그들보다 훨씬 못한 주인공을 못 잡아먹어서 안달이다. 뭣 때문에

질투하는지는 절대 안 나온다. 그냥 처음부터 이유 없이 미워하는 성격 파탄자들이다. 그리고 이들은 질투 때문에 반드시 크게 망한다.

7. 주인공들은 평탄한 날이 없다. 툭하면 음모의 대상이 되거나 엄청난 오해가 연달아 일어난다. 평범한 사람이라면 도저히 견뎌내지 못할 시련들을 주인공들은 언제나 꿋꿋하게 참고 모든 걸 이겨낸다. 단 음모와 오해를 해명하거나 직접 나서서 해결하지 않고 '언젠가는 다 잘될 거야' 하면서 기다린다. 그럼 진짜로 다 잘된다.

8. 아무리 가난한 주인공이라 하더라도 옷은 많다. 집에 걸린 옷은 늘 몇 벌 뿐인데도 등장하는 씬마다 다른 옷을 입고 나온다. 대체 단칸방에 사는 주인공들은 그 많은 옷을 다 어디다 두는 건지 알 수 없다.

9. 사귀는 사이라 하더라도 어지간하면 잠자리를 함께하지 않는다. 그리고 어쩌다 사귀는 상대와 딱 한 번 잠자리를 하면 어김없이 애가 들어선다. 우리나라 불임 인구가 몇인데 그들은 거의 백발백중이다.

10. 남자 주인공들은 자다가 일어나도 머리가 눌려 있지 않고 여자 주인공들은 잠자리에서도 마스카라 칠하고 립스틱마저 바르고 있다. 화장은 하는 것보다 지우는 게 중요하다는 말은 거짓말일지도 모른다.

11. 여자 주인공은 세수를 하고 나면 반드시 스킨 딱 한 개만 바른다. 것도 얼굴에 살짝만 두들기고 대부분은 손에다 바른다. 다들 얼굴에는 스킨 이외에는 바르지 않고 핸드크림 같은 건 가지고 있지도 않다. 그러면서도 나이가 몇이건 간에 얼굴은 탱탱하다. 화장대에는 기초 화장품밖에 없지만 메이크업은 늘 꼼꼼하게 되어 있다.

12. 주인공이 갑자기 공부를 시작하면 꼭 코피를 주르르 쏟는다. 그렇게 열심히 할 거 왜 진작 안 했는지는 아무도 모른다. 그리고 그렇게 공부를 시작하면 다 합격한다.

13. 어머니가 이제 막 들어오는 주인공에게 "저녁은?" 하면 주인공들은 꼭 "먹었어요."라고 대답한다. 밥 달라고 하거나 못 먹었다고 하는 일은 거의 없다. 간혹 "생각 없어요." 하며 이층으로 올라가기도 한다.

14. 주인공들의 대부분은 타자를 칠 때 독수리 타법이다. 직장에서도 그렇게 일을 하고 집에서도 그 실력으로 채팅을 한다. 그래도 쪽팔려 하지 않는다. 오히려 되게 귀여운 표정을 짓고 있다.

15. 드라마에 나오는 꼬마들은 나이가 몇 살이건 간에 무조건 성숙하고 점잖은 애들이다. 그 애들은 자기가 할 일은 자기가 알아서 함은 물론, 가끔 어른들의 고민과 걱정까지 덜어주려고 한다.

16. 여자 주인공들은 늘 밥 먹을 때 젓가락으로 깨작거리면서 먹는다. 반대로 남자 주인공들은 밥숟갈을 삽처럼 들고 머슴처럼 퍼먹는다.

17. 드라마 속의 가정부들은 대부분 입이 가볍거나 참견하기를 좋아한다. 그래서 언제나 쓸데없는 소리를 해서 안주인에게 한소리를 듣는다. 그래도 하고 또 한다. 그러면서 쫓겨나지도 않는다.

18. 드라마에 나오는 할아버지나 아버지들은 모두 운동을 좋아한다. 그들이 마당에서 운동을 하고 있으면 늘 며느리들이 시어머니가 갈아준 녹즙을 쟁반에 받쳐 들고 대령한다.

19. 주인공들은 한번 아팠다 하면 꼭 응급실에 실려 갈 만큼 아프

다. 아무도 아스피린이나 진통제 한 알 먹고 괜찮아지지 않는다. 간혹 큰 병이라서 입원을 하거나 수술을 하기도 하지만 대부분은 응급실 정도로 그친다.

20. 주인공들이 걸리는 병 중에서 가장 흔한 병은 기억상실증이다. 그것도 꼭 부분 기억상실증이다. 하지만 드라마가 끝날 때까지 기억이 돌아오지 않는 주인공은 없다. 식물인간도 마찬가지인데, 처음에 식물인간으로 등장했다가 끝날 때까지 의식을 회복하지 못하는 경우는 없다. 그들은 아무도 없을 때 손가락부터 서서히 움직이기 시작하다가 어느 날 번쩍 하고 의식을 되찾는다.

21. 주인공들이 갑자기 야밤에 뛰쳐나갈 때는 가족에게 목적지를 똑바로 말해 주지 않고 잠시 다녀올 데가 있다고만 말한다. 그러면 주인공을 보낸 나머지 가족은 "아니, 쟤가 쟤가!" 하며 주인공이 나간 쪽과는 반대방향을 보며 심란한 표정을 짓는다.

22. 드라마에서 사투리를 쓰는 인물들은 반드시 촐싹거린다. 사투리를 쓰면서 진중한 인물은 거의 없다.

23. 드라마에서는 꼭 한 명쯤은 이제 막 유학을 마치고 돌아오는 인물들이 있다. 그 인물들은 대부분 실력은 좋지만 찔러도 피 한 방울 안 흐르는 비인간적 캐릭터거나 악역이다.

24. 라면을 먹을 때는 절대로 그릇에 덜어 먹지 않고 꼭 냄비째로 후루룩거리면서 먹는다. 간혹 남자 조연들은 뚜껑에 덜어 먹는다.

25. 서로 길 가다 부딪치는 남녀들은 꼭 책이나 서류를 들고 있다가

좌라락 떨어뜨린다. 그리고 그걸 주우면서 눈이 맞는다. 동성끼리 부딪치는 일은 절대 없다.

26. 드라마에서 전화를 걸면 꼭 벨이 세 번도 울리기 전에 상대가 받는다. 그리고 아무도 핸드폰 연결음 따위는 사용하지 않는다(간혹 안 받는다며 끊을 때도 벨은 다섯 번 이상 울리지 않는다).

27. 신생아 혹은 유아들은 대부분 늘 잠을 자고 있다. 애들은 하루 종일 자는 게 일이라지만 애네들은 드라마 내내 자고 있다. 그러면서 늘 이제 막 잠들었단다. 가끔 깨어 있으면 카메라를 정면으로 보고 있거나 카메라에서 약 15도쯤 옆을 멍하니 쳐다보고 있다.

28. 한번 나온 옥탑 방은 다른 드라마에서도 또다시 등장한다. 왜 그렇게 다들 옥탑 방에 사는지 모르겠지만 아무튼 남자 주인공이나 여자 주인공이 부모와의 마찰로 집을 뛰어나오면 반드시 옥탑 방을 얻는다. 반지하 방은 인기가 없다. 그리고 그 옥탑 방에서 부모님이 반대하던 연인과(가출의 간접적 원인 제공자) 꼭 발로 밟아가며 이불 빨래를 한다.

29. 결혼 반대는 부모들 중 꼭 한 사람만 한다. 그리고 주로 엄마다. 그녀들은 "내가 너를 어떻게 키웠는데!"에 이어 "너 기어이 고집을 부리겠다는 거야?" 하다가 "그럼 니 마음대로 해. 자식 하나 없는 셈 칠 테니까."로 이어지는 대사를 한다. 자식 이기는 부모, 적어도 드라마에는 없다.

30. 결정적인 장면에서 대사를 치는 나이 많은 아버지나 할아버지는 꼭 말을 끝맺지 못하고 뒷목을 잡고 쓰러진다.

31. 약간 사는 집으로 설정된 경우 늘 아침은 빵과 샐러드 같은 걸 먹는다. 그리고 식탁 중앙에는 깎아놓지도 않은 열대 과일 따위가 잔뜩 쌓여 있다.

32. 옷장 안에는 주인공이 언제든 옷을 싸 들고 나갈 수 있도록 늘 여행용 트렁크가 구비되어 있다.

33. 분식점에서 떡볶이를 먹을 때 곁들이는 메뉴로는 오뎅이나 튀김보다 순대가 압도적으로 많다.

34. 문을 열어주지 않는 집 앞에서 서 있으면 언제나 기다렸다는 듯이 비가 온다. 그러면 주인공은 비를 맞으면서 하염없이 기다린다. 비가 온다고 비를 피하거나, 비가 그치면 다시 오는 주인공은 없다.

35. 부부싸움을 하는 집은 반드시 이혼을 한다. 이혼하지 않는 부부들은 거의 싸우지 않고 그야말로 드라마처럼 행복하게 잘 지낸다.

드라마는 사실 구태의연하다. 툭하면 출생의 비밀이나 말도 안 되는 복수극이 난무한다. 그러나 우리는 막장 드라마네 뭐네 하면서도 또 드라마를 본다. 그건 아마도 현실에서는 일어나기 힘든 일들을 드라마를 통해 보면서 때로는 위안을, 때로는 희망을 얻기 때문이 아닐까?

가끔 잘 만들어진 미드를 보면서 우리는 왜 저렇게 못 만드나 하는 생각을 하기도 하지만 그들과 우리는 제작 환경 자체가 다르다. 〈로스트〉의 배우 김윤진이 쓴 책을 보면 그들은 드라마 파일럿 프로그램을 하나 만드는 데도 우리나라에서 거의 영화를 제작할 정도의 비용을 쏟아 붓는다고 하니 질적 차이가 나는 것은 어쩌면 당연한 일인지도 모르겠다.

그대들이여, 지켜주지 못해 미안하다

연예인이나 유명인들에게는 이른바 굴욕 사진이란 게 있다. 그런데 요즘은 이걸 '지못미'라고 부르는 모양이다. 지못미의 뜻은 '지켜주지 못해 미안해'란다.

그러나 이런 굴욕 사진에 붙이는 희화된 것이 아닌, 나는 요즘 들어 정말 지켜주지 못해 미안한 사람들이 생겼다. 그들은 한때 나의 영웅이었고 내 정신의 일부분이었으며 팍팍한 삶 속에서 유일하게 나를 위로해 주는 것들이었다.

그런데 나는 그들이 하고 싶지 않은 일을 하면서 살 수밖에 없도록 내버려두었다. 예능 프로그램에 나와서 예능 늦둥이라는 소리를 듣고, 화려했던 과거를 현재의 초라함에 빗대어 조롱당하는 것을 지켜보았다. 물론 세상이 변했고, 또 대세를 따라가려면 어쩔 수 없는 선택이었는지도 모른다. 하지만 정말로 그들은 그걸 원했을까? 혹시라도 밥벌이라는 절박함 앞에 마지못한 선택은 아니었는지 나는 자꾸만 서글픈 생각이 든다.

그들도 알고 있을 것이다. 예능 프로그램에서 웃기는 사람으로 소모되다가 어느 날 심각한 표정으로 다시 노래를 부른다 해도 아무도 그걸 진지하게 받아들여주지 않는다는 것을 말이다(한때 유명한 가수이자 작곡가였지만 지금은 예능 MC를 하고 있는 누군가는 어렵게 발표한 자신의 새 노래마저도 스스로 알아서 웃음거리 그리고 씹을 거리의 소재로 만들었다).

그러나 그들은 그걸 택했다. 아니, 그런 선택을 해서라도 살아남아야 했다. 우리가 공짜로 다운로드 받아서 음악을 듣고, 앨범을 사는 대신 홈피에 배경음악 정도로나 그들의 음악을 소모하는 동안 그렇게 그들은 자신들이 하고 싶은 일을 할 수 있는 환경을 잃어버렸다.

그들에게 남은 것은 미사리에서 추억의 콘서트를 하거나 아니면 TV에 나와 제 스스로 망가지는 길뿐이다. 오히려 과거의 영광이 크면 클수록, 한 시대를 풍미했으나 지금은 요 모양 요 꼴이라는 식의 웃음은 더 커진다. 이제 우리에게 그저 노래만 잘 부르는 사람 혹은 음악을 잘 만드는 사람 같은 건 더 이상 필요치 않은지도 모른다.

요즘 잘나가는 가수들은 가수로 인기가 조금 오르면 곧바로 다른 곳으로 눈을 돌린다. 예능 프로그램에 나와 개그맨 뺨치는 입담을 과시하거나 아니면 TV 드라마에서 연기를 한다. 어쩌면 그들은 노래를 하고 싶어서가 아닌, 단지 연예인이 되고 싶었는지도 모른다. 그래서 TV에만 나올 수 있다면 자신이 무엇으로 소모되든, 어떤 종목으로 어필하건 상관이 없는지도 모른다. 물론 원래 꿈은 연기자였거나 반대로 원래는 노래를 부르고 싶었다거나 하는 경우에는 원래 꿈을 이룬 것에 해당되겠지만 말이다.

허나 내가 사랑했던, 그리고 우리가 사랑했던 그들은 노래를 만들고 부르는 재주밖에는 없는 사람들이었다. 정말로 음악을 하고 싶어서 음악을 택했고, 아마 가능하다면 평생 음악을 하며 살고 싶은 사람들이었을 것이다. 하지만 지금 그들을 보라. 그들 중 누가 처음처럼 자신들의 노래를 사랑해 주는 사람들 앞에서 부르며, 열심히 음악을 하고 사는지를.

이제 그들은 더 이상 노래를 부를 무대도, 또 노래만 부르며 살 수 있는 환경도 보장받지 못한 채 각종 오락 프로그램에서 노래와는 상관없는 지난 애기들을 하거나 개인기를 하고 있다. 허나 우리가 외면했고, 그럼에도 불구하고 저런 활동 없이 그저 묵묵히 음악을 하며 지조를 지키라고 하는 것은 우리의 욕심이자 이기적인 생각인지도 모른다.

그랬어야 했다. 우리가 적어도 그들의 음악을 사랑했다면 그들에게 그 음악을 계속할 수 있는 최소한의 환경은 제공했어야 했다. 음반을 사건 콘서트 장에 가건, 그들이 만든 작품을 즐기는 대가를 지불했어야 했다. 하지만 우리는 그러지 않았다. 음악은 다운받으면 그만이었고, 우리는 그들이 새로운 노래를 가지고 나오면 그 음악에 관한 애기가 아닌 음악과는 전혀 상관없는 가십에만 더 귀를 기울였었다. 어쩌면 이제 그들은 그런 우리들에게 진절머리가 났을지도 모른다. 자신의 피땀을, 재능을 공짜로만 즐기려는 우리들에게 나는 그들이 여전히 우리를 소중한 팬으로 생각하는지 자신할 수 없다.

　사람들은 눈으로 봤을 때 그 형태가 실존하는 것들에게는 비교적 당연하게 대가를 지불한다. 하지만 음악이나 영화처럼 손에 잡히는 물질의 형태를 띠고 있지 않는 것에는 그런 대가를 지불하는 것을 아깝다고 생각한다. 단순히 그들을 직업인의 차원으로만 봐도 일반인의 월급에 해당하는 돈이 있어야 먹고 살 텐데, 그건 그냥 그들이 알아서 잘하겠지 하고 생각해 버린다. 그러면서 그저 그가 TV에 나와 웃겨주기를, 숨겨진 과거에 대한 폭로에 가까운 얘기들을 해주길 바란다. 그렇다면 그들을 음악인 혹은 예술인으로 불러줄 수 있을까? 지금 그들이 하고 있는 것은 사지에 몰린 상황에서의 마지못한 발악인지도 모르는데 우리는 그걸 보며 비웃고 있다. 과거에는 그렇게나 잘난 척 콧대를 세우더니 너도 별수 없이 물벼락을 맞고 복불복을 해야 하는구나 하면서 말이다. 단지 얼굴이 알려졌다는 이유만으로 그들은 과거를 웃음거리로 팔아먹으며 하루하루를 버티고 있다.

　물론 그런 얘기들도 존재한다. 그들이 안일했다고, 이렇게 대중음악계에 불황이 오기 전에 그들 스스로 각성을 해서 조금이라도 준비를 해야 했었다고. 일면 맞는 얘기들이다. 그들 중 분명 자신이 세운 왕국의 찬란함에 눈이 멀어서 앞을 내다보지 못한 자들도 있었다. 그러나 우리가 왜 그런 그들을 고소해 하는가. 직장에서 쫓겨나 실업자가 된 사람에게는 아무도 그러지 않으면서 우리는 유독 그들에게만 가혹하다. 그들의 흥망성쇠는 우리에게 한낱 오락거리다. 그들에게는 청춘을 바친 인생의 한 부분이건 말건, 그리고 그 일을 하기 위해 얼마나 노력

했건 말건.

이제 그들은 더 이상 자신의 음악에 대해 얘기하지 않는다. 대신 결혼생활이 어떻고, 그때 사귄 여자친구 중에서 연예인이 몇 명이었는지에 대해 말한다. 혹여 음악 얘기라도 하면 아직도 그때의 꿈을 깨지 못한 바보 취급을 하면서 그 끈덕짐을 조롱한다. 나는 누군가의 꿈을, 그리고 한때의 시간들을 이토록이나 철저하게 만인들에게 농락당하는 사람들을 보지 못했다. 그들이 소위 얼굴이 팔린 사람들이라는 이유만으로 그게 당연해져 버리는 이유를 나는 잘 모르겠다.

지금, 나는 그들에게 진심으로 미안하다. 그들의 음악에 그렇게나 많은 영향을 받았으면서, 그들의 음악으로 인해 그렇게 행복한 시간을 보냈으면서 나는 그들에게 아무것도 해주지 못했다. 그들이 계속해서 그런 음악을 할 수 있도록, 아니 적어도 원하지 않는 곳에 나와서 비웃음거리가 되지 않을 정도의 삶을 지탱시킬 힘조차 실어주지 못했다. 그래서 그들이 간혹 TV에 나오면 나는 우울해진다. 그들을 지켜주지 못한 내 자신도, 그렇게 살 수밖에 없는 그들의 모습도 전부 씁쓸하다.

그런 날이 다시 올까? 그들이 다시 음악으로 우리에게 얘기를 들려주고, 우리가 그 얘기들에 감동하는, 손톱만 한 MP3로 다운받지 않는 그런 날 말이다. 그들이 열심히 만든 곡들로 채워진 CD를 모두 사서 듣고, 그래서 그들 또한 열심히 해야만 살아남을 수 있는 공정한 리그를 마련해 줄 수 있을까?

그들이 멀티 플레이어 혹은 팔방미인이라는 허울 좋은 이름 아래 온갖 곳에서 소모되고, 그러다가 인기가 사라지거나 시대가 바뀌면 바로 폐기 처분되지 않는 날이 오면 좋겠다. 적어도 원치 않는 자들에게는 그저 잘하는 것만이라도 열심히 제대로 하면서 살 수 있는 날이 오길 진심으로 바란다.

OBLADI OBLADA

음악을 하는 사람들은 말한다. "니들이 불법 다운로드를 해서 들으니까 지금 한국 음악계가 이 모양이잖아." 그러면 음악을 듣는 쪽에서도 말한다. "니들이 음악 같은 음악을 해야 돈 주고 사 들을 거 아니야?" 참 닭이 먼저인지 달걀이 먼저인지 모르겠다. 그러나 중요한 것은 이 세상에 공짜는 없다는 것이다. 우리가 돈을 지불하고 듣다가 보면 돈 주고 사 듣기 아까운 음악들은 시장경제 원리에 따라 당연히 도태될 것이고, 그러다 보면 예전처럼 들을 음악들이 많아지지 않을까? 그리고 그들도 TV에 나와서 예능 늦둥이가 아닌 음악만 열심히 하는 음악인으로 살 수 있을 것이다.

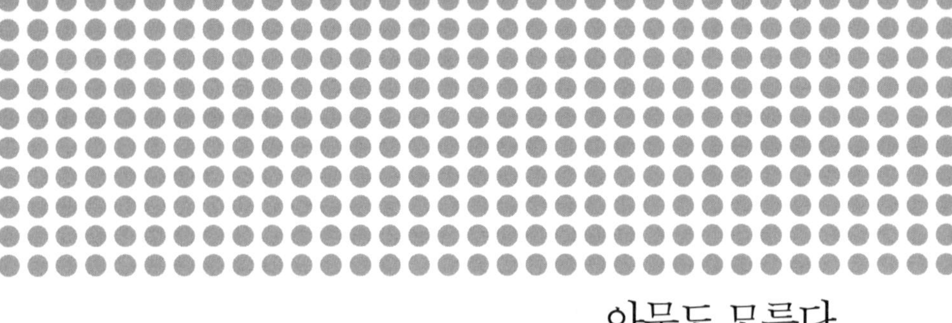

아무도 모른다

요즘은 연예인을 좋아하면 어떤 방식으로 그 연예인에 대한 사랑을 키우는지 잘 모르겠다. 아마 그 사랑도 인터넷을 통해서 하겠지. 그렇지만 내가 한참 연예인을 좋아하던 학창 시절에는 인터넷이 없었다. 그래서 일주일에 한 번, 스타의 사진을 파는 가게에 가서 새로운 사진이 나온 게 있는지 체크하고 한 장에 150원 정도를 주고 샀던 것이 전부였다. 중학생이었던 내가 가장 많이 샀던 것은 최진실의 사진이었다. 그녀는 어찌나 상큼하고 깜찍하던지! 최진실의 팬이어서라기보다 그녀의 사진을 보고 있으면 기분이 좋아졌기 때문에 나는 간혹 친구들과 몰려가서 사진을 사곤 했었다.

'후레쉬 **'라는 빵 형태의 과자가 있었더랬다. 그리고 '** 비앙코'라는 아이스크림이 있었고 '가* 초콜릿'이 있었다. 과자에 대한 특별한 취향이 없었던 나는 상큼하고 깜찍한 그녀가 광고하던 저 과자들을 참 많이도 사 먹었다. 그리고 언젠가 모 프로그램에 나와서 그녀가 가난했던 어린 시절 징그럽게 먹었지만 아직도 맛있어서 자주 해 먹는다고 말하던 수제비를 그녀처럼 김치를 총총 썰어 넣고 가끔 야식으로 끓여 먹곤 했었다.

　연예인이라는 직업은 어차피 대중들에게 사생활이 공개되는 걸 피할 수 없긴 하지만 최진실의 경우에는 좀 더 심했다. 마치 옆집 처녀의 일처럼 온 국민이 그녀의 사생활에 관심을 가졌었다. 편모 슬하에서 지지리도 가난하게 자랐던 그녀는 어느 날 '여자는 남자 하기 나름' 이라는 광고 한 편으로 신데렐라가 되었다. 사람들은 그녀가 화려한 스타가 되었음에도 불구하고 어려운 시절을 잊지 않고 여전히 알뜰하고 악착같은 또순이가 되길 바랐다. 실제 그녀의 생활이 어땠는지는 모르겠지만 아무튼 그녀는 여느 톱스타와 달리 화려함이 아닌 퍽 친근한 이미지를 갖게 되었다.

　그런 그녀의 사생활이 사람들의 입에 좋지 않게 오르내리기 시작했던 것은 이혼 이후부터였다. 갖가지 지저분한 루머가 돌았고 그사이에 그녀는 국민들에게 남편에게 맞아서 멍든 얼굴과 살림살이가 박살이 난 집 안을 공개해야 했다. 그때 엄마가 한 말이 생각난다. 쟤가 돈은 많이 벌고 인기는 있는지 모르겠지만 여자 팔자로는 참 더러운 팔자라고. 여자로서 저런 모습을 대체 누가 전 국민에게 다 보여주고 싶겠냐고.

　그녀가 왜 죽었는지에 대해 많은 말이 떠돌았다. 루머의 최대 발생지이자 유포지인 증권가에서는 사채설이 돌았고, 그녀보다 조금 앞서 죽은 한 남자 탤런트의 이름도 거론되었다. 그녀는 그 일에 무척 충격을 받았다고 한다.

그런데 아무리 생각해도 나는 그녀가 자살을 했다는 사실이 믿어지지 않는다. 타살이 분명하다고 얘기하고 싶은 게 아니다. 단지 그녀가 죽었다는 사실을 받아들일 수가 없는 것이다. 그녀가 죽고 싶은 순간은 한두 번이 아니었을 것이다. 그녀를 키워준 매니저가 죽었을 때도, 또 이혼을 하고 아이들을 혼자 키우면서 아마 그녀는 우리가 생각할 수 있는 것보다 훨씬 더 많이 힘들었을 것이다. 혼자 겪었어도 힘들었을 일을 그녀는 온 국민의 이목이 집중된 가운데 견뎌내야 했다. 그렇지만 그녀는 그 순간들을 잘 버텨왔다. 그리고 마침내 재기에도 성공했다.

그녀는 톱의 자리에 있다가 서서히 내리막길을 걷기 시작했지만 모 드라마의 성공으로 다시 한 번 정상을 차지했다. 한번 올라갔다가 내려온 사람이 다시 그 자리로 가기란 거의 불가능한 연예계에서 그녀의 성공은 신화에 가까웠다. 그런데 그녀가 왜 죽음을 택했을까? 이제 힘든 일은 거의 다 끝이 나고 남은 건 아이들과 함께 행복하게 잘 사는 일만 남아 있을 것 같았던 그녀가 왜 죽었을까?

사람들은 시간이 오래 지나면 기억도 상처도 희미해진다고 생각한다. 하지만 어떤 사람들은 시간과 무관하게 그 일을 겪었을 당시에 비해 조금도 가벼워지지 않은 짐을 지고 살기도 한다. 그리고 어쩌면 최진실은 우리가 끝났다고 믿은 바로 그 시점에서 실은 하나도 끝이 나지 않은 일들을 계속 안고 살아왔는지도 모른다.

눈에 보이는 것은 진실의 아주 작은 단면일 뿐이다. 우리는 누군가

를 이해하거나 알고 있다고 생각하지만 실제로는 아무것도 모를 때가
많다. 그 사람이 되어서 그 상황을 겪어보지 않는 한 그 무게는 아무도
짐작할 수 없다. 우울증에 걸린 사람들에게 마음을 독하게 먹으라든지
훌훌 털고 일어나라는 따위의 소리를 하는 건 그 때문인지도 모른다.
겪지 않은 이들은 모든 일은 마음먹기에 따라 달렸다고 쉽게 말한다.
하지만 때로는 그 마음을 먹는 것 자체가 세상에서 가장 힘든 일일 수
도 있다.

얼마 전 일이 동시에 두 가지나 엎어진 적이 있었다. 하나는 2개월
이나 진행 중인 상황이었고 다른 하나는 계약서에 도장 찍는 일만 남
은 프로젝트였다. 한꺼번에 두 가지 일이 사라지자 나는 거의 공황상
태에 빠질 지경이었다. 프리랜서에게 일이 떨어져 나간다는 것은 곧
밥벌이의 힘겨움을 의미한다. 거기다 추가로 이제 나는 더 이상 먹히
지 않는다는 불안감까지. 정말이지 아침에 해가 뜨는 게 괴로웠다.

괴로운 심정을 달래기 위해서 나는 나름 친하다는 친구, 또 같은 일
을 하는 지인들을 만나서 위로를 받으려고 했다. 하지만 나는 그들에
게서 어떤 위로도 받지 못했다. 모두들 내게 까짓 눈 딱 감고 잊으라든
지 아니면 이럴 때일수록 내 커리어를 쌓기 위해 더욱 노력하라는 말
만 했다. 물론 다 맞는 말이다. 하지만 위로는 맞는 말을 한다고 해서
되는 게 아니다.

어쩌면 내 잘못인지도 모른다. 천성이 원래 징징대는 타입인 나는
그런 내 모습이 하도 보기 싫어서 언제부터인가 강한 척하기 시작했

다. 뭐든 이기려고 했고 누가 나를 위로할 일 같은 건 만들지 않았다. 하지만 정말로 위로가 필요한 순간에 나는 내가 그동안 만들어놓은 내 틀 안에 갇혀 어떤 구원도 받을 수가 없었다. 사람이 외로워도 죽을 수 있구나 싶을 정도로 정말 지독스럽게 외로웠다. 아무도 나를 이해하지 못했다. 하긴 나도 나를 이해할 수 없었다. 도대체 그 일에 왜 그렇게 길게 충격을 받고 힘들어하는지를 말이다.

2개월 사이에 몸무게가 6kg이 늘었다. 원래 먹성이 좋긴 했지만 활동량이 많아서 그동안 살이라고는 안 쪄보고 살았는데 어느 날 방송을 하러 가려고 옷장을 열었더니 맞는 옷이 없었다. 어쩌자고 나는 그동안 그렇게나 몸에 꼭 맞는 옷들만 샀을까? 내 자신은 몸무게 하나조차 변하지 않을 거라고 믿었던 걸까? 겨우 일 두 개 엎어지고 두 달이나 두문불출할 정도로 허술한 마음을 가진 주제에.

오늘은 2개월 만에 처음으로 커튼을 열었다. 그동안 내 집에는 빛 한 조각도 들어오지 않았었다. 밤인지 낮인지도 모르고 먹고 싶으면 먹고 자고 싶으면 잤다. 코앞에 다가온 마감들만 겨우겨우 쳐냈을 뿐, 그저 내가 즐거워서 글을 쓰는 일 같은 건 사라졌었다. 추리닝을 입고 운동화를 신고 강가를 오랫동안 걸었다. 사람들은 나만 빼고 다들 정말로 잘 살고 있는 것처럼 보였다. 누군가가 우울하건 말건, 또 누군가가 죽건 말건.

물론 나도 알고 있다. 내 상황을 해결할 사람은 나밖에 없다. 아무도 나에게 사라진 일을 줄 수도 없고, 그 일로 인해 죽은 것처럼 산 시간을 돌려줄 수도 없다. 한 가지 분명한 건 절대 죽음 같은 걸 생각해서는 안 된다는 것이다. 이 오랜 휴식이 얼마나 갈지 모르겠지만 휴식 끝에는 분명 예전의 나로 돌아갈 수 있다고 믿는 것, 지금 내가 할 수 있는 딱 한 가지 일이다.

요즘 들어 부쩍 자살 사건이 많아지고 있다. 연예인 자살 사건으로는 장자연 사건을 들 수가 있을 것이고, 그보다 더 충격인 것은 아마 노무현 전 대통령의 죽음이었을 것이다. 그들이 왜 죽었는지 혹은 죽게 만든 것이 무엇이었는지에 대해 세상은 말이 많다. 그러나 죽은 사람들은 말이 없다. 이 글은 우울증에 대해 쓴 글이지만 최근 일련의 자살 사건들을 보고 있노라니 참으로 마음이 답답해진다. 제발이지 자살이 당연해지는, 혹은 문제 해결이 되는 사회는 아니었으면 좋겠다. 오죽하면 죽음을 선택할 수밖에 없는 사회. 이건 분명 우리 모두의 책임이다.

있는 자에게만 친절한 사회

여동생들과 함께 가족 카드를 사용하다 보니 어쩌다 난생처음으로 백화점 VIP 회원이 되었다. 전용 주차공간을 이용할 수 있는 주차 스티커도 발급해 주고(발레파킹도 되는데, 겨울에는 미리 히터를 틀어놓아 차를 따뜻하게 데워놓는다), 명절마다 선물 세트가 배달되어 오는 건 물론, 각종 할인 쿠폰들이 쉴 새 없이 날아온다.

그 중에서 10% 할인 쿠폰은 백화점 임대 매장(이를테면 미용실)만 빼면 전 매장에서 사용 가능하다. 그걸 보고 나니 제 돈 다 주고 샀던 날들이 주마등처럼 스쳐 지나간다. 그냥 백화점 카드를 갖고 있을 때도 물론 할인 쿠폰이 날아왔지만, VIP 고객에겐 그보다 훨씬 더 할인율도 높고 쓸모도 많은 쿠폰들을 보내준다. 거기다 무슨 날만 되면 백화점 VIP 고객 초대전 같은 걸 하는데, 여기에는 명품도 포함되어 있다. 그러니까 있는 자들은 명품도 제 돈 주고는 안 산다는 소리다.

셔터 문 내리고 하는 행사는 전부 VIP만 초대되어서 그 순간만큼은 백화점이 그들만의 쇼핑 공간이 된다. 평소와 달리 음료와 다과를 무한대로 제공하고 크리스마스 때는 샴페인 같은 걸 마실 수도 있다. 거기다 특별 초대된 연예인까지 온다. 백화점 문을 닫는 8시 30분부터 시작되는 이 행사는 모든 제품이 적게는 10%에서 많게는 50%까지 할인된다. 그리고 백화점 세일 들어가기 전의, 좋은 물건들이 미리 나온다. 그러니까 일반 고객은 VIP들이 좋은 걸 다 빼내 가고 난 다음, 바겐세일이니 고객 초대전이니 하며 남은 제품들만 보게 되는 것이다(이게 명품일 경우, 정말 좋은 건 VIP 초대전 때 동이 난다).

거기다 중복 할인 안 된다던 모든 쿠폰은 VIP 카드를 보여주는 순간 다 중복이 된다. 원래 백화점 카드를 갖고 있으면 할인되는 5%에 VIP 쿠폰의 10%가 더해져서 15%가 할인되는 것이다(물론 이건 백화점 방침으로 정해진 것이 아닌, 샵 마스터의 의지나 재량에 많이 좌우된다).

그뿐인가. 예를 들어 20만 원 이상 구매 시 1만 원 백화점 상품권 증정 행사를 한다고 치자. 그럼 20만 원어치를 사고 영수증을 들고 가서 상품권을 받는 게 정석이지만, VIP는 그러지 않아도 된다. 20만 원 결제할 때 나중에 받을 상품권을 미리 적용해서 19만 원만 결제하면 된다. 백화점은 일반적으로 다른 매장들에 비해 물건 값이 비싸다는 게 정설로 통하지만 적어도 VIP에게는 해당되지 않는다는 얘기다.

백화점 안에는 다양한 커피숍들이 있다. 주 고객층이 여성인 만큼, 그녀들에게는 쇼핑뿐 아니라 대화(혹은 수다)도 필요하다. 그래서 잠시라도 앉아 얘기를 하거나 지친 다리를 쉬기 위해서는 거의 이 커피숍들을 이용해야 한다. 하지만 VIP들은 그런 돈을 쓸 필요가 없다. 카드를 긁고 들어가는 VIP존에 들어가면 모든 차와 음료가 공짜이며 다과도 제공한다. 그러니까 쇼핑하고 나서 쉬며 차 한잔하는 데도 VIP들은 일반인들과 달리 돈을 쓰지 않아도 된다. 거기다 여느 커피숍들처럼 시끄럽지도 않다. 오직 VIP 고객들과 그림자처럼 조용히 움직이는 여직원 몇 명이 있을 뿐이다. VIP는 화장실에서 손을 씻고 티슈나 핸드 드라이어로 손을 말리지 않는다. 가지런히 잘 정돈되어 있는 작은 핸드 타월로 손을 닦고, 사용한 핸드 타월은 바로 수거함으로 들어간다. 그리고 방향제와 핸드로션, 향수, 구강 청결제가 준비되어 있다 (VIP의 혜택 내용은 백화점에 따라 천차만별이다). 복잡한 주말, 백화점 화장실의 밑도 끝도 없는 줄 앞에 서서 미처 청소할 틈도 없이 더러워진 화장실을 이용하던 기억이 새롭다.

물론 나는 최상위 VIP는 아니다. 최상위 VIP는 또 다른 곳에서 휴식하고 또 다른 혜택을 누린다. 모 백화점 VIP존에서 근무하는 후배 말에 의하면 그들은 보통의 VIP들이 마시는 정수기 물이 아닌 에비앙이나 페리에를 무상으로 제공받는다고 한다.

여기서 나는 '내가 VIP라서 얼마나 좋은지 몰라요' 따위를 말하려는 게 아니다. 무릇 혜택이란 것은 가난한 자에게 돌아가고, 그들이 좀 더 할인을 받는 게 당연하지만 세상은 그렇게 돌아가지 않는다. 세상은 정말이지 있는 자에게만 혜택을 준다. 그것도 남들 모르게. 내가 일반 고객이었을 때는 그런 혜택이 존재하는지조차 몰랐던, 그리고 10원 한 장 DC해 주지 않았던 것과 달리 그들은 있는 고객에게는 무한

대의 선심을 쓴다. 물론 돈 많은 사람들은 혜택을 받는 만큼 팍팍 써대서 결과적으로는 남는 장사겠지만, 내 경우는 VIP가 되었다고 해서 특별히 더 돈을 쓴 게 아니라 오히려 VIP가 됨으로 인해 놀랍도록 돈을 줄이게 되었다. 과거 제 가격을 주고 샀던 모든 물건들을 싸게 사는 건 물론 딸려 나오는 사은품도 훨씬 많아졌다(거기다 문화센터도 전부 50% 할인이다. 안 그래도 백화점 문화센터는 다른 교육기관에 비해 저렴한 편인데 나는 늘 배우던 것들을 이제 석 달에 5만 원만 내면 배울 수 있게 되었다).

VIP가 되고 나니 백화점 카드 결제 금액이 달라졌다. 예를 들어 예전에 만약 결제 금액이 10만 원이었다면 지금은 약 6~7만 원 정도로 줄었다고 볼 수 있다. 있는 자들에게는 더욱더 편하고 친절한 세상이다. 그러니까 일반인들한테서 돈을 왕창 끌어 모아서, 또 그들에게는 하나도 공짜로 제공해 주지 않던 걸 VIP들한테 다 퍼다 주는 셈이다. 그동안 내가 일반인일 때 쓴 돈들은 결과적으로 VIP들에게 베푸는 친절 비용이 포함되었다는 얘기다. 백화점은 장사를 하는 곳이고 따라서 더 많은 돈을 쓰는 고객에게 더 많은 혜택을 주는 것은 당연하다. 내가 말하고자 하는 것은 백화점이 잘못되었다는 얘기가 아니라, 단지 이 사회가 있는 자들에게만 살기 편하고 친절한 세상이라는 것이다.

내 지인 중 한 명은 모 은행 VIP 센터에서 근무한다. 거기에는 VIP들을 위한 커피숍과 피트니스센터, 자산관리 상담 센터 등등 여러 가지 무료 시설들이 있다. 물론 은행 VIP들은 더 좋은 피트니스센터에 가서 자기 돈 주고 운동을 할 수도 있지만, 조금만 돈을 아끼겠다고 든다면 운동도 자산 관리도 커피숍도 다 공짜라는 얘기다(시설들은 오성급 호텔 시설 못지않다. 은행 VIP들은 백화점 VIP 따위와는 비교도 안 된다. 이건 돈을 많이 쓰는 자가 아닌 진짜 돈을 많이 가진 자들만 될 수 있는 거니까). 은행은 거의 수수료 장사라고 해도 과언이 아닌데 VIP들은 여기서도 혜택을 받는다. 우리는 CD기에서 달랑 만 원 한 장 뽑아도 많게는 최고 1,500원까지 수수료를 낸다. 허나 VIP는 전부 공짜다. 어떤 시간에 돈을 뽑건, 송금을 하건 모든 수수료가 면제된다(딱 만 원 혹은 2만 원만 필요한데 수수료가 너무 아까워서 훨씬 더 많은 돈을 인출한 기억들이 다들 있을 것이다).

이건 어쩌면 신귀족 사회인지도 모른다. 우리가 알지 못하는 어떤 곳에, 있는 자들만을 위한 천국이 존재하는 것이다. 이 사회의 출입증은 오직 돈이 결정한다. 그 사람이 어떤 생각과 인품을 가졌는지는, 또 어떻게 그 돈을 벌었는지는 중요하지 않다. 나이도 필요 없다. 여기에는 돈만 있으면 신생아도 VIP, 팔순 노인도 VIP다.

양반 상놈 없어진 지 오래됐다. 서양에도 귀족이 사라졌다. 하지만 여전히 계급은 존재한다. 돈이 있으면 우린 다시 양반이 될 수도 귀족이 될 수도 있다. 그래서 보통 사람들은 듣도 보도 못한 각종 편의와 혜택을 누리며 살 수 있다.

다들 왜 돈 돈 하면서 돈에 미치는지 모르겠다고? 이렇게 한 번이라도 돈의 위력을 맛본 사람이라면 과연 돈에 대해 초연해질 수 있을까? 나만 해도 백화점의 VIP 회원 자격이나마 영원히 지속되었으면 하는 생각을 하는데, 진짜 제대로 돈이 많아서 이 사회의 각종 VIP 혜택을 받아본 사람들이 돈은 아무것도 아니라고 생각할 수 있을까?

내가 백화점 VIP가 될 수 있었던 것은 그동안 백화점에서 썼던 총 금액을 가지고 VIP 고객을 선정했기 때문이다(내가 백화점 카드를 처음 만들었던 것은 대학을 졸업하고 취직한 직후였다). 하지만 나는 내년이면 VIP 자격을 박탈당할 확률이 높다. 왜냐하면 초기 선정 시에는 카드가 발급된 시점부터 총 사용 금액을 가지고 하지만, 매년마다 하는 자격 갱신에는 지난 1년간의 거래 실적으로 그 자격 여부를 결정한다. 그러나 나는 전산 착오라도 일어나서 내년에도 또 백화점 VIP가 되었으면 하고 바란다. 왜냐하면 그만큼 공짜와 할인의 혜택이 크기 때문이다.

뉴스를 봐도 돈 얘기뿐이고, 사람들의 고민은 거의 대충은 돈만 있으면 해결 가능한 고민들이다. 돈으로 살 수 없는 것도 있다고? 물론 사람의 마음 같은 건 돈으로 살 수 없다. 하지만 환심 정도는 얼마든지 돈으로 살 수 있다.

세상에는 돈으로 해결될 수 없는 일도 많다. 하지만 분명한 건 돈으로 해결되는 일이 더 많다는 것이다. 사랑은 돈으로 해결될 수 없다고 알고 있지만, 주위를 둘러보라. 왜 여자들이 돈 많은 남자와 결혼하고 싶어 하는지를. 극히 일부만 그렇다고? 머리 빈 된장녀들이나 그렇다고? 가진 여자가 가지지 못한 남자를 만나는 평강공주 얘기와, 가지지 못한 여자가 가진 남자를 만나는 신데렐라 스토리 중 어떤 게 더 많은가? 아니, 우리가 어떤 걸 더 바라는가?

　근데 이렇게 굴러가는 게 정말 잘 굴러가는 걸까. 살면서 돈의 중요
성이랄지 돈의 가치랄지 하는 건 지겹도록 느꼈다. 하지만 요즘 들어
나는 또 다른 감정을 느끼고 있다. 돈이 많았으면 좋겠다는 바람＋이
렇게 세상이 돌아가는 건 어딘가 이상하다는 생각.

　어딘가에서는 하루 몇백 원 하는 비타민 주사를 맞지 못해서 아이
가 죽어간다. 또 지구에는 아직도 정말 먹을 것이 없어서 굶어 죽는 사
람들이 태반이다. 그렇게 멀리 갈 것도 없이 당장 우리나라만 해도 한
해 결식아동이 몇 명인가. 그러나 또 어떤 곳에서의 사람들은 너무 많
은 돈을 주체하지 못해서, 돈이 너무 많다 보니 급기야 보통 사람들이
아닌 신귀족이 되어서 살아간다. 우리는 노력한 만큼 그 대가를 받는
자본주의 사회가 공평하고 좋은 사회라고 배워왔다. 공평하다는 이유
로 모두가 못사는 사회주의보다 훨씬 좋다고. 인간이 생각해 낸 가장
이상적인 제도가 민주주의와 자본주의 사회라고. 그런데 말이다, 이
사회에 사는 우리는 정말 행복한 걸까?

　가난한 사람들에게 이 사회는 불친절하다 못해 무자비하다. 경기가
안 좋아지니 대부업이 거의 난리 브루스다. 그들은 원금보다 많은 이자
를, 가난한 사람들의 피 같은 돈을 빨아먹는다. 그리고 평생 빚에서 빠
져나올 수 없게 만든다. 아마 그 대부업의 사장은 이 사회의 VIP이리라.

　우리 언니가 딸아이에게 작아진 옷을 미혼모 쉼터에 보내는데 막내
가 그랬다. "그저 그런 옷들만 보내. 좋은 옷들은 그냥 아는 사람들한
테 물려주지 그래?" 하지만 언니가 그랬다. 언니가 아는 사람들은 전

부 가난하지 않고, 따라서 그들은 그럴 마음만 있다면 얼마든지 자식에게 좋은 옷을 사 입힐 수 있다고. 하지만 가난한 미혼모들은 아이에게 좋은 옷 한번 입혀주고 싶어도 그럴 여유가 없을 거라고. 그러자 내 바로 밑에 여동생은 이렇게 말했다. "언니, 생각은 좋은데, 그 사람들 형편을 생각해 봐. 분유 없어서 걱정하고, 추운 겨울에 난방 못 해서 걱정일 텐데 비싸고 좋은 옷이 다 뭐야? 있는 사람들 돈지랄 한 걸로밖에 더 느껴지겠어?" 생각해 보니 그것도 일리가 있었다. 난 그저 자기 돈으로는 절대 좋은 옷 입힐 형편이 못 되는 미혼모의 아이들에게, 그 애들도 한 번쯤은 좋은 옷을 입을 수 있는 기회를 주는 언니가 잘하고 있다고 믿었는데, 그게 생각해 보니 절대적인 가난 앞에서는 다 돈지랄일지도 모르는 일이었다. 굶어 죽겠는데 샤넬 베이비를 걸친다 한들 그게 무슨 소용이겠는가. 그들에게는 차라리 그걸로 분유 한 통, 기저귀 한 박스랑 바꾸는 게 더 낫지 않을까?

예전에는 그랬다. 어떻게든 나 혼자 잘 먹고 잘 살면 그만이라고. 솔직히 내가 남 걱정할 형편도 입장도 아니라고. 근데 나이를 한 살 더 먹고 나니 시선이 좀 달라진다. 다들 세상에 얼굴을 내민 귀중한 생명들인데, 전부 다 똑같은 인간인데 누구는 태어나면서부터 티파니 딸랑이를 손에 쥐고 누구는 태어나면서부터 배고파서 주먹 쥐고 울고……. 이 사회는 누구에게나 공평하게 기회를 준다고? 과연 티파니 딸랑이를 쥔 아이와 배고파 주먹 쥔 아이가 똑같은 출발 선상에 있으며, 그들에게 앞으로 모든 기회가 균등하게 제공된다고 말할 수 있는가?

　이럴 바엔 차라리 지금보다 좀 더 가난했고 어려웠지만 옛날이 더 나았는지도 모른다. 그래도 그때는, 비록 지금은 가난하지만 열심히 공부를 하거나 노력하는 이는 앞으로는 좀 더 잘 살 수 있다는 희망이 존재하던 시대였다. 그러나 지금은 가난한 집안의 아이가 공부를 잘해서 출세하는 일 같은 건 거의 원천적으로 봉쇄되어 있는 거나 다름없다. 혼자 아무리 노력한다 하더라도 과외에 학원 뺑뺑이를 도는 애들을 따라잡는 건 힘든 일이다. 이제 가난은 개인이 아무리 노력해도 벗어나기 힘든, 그리고 대를 이어가는 굴레가 되어버린 것이다.

　내 집이 있는 동네는 부촌과 빈촌이 극명하게 나누어져 있다. 강 하나를 사이에 두고 집값이 정말 엄청나게 차이가 난다. 우리 아파트 뒤에는 이른바 빈민촌이 형성되어 있다. 거기 아이들은 학원을 다니지 않기 때문에 우리 아파트 놀이터에 와서 논다(정작 이 아파트 사는 애들은 학원 뺑뺑이를 도느라 놀이터에서 놀 시간 같은 건 없다). 그런데 여기 주민들이 그 아이들에게 마치 빨갱이 색출해 내듯 "너 어디 사니?"라고 물어서 아파트 거주자가 아니면(간혹 아이의 말을 믿지 못하면 아파트 문을 여는 전자카드를 꺼내보라고 하는 인간들도 있었다) 당장 니들 사는 곳으로 가라고 쫓아내는 걸 본 적이 있다. 그들에게 한바탕 따지고 싶었지만 나는 가만히 있었다. 왜냐하면 나는 여기 살아야 하니까. 유별나다고 주목받지 않고 그저 조용히 살고 싶으니까. 대신 그 사람이 가면 비겁하게도 나는 그 아이들을 다시 부른다. 여기서 놀아도 괜찮다고. 그러나 아이들을 쫓아냈던 사람들과 싸우지 못한 건, 그 아이들에 비해 가진 자의 위선 같아서 정말 비참한 기분이 든다.

이제 내 조카들이 살아야 할 세상은 지금보다 훨씬 더 험악할 것이다. 있는 집 없는 집, 있는 자 없는 자, 그리고 그들의 자식은 더욱 분명하게 구분되어질 것이다. 나도 피붙이가 불행한 건 바라지 않는지라 언니 내외가 많이 벌고 또 많이 모으면 좋겠다는 생각을 한다. 하지만 언제까지 이따위 세상에 비위를 맞춰가며, 이 룰에서 벗어나지 못하고 살아야 할까?

언니는 아이에게 어떤 교육도 하고 있지 않다. 영어도, 그 나이면 다들 하는 피아노, 태권도 같은 것도 아직 안 가르치고 있다. 이 광기에 가까운 교육열에 합류하기가 싫어서 그냥 좀 아이를 내버려둘 생각이란다. 그러면서도 한편으로는 애 앞으로 된 통장에 열심히 저금을 해주고 있다. 만약 내 아이가 남들보다 뒤처져서 좋은 학교, 좋은 직장, 좋은 가정으로 이어지는 연결고리에 합류하지 못할 경우, 그래도 최소한 먹고 살게는 해주고 싶다고 한다. 젠장맞을, 근데 이것도 결국에는 돈이다. 남들보다 더 잘사는 아이를 만들기 위해 교육을 시키는 데도 돈이 들고, 거기에서 벗어나 좀 자유롭게 살게 해주기 위해서도 돈이 필요하다. 이제 세상에는 물고기를 낚는 방법을 가르쳐주는 곳은 없다. 애초에 남들보다 더 많은 물고기를 잡을 수 있는 물가를 차지할 수 있도록 교육시킬 뿐이다. 그리고 언니는 따지고 보면 지금 조카만의 우물을 파서 아예 물고기를 넣어줄 생각을 하고 있는 것이다.

없는 자에게는 사는 게 점점 더 힘들어지고 있는 요즘이다. TV만 켜면 가난한 사람들이, 그리고 가난하고 병든 사람들의 사연이 넘쳐흐른다. 개인의 기부가 훌륭한 일이며 꼭 필요하다는 건 사실이지만, 나는 그런 프로그램을 볼 때마다 왜 이 사회는 저런 극빈층들을 제도적으로 도와줄 수 없는지 궁금하다. 그들은 사지에 내몰리다 못해 전 국민을 대상으로 자신을 도와 달라고 하소연한다. 매번 쓸데없는 일에 엄청난 예산을 잘도 낭비하면서, 왜 이 사회에서 우리가 함께 살아가야 할 가난한 사람들을 도와줄 예산은 부족하다고 말할까? 연말이면 배정된 예산을 다 쓰기 위해서 멀쩡한 땅을 파는 대신 왜 아프고 힘든 사람들을 도와주면 안 되는 것일까?

강남의 땅값이 내려가지 않는 이유는, 그리고 대한민국은 강남 공화국이라 할 정도로 각종 편의와 혜택이 집중되어 있는 진짜 이유는 정책을 결정하는 그들 자신이 대부분 강남에 살기 때문이다.

예전에도 분명 이 사회에는 가난한 계층들이 존재했다. 하지만 그때는 계층 간의 이동이 지금처럼 불가능에 가깝지는 않았다. 옛날에는 가난한 집 아이가 열심히 공부를 해서 출세하는 일들이 그리 드물지 않았고 누구나 열심히 하면 잘살 수 있다는 희망이 존재했다. 하지만 요즘에는 그렇지 않다. 고액 과외와 족집게 학원을 다니는 아이들을 가난한 집의 아이가 혼자 공부를 해서 따라잡는다는 것은 거의 불가능에 가깝다. 이제 한번 가난하면 대대로 계속 가난할 수밖에 없는 악순환의 고리 속에 살고 있다. 적어도 오늘보다 내일이 더 나을 것이라는 생각이 희망이라면 지금은 절망의 시대가 아닌가 싶다. 지금은 비록 힘들지라도 내일은 웃을 수 있다는 희망이 없는 나라에 사는 아이들. 생각만 해도 끔찍하다.

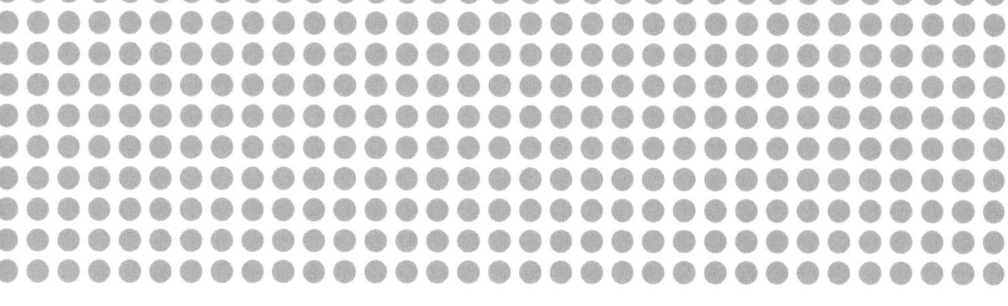

Can you speak English?

나도 한때는 영어 공부라는 것을 했었다. 초등학교 5학년. 아직까지 내 부모님이 나를 '얘는 머리가 좋은데 노력을 안 해서' 라고 평가할 때의 일이었다. 그때만 해도 영어 조기교육이나 사교육 열풍이 불기 이전이라서 그 나이에 영어를 공부하는 아이는 드문 편이었다. 그래서 나는 남들이 하지 않는 약간은 재미있는 무언가를 한다는 기분으로 영어 과외를 시작했다. 하지만 막상 해보니 그건 전혀 재미있지 않았다. 원래 공부를 싫어하기도 했거니와 영어는 나와 코드가 맞지 않았다. 도대체 왜 'I, my, me, mine', 'you, your, you, yours'를 외워야 하는지, 인칭대명사의 격변화라는, 역시 한글로 적어도 어려운 이 법칙을 외워서 뭘 하는지 전혀 알 수 없었다. 그건 아마 나와 함께 과외를 받고 있는 다른 애들도 마찬가지로 가지는 의문이었을 것이다. 다른 점이 있다면 그들은 그 모든 의문을 뒤로한 채 그래도 하라는 대로 외웠다는 것이고, 나는 의심스러운 것은 일단 안 하고 보는 평소의 내 성질답게 외우지 않았다는 것이다.

이미 중학생이 되기도 전에 영어 공부의 지겨움 및 괴로움을 충분히 만끽한 나는 기초 영어에 대한 조기교육은 고사하고 영어 자체에 대한 흥미마저 잃어버렸다. 물론 내가 이러한 이유로 영어 공부를 싫어하게 되었고, 훗날 배낭여행을 꺼리는 결과마저 초래했다고 우길 작정은 아니다. 다만 가만 뒀어도 영어를 열심히 공부할 가능성이 희박했던 아이가 이미 오래전부터 영어에 대한 흥미를 잃었노라고 말하는 것이다.

아무튼 나는 학창 시절 내내 영어 공부와는 담을 쌓았으며(다른 공부도 담을 쌓긴 했으나 그 중 영어의 담이 가장 높았다) 학교를 졸업한 이후에도 많은 사람들이 이런저런 이유로 배우곤 하는 영어회화 수업 한 번 끊지 않았다. 솔직히 말하자면 학교 다닐 때 영어 공부를 열심히 하는 아이들은 이해가 되었지만, 아무도 강제로 시키지 않는 어른이 되어서도 왜 사서 공부를 하는지는 좀 의문이었다.

내가 말하고 싶은 것은 이 나라의 광적인 영어 열풍, 그리고 영어에 대한 맹신이 과연 정상적이고도 적당한 수준인가 하는 것이다. 불과 십수 년 전에는 초등학생이 영어 공부를 하는 것도 드문 시절이 있었는데 지금은 어떤가. 만 3세만 되면 아이들은 영어 교육 시장에 그 작은 몸뚱어리를 투신해야 한다. 아직 우리나라 말도 잘 못할 것 같은 그 애들에게 온통 영어로 된 동화를 들려주고, 사물을 영어로 가르치며, ABCD라는 글자를, 비록 텍스트적인 측면에서의 습득이라고는 하지만 외우게 하고 있다. 거짓말 같은가? 그렇다면 지금 당장 세 살 난 아이에게 무언가 교육적인 학습이 이루어지는 아무 공간에나 가보길 바란다.

조기교육? 나쁜 거 아니다. 이왕이면 뇌가 젤리처럼 말랑하고 스펀지처럼 흡수력 빠를 때 하나라도 더 배우게 하려는 게 잘못된 일은 아니다. 많은 언어학자들은 뇌의 언어중추가 일정한 나이가 지나면 급속하게 퇴보해서, 결과적으로 똑같은 양의 학습 능력을 이룩하는 데 있어 나이가 들수록 더 많은 시간과 노력을 들여야 한다고 말한다. 그러나 솔직히 나는 잘 모르겠다. 모국어도 제대로 못하는 아이가 외국어를 동시에 습득해야 할 만큼 영어가 중요한 것일까? 우리나라를 소개하는 책자 그 어느 곳에도 '언어:한국어/영어'라고 쓰여 있지 않음에도 불구하고 마치 그런 것처럼 영어에 대한 무조건적인 배움을 요구하는 게 당연한 일일까? 살다 보면 영어로 대화를 하고, 영어로 일을 해야 할 경우는 특수한 상황임에도 불구하고 전 국민이 그렇게 영어에 목을 매어야 하는 현실을 나는 도저히 납득할 수가 없다.

물론 영어가 필요 없다고 말하는 것은 아니다. 영어는 세계 공통어이며, 우리의 언어 체계에서도 영어가 차지하는 비중은 무시하지 못할 만큼 크다. 그러나 저런 이유만으로 이 맹신에 가까운 열풍을 설명하기에는 어딘가 석연치 않다. 업무상 영어 지식이나 실력이 전혀 필요하지 않은 회사에서도 높은 토익, 토플 점수를 요구하고, 아이들의 발음을 좋게 한다고 혀까지 잘라가며 교육시키는 강남 엄마들의 미친 극성에는 정말이지 갑갑함을 넘어 진저리가 쳐지려고 한다. 내가 보기에 요즘 대한민국 사람들은 두 가지로 나뉜 것 같다. 영어에 미치거나 혹은 그렇지 않거나. 중간은 아예 존재하지도 않는 것 같다.

나처럼 영어에 극도의 거부감을 느낄 필요까지는 없다 하더라도 이 땅에서 불고 있는 영어 열풍은 심해도 너무 심하다. 어딜 가나 영어 학원이 있고, 가만히 앉아 있는 상태를 유지하지 못해 옆으로 넘어지려는 어린아이의 머리를 받쳐주어 가며 모국어도 아닌 영어를 가르치는 것은 지나치다(이건 실제 영어 선생으로 일하고 있는 내 막내 여동생에게 들은 얘기다. 스텝1 정도의 레벨을 공부하는 생후 30개월 정도의 아이들은 저렇다고 한다).

그렇다고 해서 이 나라가 영어로 말하고 듣고 쓰지 못하면 살 수 없는 나라인가 하면 그것도 아니다. 대한민국은 영어를 전혀 못해도 사는 데 아무 지장이 없는 나라다. 물론 외국 여행을 한다든지 외국인이 길을 물어본다든지 하는 일이 있을 수 있겠지만 그건 어디까지나 일상에서 일어나는 작은 예외에 지나지 않는다. 만약 수업도 영어로 진행되고, 회사에서도 영어로 회의를 하며, 일상생활에서도 영어가 불편 없이 통용되는 나라라면 모국어만큼이나 영어도 죽자 살자 배워야 할 것이다(아니, 오히려 모국어처럼 되어버리면 죽자 살자가 아닌 모국어처럼 자연스럽게 배우겠지만). 그러나 우리나라는 현재도 그렇지 않거니와 앞으로 가까운 미래에 저런 일이 일어날 가능성은 극히 희박해 보인다.

내가 보기에 영어 공부는 어떤 목적이 있어서가 아닌 그저 공부를 위한 공부인 것 같다. 수업을 영어로 진행한다고? 영어 심화학습을 한다고? 학교에서도 외국인 선생에게서 직접 영어를 배우게 한다고? 그래서 뭐? 학교라는 울타리를 벗어나고 나면 그게 도대체 어디에 쓸모가 있다는 것인가. 몇몇 영어가 필요한 특수직에 종사하거나 아니면 외국을 자유롭게 여행할 수 있을 때 빼고는 도대체 저런 노력들이 다 어디에 필요한가 말이다.

영어 공부를 아예 하지 말자는 얘기는 아니다. 그저 적당히, 딱 외국어 정도의 느낌으로만 공부해도 사는 데 아무 지장이 없을 것이다. 하지만 이 나라는 어찌 되어서인지 자국민들에게 다른 나라의 다른 말을 죽기 아니면 까무러치기로 공부할 것을 권유하고 있다. 정작 그렇게 배운 국민들에게 무슨 이득이 있는지, 아니 배운 걸 써먹을 장이라도 마련해 줄 수 있는지도 미지수면서 말이다. 국민들이 뭔가 들고 일어서려고 하면 빨갱이가 쳐들어온다며 협박을 하던 옛날과 마찬가지로 지금 이 나라는 영어로 협박을 하고 있다. 영어 못하면 큰일 난다고, 영어 못하면 인생 종 치는 거라고.

영어를 잘하면 물론 좋을 것이다. 길 가는 외국인에게 친절하게 길을 알려줄 수도 있을 것이고, 외국에 나가서 아무런 불편 없이 그 나라 사람들의 말을 사용하며 여행을 할 수 있을 것이다. 하지만 뒤집어서 생각해 보자. 외국 사람들이 다른 나라 사람들에게 길을 잘 알려주기 위해 외국어를 배우나? 해외여행을 하기 위해 그 나라 말을 배우나? 다들 그러지 않고 잘 산다. 내가 홍콩 여행을 갔을 때 가장 놀랐던 사실은 당연히 영어를 모국어처럼 쓴다고 알려진 그 나라가 실은 국민의 대부분은 영어를 사용하지 못한다는 것이었다. 물론 식민정책의 일환으로 소수 엘리트에게만 영어를 가르쳤기 때문이라고 생각할 수도 있을 것이다. 하지만 그들이 영어를 하지 못하는 진짜 이유는 실제로 살아가는 데 영어가 필요하지 않았기 때문일 것이다.

만약 우리나라가 단 1년이라도 영어를 사용하는 나라의 식민지가 되었다면 어떠했을까? 아마 모르긴 해도 전 국민이 완벽하게 영어를 모국어만큼 구사했을 것이다. 실제로 영어가 빈번하게 사용되고 있는 홍콩에서조차 영어를 모르는 사람들은 많다. 그리고 어쩌면 그건 당연한 일이다. 즉 필요한 인간들은 영어를 배우는 것이고, 그게 필요치 않은 인간들은 애써 배울 필요가 없는 것이다. 이건 너무나 상식적인 얘기다. 필요하건 필요하지 않건 간에 일단 덮어놓고 기를 쓰고 배워야 하는 우리의 영어. 도대체 누굴 위한 영어이고 무얼 위한 영어인가.

'캔 유 스피크 잉글리쉬?' 라고 외국인이 말하면 우리는 일단 '노'라고는 아무도 대답하지 않는다. '예스, 벗 아임 베리베리 리틀' 이라고 말할망정 우리는 긍정적인 대답을 한다. 그런데 그래 놓고서는 정작 다음부터 이어지는 쏼라쏼라의 퍼레이드를 알아듣지 못한다. 그래서 이제는 그 뒤의 쏼라쏼라를 모두 알아듣기 위해 문법 위주가 아닌 회화 위주의 영어 공부를 해야 한단다. 그렇다고 문법 공부가 사라졌는가? 아니다. 있던 문법 공부에 회화 공부가 하나 더 추가되었을 뿐이다. 10년 영어 공부 도로 아미타불이라며 깊이 반성한 것이다. 그런데 만약 이 땅의 영어 교육이 깊은 자기성찰과 반성 끝에 내어놓은 답안인 회화 위주의 영어를 열심히 공부해서 외국인과 막힘없는 대화가 가능하다고 치자. 근데 그 다음은 뭔가? 그래, 이태원을 비롯한 몇몇 곳을 제외한 이 나라에서 영어를 써야 할 상황이 얼마나 된다고 다른 나라 말을 막힘없이 할 정도의 노력을 퍼부어야 하는 것일까?

영어 공부 자체가 이 땅에서 사라져야 하는 것은 아니다. 영어? 물론 해야 한다. 하지만 그건 필요한 사람들이 필요한 만큼 하면 되는 것이지, 배우는 학생들은 물론이고 이미 성인이 된 사람들의 목까지 졸라매어 가며 강요할 필요는 없다. 만약 영어가 필요 없는 줄 알고 영어를 전혀 공부하지 않았는데 살다 보니 영어가 꼭 필요해진 사람이 생기면 어쩌느냐고? 그럼 그때 가서 배우면 된다. 배움에는 늦음이란 결코 없다고 잘도 씨부렁대면서 왜 영어만 이미 늦었다고, 조기 교육이 최선이라고 말하는 건가? 사람이란 무릇 지가 필요하면 다 하게 되어 있다. 그러니 제발 필요한 자들만 그리고 하고 싶은 사람들만 하도록, 나라에서 앞장서서 불안감을 조장하며 협박하지나 좀 말았으면 좋겠다.

OBLADI OBLADA

이 나라가 우리에게 협박하는 많은 것 중 하나는 바로 영어에 관한 것이다. 이제 영어를 못하면 아무것도 못하고 인생 낙오자가 된다고 말한다. 그런데 정말 그럴까? 나는 아직까지 내 주변에서 특수한 직종에 종사하는 이들을 빼놓고는 영어를 잘하지 못해서 고생하는 사람을 본 적이 없다. 우리가 미국의 52번째 주도 아닌데 왜 이렇게 미친 듯이 영어를 공부해야 하는지 나는 도저히 모르겠다. 그들의 말대로라면 내가 죽기 전에 이 땅에서 영어를 못하면 살아남지 못하는 날이 도래해야 할 터인데, 내가 두 눈 시퍼렇게 뜨고 지켜볼 것이다. 영어를 못해도 사나 못 사나. 그리고 대한민국이 국어를 버리고 영어를 모국어로 채택하나 안 하나.

그래요, 나 담배 피워요

내가 담배를 처음 피운 건 초등학교 5학년 때다. 시골 외할머니 집에 내려갔는데 어린 내가 봐도 아까울 정도로 긴 장초가 있기에 순전히 아까워서 한번 피워봤다. 그런데 담배가 완전 체질이었는지, 흔히 드라마에서 처음 담배를 피우는 인간이 으레 하기 마련인 콜록거리는 기침 같은 건 전혀 없었다. 그저 '담배네' 그런 느낌이 들 뿐이었다. 이렇게 말하면 '아니, 그렇게 어릴 때부터 담배를?' 하겠지만 그렇지는 않다. 그 이후 내가 다시 담배를 잡은 것은 대학교 2학년이 되어서였으니까. 첫 시작은 좀 빨랐지만 본격적으로 담배의 세계에 몸을 담은 건 비교적 늦은 편이었다(주변을 보면 대부분의 흡연 여성은 고등학교 때 담배를 시작했다).

왜 담배를 피우게 되었는지는 잘 모르겠다. 세상에는 이유 같은 건 생각해 보지 않은 채 그냥 하게 되는 일들도 있으니까.

담뱃갑에 적힌 경고, 지나친 흡연은 어쩌고로 시작하는 문구를 생각하지 않더라도 담배가 몸에 해롭다는 것은 잘 알고 있다. 하지만 내가 몸에 이롭지 않은 일을 하는 게 어디 담배뿐인가. 그렇게 따지자면 술도 마시지 말아야 하고, 건강식만 먹고, 매일 일찍 일어나 일찍 잠자리에 드는 습관을 들여야 하며, 열심히 운동을 해야 할 것이다. 그러므로 나는 담배가, 피우지 않는 것보다는 분명 해롭지만 다른 각종 몸에 해로운 것들에 비해 더할 것도 덜할 것도 없는 그 정도라고 생각한다.

세상에는 두 부류의 인간이 있다. 담배를 피우는 인간, 그리고 피우지 않는 인간. 담배를 피우는 인간은 또다시 두 부류로 나눌 수 있는데 그건 남자와 여자다. 이 사회는 남자 흡연가에게는 비교적 너그럽다. 물론 그들은 '아! 옛날에는 극장에서도 버스 안에서도 당당히 피웠는데 말이지' 하며 요즘의 흡연 환경에 대해 상당히 불만이 많겠지만 적어도 여자의 입장에서 본다면 남자 흡연가에게 세상은 그야말로 천국이다.

한때 여자 흡연가는 무조건 '나가요' 취급을 받던 시절이 있었다. '나가요가 아니고서야 감히 어찌 여자가!' 하는 분위기가 있었더랬다. 허나 운동권 여대생들이 열심히 담배를 피워댄 70년대와 80년대 덕분에 '담배=나가요' 공식은 서서히 막을 내렸다. 뭐 그렇다고 해서 여성 흡연가에 대한 시선이 너그러워진 것은 아니다. 여전히 여자들은 담배를 피우면 눈총을 받는다. 똑같은 조건에서의 남자보다 확실히 그렇다.

나는 술자리나 커피를 마시러 가면 담배를 피운다. 그러나 단 한 번도 나와 함께 자리를 한 상대에게 양해를 구하지 않고 피워본 적은 없다. 그건 비흡연가에 대한 당연한 배려이고, 내 생각에 그런 배려조차 하지 않는다면 그 흡연가는 흡연할 자격이 없다. 하지만 나는 현재 담배 한 대를 피워 물고 흡연을 떡 하니 하고 있는 남자에게도 양해를 구한다. 왜냐하면 욕먹기 싫으니까. 그들이 담배를 피우는 것은 괜찮은 일이지만 여자인 내가 담배를 피우는 것은 괜찮지 않은 일이다.

사람들이 여성 흡연가에게 가혹한 이유는 한 가지다. 그녀들이 장래에 언젠가는 생명을 잉태할 몸이기 때문이다. 물론 담배를 피우지 않는 것이 확실히 산모의 건강은 물론 태아의 건강에도 이롭다. 그건 두말할 필요도 없다. 하지만 현재 임신 중에 있지 않고, 가까운 미래에 임신 계획이 없는 모든 여성들이 다 담배를 피우지 말아야 하는지는 잘 모르겠다. 내가 알기로는 임신한 그 순간부터 금연을 한다면 태아도 산모에게도 그다지 영향을 미치지 않는다. 또 모유 수유 중에 담배를 피우지 않는다면, 자신이 생겨나기도 전에 엄마가 피웠던 담배가 태아에게 영향을 미칠 확률은 거의 없다.

만약 여성들에게 임신을 할 수 있는 몸이므로 애초에 담배를 피우지 말아야 한다고 주장한다면 남자들에게도 똑같은 말이 적용될 수 있다. 정자의 건강이나 숫자에 영향을 미치거나 할 수 있으니까 미래에 태어날 아기를 위해 담배를 피우면 안 된다고 말이다. 하지만 알다시피 아무도 남자에게는 그런 이유로 담배를 끊을 것을 주장하지 않는다.

나도 임신 중인 여성이 담배를 피운다면 그건 무책임하고도 끔찍한 일이라고 생각한다. 하지만 그렇지 않은 이상, 여성에게 언제 있을지도 모를 임신과 출산을 이유로 담배를 끊으라고 하는 건 어폐가 있다고 본다. 내 주변의 많은 흡연 여성들이 임신과 동시에 담배를 끊었고, 신체적 정신적으로도 아무 문제가 없는 아이를 출산했다. 그리고 그들의 말에 의하면 임신을 하면 자동적으로 담배가 너무 역하게 느껴져서, 끊어야겠다는 의지에 의해서가 아닌 몸에서 거부감이 느껴져서 저절로 금연을 하게 되었다고 한다.

웰빙 바람이 불면서 몸에 안 좋은 모든 것들은 독약 취급을 받는 세상이 되었다. 그중 흡연은 거의 마약 급의 취급을 받게 되고, 흡연가들은 빨갱이가 사라진 이 시대에 '무찌르자 공산당'이 되었다. 예전에는 어디서든 담배를 피울 수 있었지만 요즘의 흡연가들은 유리로 된 우리 안에서 피워야 한다.

물론 나도 비흡연가를 보호해야 한다는 것은 백번 인정한다. 담배를 전혀 피우지 않는 그들이 순전히 우리 때문에 우리와 똑같이 연기를 들이마시고, 우리와 폐의 상태가 똑같아진다면 그거야말로 불공평한 일이다. 하지만 흡연가를 꼭 그렇게 짐승 대하듯 해야 하는 걸까? 흡연실은 안락하면 큰일 난다는 듯 매우 딱딱한 의자와 커다란 쇠 재떨이만 덩그러니 놓여 있을 뿐더러 전혀 환기가 되지 않아 온통 뿌연 담배연기와 담배 냄새로 숨 막힐 것 같다.

담배 피우는 주제에 무슨 안락한 의자와 환경을 찾느냐고? 아니 그러면서 세금은 왜 그렇게 걷어간대? 인간 취급도 해줄 수 없는 인간들한테 대체 왜 그렇게 담뱃값은 해마다 올려 받느냐고.

커피 전문점으로 들어가면 문제는 더 극명해진다. 우리도 비흡연가들과 똑같이 돈을 내고 그들에게서 비싼 커피를 사 마시는데 왜 우리가 커피를 마시는 공간인 흡연 구역은 그 모양인가. 여름이면 냉방 안 해줘, 겨울이면 난방 안 해줘. 근데 그나마 이건 실내일 때나 그렇다. 어떤 곳은 흡연가들에게 실외 공간을 무척 인심 쓰듯 내어준다. 맑은 날에는 그나마 '오우, 유럽의 노천카페 분위기군' 하면서 넘어갈 수 있지만 비 오고 바람 불고 춥거나 더우면 내가 왜 담배를 피운다는 이유만으로 돈을 내면서까지 이런 취급을 당해야 하는지 알 수 없다.

그렇게 흡연가들을 박대하는 그들이 하는 짓거리를 보라. 흡연 인구를 줄이겠답시고 그들이 내세우는 정책이란 점차적으로 담뱃값을 무한대로 올리겠다는 것이다. 비싸면 안 피운다고? 약간은 그럴듯하다. 하지만 택시비를 생각해 보라. 처음 택시비를 올리면 사람들은 움찔하면서 잘 안 탄다. 그러나 그 가격에 익숙해지면 언제 그랬냐는 듯 다시 택시를 탄다. 담뱃값도 마찬가지다. 처음 올릴 때에나 주춤하지 역시 익숙해지면 또다시 예전처럼 사 피우게 된다.

그렇다면 그들이 꼬박꼬박 올려 받는 담뱃값과 세금으로 흡연가를 위한 금연제도를 마련하는 데 쓰는가 하면 그렇지도 않다(그렇다고 비흡연가를 보호하는 곳에 쓰이지도 않는다). 다시 말해 이건 그냥 돈 벌겠다는 소리일 뿐이다. 그러니까 올려 받는 건 좋은데 제발 흡연가를 위해서란 말 따위는 하지 말길. 다른 여자를 찾아 떠나면서 '사랑하니까 헤어지는 거야'라고 말하는 재수 없는 자식들하고 똑같으니까.

만약 누군가가 담배를 끊겠냐고 묻는다면 나는 그럴 수도 있겠지만 당분간은 아니라고 대답하겠다. 같은 질문에 언젠가 내 친구는 이렇게 말했다.

"아니, 이 좋은 걸 왜 끊어야 해?"

나도 똑같지는 않지만 비슷한 생각은 한다. 물론 이렇게 말하면 이 주일 아저씨가 하늘에서 땅을 치며(근데 하늘서 땅을 칠 수 있나?) 폐암 걸려 후회 말고 지금 끊으라고 하겠지만, 알다시피 폐암의 원인이 완전히 흡연에만 있지는 않다. 물론 폐암에 걸릴 확률이 높아지기는 하지만 평생 담배 한 번 안 피운 사람도 폐암에 걸릴 수 있다. 우리가 먹는 음식 중에도 암을 유발하는 물질이나 몸에 해로운 식품 첨가물 같은 게 들어 있다는 걸 생각한다면, 담배로 인한 폐해도 역시 그 많은 해로운 것들 중 하나일 따름이다. 그러니까 이건 우리한테 구더기다. 따라서 제아무리 무서운 구더기가 있다 하더라도 일단 담겠다고 맘먹은 이상, 장을 안 담글 수는 없는 것이다.

담배는 내 오랜 친구다. 특히 글을 쓸 때, 뭔가 심각한 일이 벌어졌을 때, 그리고 막 화가 나서 미치려고 할 때 그 친구는 나를 안정시켜주고 차분하게 만들어준다. 그는 나에게 원하는 게 별로 없다. 단지 3천 원 내외의 돈만 지불하면 언제든지 내 친구가 되어준다. 담배가 없었다면 나는 글을 쓰지 못했을지도 모르며(이 글이 아니라) 화가 났을 때 잠시 가라앉히는 시간 없이 바로 폭발해서는 TNT 급의 폭탄이 되었을지도 모른다. 그러니 나는 담배에게 약간의 빚을 지고 있는 셈이다.

아, 그렇다고 해서 오해는 마시라. 담배를 피우지 않는 사람들에게 담배를 권하는 건 절대 아니다. 굳이 몸에 해롭고 중독성도 있으며 불가피하게 남에게 약간의 피해를 줄 수밖에 없는 담배를 부러 권할 이유는 없다. 피우지 않으면 그냥 그런 채로 살면 된다. 특히 성장기 청소년이나 임신 중인 여성에게는 오히려 담배 피우는 것을 절대적으로 말리고 싶다. 하지만 이미 알게 된 우리들을 너무 짐승 취급만 하지 않았으면 좋겠다.

어떤 시대는 술을 권했듯, 지금 이 시대는 담배 권하는 사회가 되어버렸다. 별 소용도 없고 전시성 행정에 불과한 금연 캠페인을 하느니 제발 물가 안정이나 국회의원들 치고 박고 싸우고 날치기 법안 통과시키는 것 좀 안 보게 해줄 수 없나? 나야 그런 이유로 담배를 피우지는 않는다마는, 세상 어딘가에는 그런 일로 열 받아서 담배를 더 피게 되는, 혹은 애써 끊었는데 씁쓸해 하며 다시 물게 되는 사람도 있지 않을까? 자신들도 그걸 주제로 한 리서치 결과를 뉴스에 내보내지 않았던가. 경기가 나빠지고 취직이 어려워지면서 조금씩 줄고 있던 흡연 인구가 4년 만에 크게 증가했다고 말이다.

담배는 몸에 해롭다. 그 말에는 나도 전적으로 공감한다. 하지만 내가 하고 싶었던 말은 왜 여성 흡연가에게만 유독 더 가혹한가 하는 것이다. 언젠가 내 지인 중 한 명은 길거리에서 담배를 피운다는 이유만으로 낯모르는 남성에게 구타를 당해서 전치 4주의 상해를 입기도 했다. 그런데 문제는 그렇게 구타를 한 남성 역시도 담배를 피우고 있었다는 것이다. 그녀가 구타를 당했던 이유는 길에서 담배를 피웠다는 것이 아닌 길에서 여자가 담배를 피웠기 때문이었다.

여자의 적은 여자인가

　얼마 전 후배 하나가 직장 문제로 심각하게 고민을 하더니만 드디어 이직에 성공을 한 모양이었다. 그동안 몇 번이나 회사를 그만 다니고 싶다고 했지만 나를 비롯해서 여러 사람들은 그녀가 사표를 내는 것을 만류했다. 사실 우리 모두는 박차고 나오라는 말이 목구멍까지 올라왔었다. 하지만 박차고 나오면 그 이후는? 우리 중 누구도 그녀의 취업을 대신 해줄 수 없기에 우린 그저 참고 견디라는 말밖에 할 수 없었다. 지랄 같거나 말거나 꼬박꼬박 나오는 월급은 목구멍의 풀칠과 직결되어 있다. 밥벌이 앞에서 자유로울 수 있는 자는 없을 것이다.

　이직에 성공한 그녀는 여자들만 있는 회사에 취직을 한 모양이었다. 그런데 참 아이러니하게도 이전에 다니던 직장에서 그녀가 가장 못 견뎌 했던 건 같은 여자 동료들이었다. 나는 같은 여직원들 때문에 힘들어하다가 어째서 여자들만 득시글거리는 직장에 취직을 했느냐고 물었다. 내 질문에 후배는 이렇게 말했다.

　"선배, 여자의 적이 여자일 때는 남자가 있을 때야. 여자들끼리만 있으면 서로 적이고 뭐고 없이 그냥 평범한 직장이랑 똑같아.”

그렇다면 왜 남자가 있을 때 여자의 적은 여자가 될까?

“왜냐하면 핵심 권력은 남자들이 다 갖고 있고, 여자들에게 주어진 권력은 정말 보잘것없이 작거든. 근데 우리는 그거나마 차지하기 위해서 피 터지게 싸워야 하니까.”

생각해 보니 정말 그랬다. 나 역시 결코 짧지 않은 직장생활을 했었을 때 가장 힘들었던 것은 여직원끼리의 보이지 않는 암투였다. 하지만 나는 그걸 그냥 여자들이 이상해서, 혹은 여자의 적은 진짜 여자인가 보다라고만 생각했었다. 그 이면에 있는 여자들이 그렇게 할 수밖에 없는 이유에 대해서는 별로 진지하게 고민을 해본 적이 없었다.

가끔 TV 프로에서는 능력 있는 여자 CEO, 혹은 잘나가는 여성 직장인들을 소개한다. 그런데 찬찬히 살펴보면 같은 조건의 남자를 다룰 때와는 그 분위기가 사뭇 다르다. 능력 있는 사람에 대한 얘기를 하는 게 아닌 그네들의 성별이 ‘여성’임에 초점이 맞춰져 있다. 그러니까 능력 있는 CEO이기 이전에, 그녀는 여자임에도 불구하고 CEO의 자리에까지 올랐다는 사실이 더욱 부각되는 것이다. 이건 바꿔 말하면 그만큼 여자들이 성공할 확률은 낮으며, 따라서 그 성공은 굉장히 이례적인 것이 되는 것이다.

겉으로는 남녀차별을 하지 않는다고 말하지만 실제 직장에서 똑같은 능력을 가졌을 경우 여자보다는 남자에게 훨씬 더 많은 기회가 주어지는 게 사실이다(더 정확하게는 능력 있는 여자보다 차라리 조금 못하지만 남자에게 기회를 주는 회사도 적지 않다). 대부분의 평범한 직장에서 여자가 오를 수 있는 위치에는 한계가 있다. 노력만 하면 되는 것이라 하기에는 그녀들에게 주어진 기회가 너무나 적다. 이런 상황에서 여자들은 여자들의 동지가 되기보다는 차라리 적을 택해야만 살아남을 수 있는 것이다. 괜히 여자들은 속이 좁은 족속이라서, 아니면 생겨 먹기를 그렇게 생겨 먹어서 서로 질투를 하고 힘들게 만드는 것은 아니라는 것이다.

그러나 여자들에게도 잘못이 없는 것은 아니다. 처음부터 적게 주어진 기회에 대한 불만을 표시하지 않은 것, 그거나마 지켜야 한다고 생각하는 것부터가 잘못된 생각이다. 그들이 선심 쓰듯 던져주는 기회와 권력은 사실 우리도 능력에 따라 절반을 가졌어야 했던 것들이다. 하지만 우리는 그 생각을 아예 하지 않았다. 다만 그나마 있는 것이라도 빼앗길까 봐, 그것마저 사라지지 않을까 노심초사했을 뿐이다.

애초에 문제 자체는 우리가 만든 것들이 아니라 할지라도, 거기에 대해 어떤 반박도 없이 상황을 지속시켜 왔다는 건 우리 자신에게도 문제가 있음을 의미한다. 무조건 참으며 상황이 좋아지기를 기다리는 것만이 능사는 아니다. 그들이 알아서 우리에게 자리를 주기를, 또 우리가 그동안 당연하게 누렸어야 하는 것을 돌려줄 것이라고 생각한다면 그건 오산이다. 가진 자는, 절대 가지지 못한 자를 생각해 주지 않는다. 주인이 배가 부르면 종의 배가 곯는 것을 헤아리지 못하는 법이다. 이미 기득권을 가진 이들에게 그렇지 못한 이들을 배려하라고 하는 것은 우리의 욕심이다. 그건 분명 우리가 쟁취해야 할 부분이지 그들이 거저 주기를 바라서는 안 되는 것이다.

만약 정말로 여자의 적이 여자였다면 지금 내 후배는 그런 여자들밖에 없는 회사에 들어가 현대판 여인천하를 찍고 있어야 했을 것이다. 하지만 그녀는 너무 편하다고 했다. 그리고 지난날 자신이 얼마나 불쌍하게 직장생활을 했는지 이제야 알 것 같다고 했다. 그녀들이 서로 적이 될 수밖에 없었던 것은 그나마 주어진 것들을 빼앗길 수는 없다는 절박함에서 비롯된 것이다.

만약 우리가 다 함께 기회를 가질 수 있는 것에 힘을 모았다면 지금과 똑같을까? 여전히 우리는 기회를 박탈당한 채 그나마 약간이라도 갖게 된 힘을 서로 가지기 위해 그렇게 피 터지는 전쟁을 치르고 있을까? 직장생활을 하는 많은 후배들이 직장에서 커피 타는 것을, 또 일과 상관없는 자잘한 심부름들이 싫다고 한다. 하지만 정말 분노해야 할 것은, 우리가 그런 일을 한다는 사실이 아니라 아무리 그런 일을 하면서 그들의 비위를 맞춘다 하더라도 우리는 결코 그들의 자리에 올라갈 수 없다는 사실이다. 왜 그 작은 일에는 자존심 상해하면서 정작 큰 일에는 아무 의심도 질문도 없이 지나갈 수 있는 것일까?

물론 다 참는데 자기 혼자 체제에 반발하는 것은 위험천만한 짓이다. 그건 단 한 사람이 피켓 들고 투쟁한다고 해서 이루어지는 일이 아니다. 다만 생각은 해야 한다는 것이다. 우리에게도 노력하면 얼마든지 그 자리에 올라갈 수 있는 기회, 그리고 동등하게 노력할 수 있는 정당한 기회가 주어져야 한다고 생각하는 것. 언제까지나 시집가면 그만둘 인간들, 사무실의 꽃 정도로 만족할 것인가. 화장실에서 화장을 고치며 더러워서라도 내가 결혼만 하면 이놈의 회사 때려치운다고 울분을 토한다고 되는 것은 아무것도 없다. 내가 지나온 그 길을 우리의 동생들, 또 우리의 딸들도 똑같이 되풀이할 뿐이다.

여자들에게 기회를 주지 않는 남자들의 변명 중 가장 많은 것이 여자들은 결혼을 하거나 임신을 하면 직장을 그만둔다는 것이다. 이건 일면 맞는 말이기도 하다. 그러나 먼저 생각해 볼 것이, 그녀들이 단지 결혼을 했다는 이유만으로 그만두느냐 하는 것이다. 모든 여자들이 남편에게 자신의 밥벌이를 해결시키기 전까지만 직장을 다니고 싶어 하는 것은 아니다. 그것은 아마 직장생활이 지겨워서 결혼하면 셔터맨이 되고 싶다고 말하는 남자들의 비율과 비슷할 것이다.

현실적으로, 결혼을 한 여성이 아이를 갖게 될 경우 직장생활을 한다는 것은 무척 힘들다. 대기업이나 관공서, 은행 정도면 모를까 대부분의 회사에서는 육아 휴직 같은 걸 낼라치면 아예 사표를 쓰도록 만든다. 전부 다 같이 공동 책임을 져야 할 부분인데 마치 여자의 잘못 혹은 여자의 한계처럼 말하는 것은 잘못된 일이다. 알다시피 결혼을 해도 우린 남자와 하고, 아이를 낳아도 남자와 함께 낳는다. 그런데 어째서 그걸 여자들의 한계로 규정짓는 것일까?

만약 여자들이 그런 오해와 불공평한 처사에 대항하기 위해 결혼이나 아이 낳기를 거부한다면 세상은 어떻게 될 것인가? 아무리 위에서 눌러도 여자들은 꿋꿋하게 결혼하고 또 애를 낳을 것이라고 생각하면 오산이다. 지금 줄어들고 있는 출산율과 높아져가고 있는 여성들의 출산연령을 보면 답은 이미 나와 있다. 함께 책임져 줘야 할 문제를 여자들에게만 떠넘긴 결과 이제 여자들은 아예 그 일을 하지 않거나 미룰 수 있을 때까지 미루는 것으로 저항하고 있는 것이다.

현재의 위치에 어느 정도 만족하고 있는 여자들은 되도록 결혼을 늦게 하려고 한다. 결혼과 육아로 이어지는 과정에서 자신이 지금 하고 있는 일을 똑같이 할 수 있을 것이라고 생각하지 않기 때문이다. 그녀들이 지금 누리고 있는 것들이 크면 클수록 더하다. 물론 반드시 모든 사람들이 다 결혼을 해야 하는 것은 아니지만 결혼 자체의 문제가 아닌, 결혼으로 인해 내가 받게 될 불이익 때문에 결혼을 못 하는 것은 분명 문제가 있다. 그걸 지금 이 사회에서는 골드미스네 뭐네 하며 열심히 포장 중이다. 그래야 그녀들이 그렇게 하고 싶음에도 불구하고 현 제도와 여러 사회 상황에 문제가 있어서가 아닌, 단지 그녀들 스스로 결혼을 하기 싫어 안 하는 것으로 보이게 할 수 있기 때문이다.

무조건적인 남녀평등을 외치는 것은 아니다. 남자와 여자가 아무런 차이가 없다고 말하는 것은 더더욱 아니다. 하지만 기회를 잡고자 하는 사람이라면, 또 노력해서 뭔가를 이루고 싶은 사람이라면 그게 여자이건 남자이건 똑같이 그럴 기회를 마련해 주어야 한다.

지금의 회사들은 여자들에게 단지 결혼 전 혹은 젊을 때 잠시잠깐 스쳐 지나가는 자리만을 주고 있을 뿐이다. 아무리 노력해도 더 올라갈 기회조차 주지 않는다면 도대체 무얼 위해 그렇게 열심히 일을 해야 하는가. 이러고도 여자들에게 안일한 족속들이라 결혼하면 다 그만 두니까 키워줄 필요가 없다고 말할 수 있는 것일까?

솔직히 말해 나는 직장생활에서 벗어난 것이 내 개인사에 있어 거의 축복에 가깝다고 생각한다. 아무리 애를 써도 내게는 허락되지 않았던 자리들, 그리고 그나마 주어진 약간의 권력에 여자들끼리 피 터지게 싸우고 중상모략을 해야만 했던 시간들은 다시 생각해도 끔찍하다. 하지만 세상의 모든 여자들이 나처럼 프리랜서로 살 수는 없는 일이다. 제발이지 그녀들에게도 기회를 주기를 바란다. 그래서 '여자가 직장에서 살아남는 법 챕터 1. 여자의 적은 여자임을 인정하자' 같은 말이 더 이상 우리의 어린 친구들에게 경전처럼 읽히는 날은 없었으면 좋겠다.

OBLADI OBLADA

여자의 적은 여자가 아니다. 그렇다고 여자의 적이 남자인 것도 아니다. 세상의 적과 동지는 성별에 따라 나누어지는 것이 아니라 상황에 의해 발생하는 것이다. 그럼에도 불구하고 여성들에게 직장생활의 노하우를 알려주는 많은 책들이 '같은 여자를 조심하라'고 말하고 있다. 남자들보다 상대적으로 약자에 속하므로 오히려 서로 더 많이 이해하고 감싸줄 수도 있을 텐데 왜 여자의 적은 여자라며 같은 여자들을 경계하게 만드는지 잘 모르겠다. 굳이 그렇게 성별을 나누어서 적과 적이 아님을 나누고 싶다면 그 책을 쓴 사람들에게 묻고 싶다. 성추행을 하는 남자 직장 상사들은 어떻게 생각하느냐고. 회식 때마다 못 마신다는 술 권하고 자꾸만 옆에 앉으라고 하는 그들은 그러면 우리의 편인가?(이런 책들은 대부분 이런 것에서도 '난 여자니까' 하는 생각을 버리고 직장생활 편하게 하고 싶으면 커피 심부름 열심히 하면서 적당히 맞춰주라고 한다. 적당히 당신들이나 많이 맞춰주라고 말하고 싶다)

대한민국에서 아내, 엄마, 며느리로 살기

며칠 전 할머니 제사가 있었다. 내가 세 살이 되던 무렵 돌아가셨는데, 할머니가 돌아가시기 전 법까지 바꿔가며 죽을 때까지 혼자 해 먹으려고 했던 장군 출신의 대통령이 죽었고 뒤이어 할머니가 돌아가셨다. 머리가 무섭게 나쁜 나지만 신기하게도 어릴 때 기억력만큼은 좋다. 누군가는 머리 나쁘다고 신세 한탄을 하는 나에게 기억력은 두뇌 능력을 판단하는 측정 기준 중 하나일 뿐이라고 말했지만(즉 니 생각만큼 니 머리가 그다지 나쁘지는 않아 하고 위로했지만), 리모컨을 하루 종일 찾다가 TV 보기를 포기하고 잠을 퍼 자는 거나 샤워를 하다가 문득 칼럼의 소재가 떠올라 잊어버릴까 봐 얼른 끝내고 모니터 앞에 앉았지만 머릿속이 까만 걸 보면 꼭 그렇지만도 않은 것 같다.

대소변을 가리던 무렵임에도 불구하고 너무 충격을 받은 나머지 바지에다 그만 오줌을 싸버렸던 기억과 함께 존재하는 할머니의 죽음은, 솔직히 너무 어릴 적 일이라 별다른 감흥이 없다. 할머니에 대해 기억하는 거라곤 대통령이 서거했을 때 밖에 나가서 놀자고 하는 나에게 다시마 맛이 나는 부채과자를 들이미시며 "나라의 큰 어른이 돌아가셨기 때문에 니가 골목에 나가서 웃고 떠들면 경찰들이 잡아 간다."라고 했던 기억이 전부다. 그때 할머니 덕에 내가 최연소 유치장 신세를 지지 않았건 아니었건 간에 아무튼 손녀인 나는 잡초처럼 자라서 서른을 훌쩍 넘긴 노처녀가 되었고, 할머니의 존재는 기일이나 명절 제사로서만 그 의미를 갖게 되었다.

할머니 제사를 알리는 전화에서 엄마는 신신당부했다.

"제발 멀쩡하게 좀 입고 와라. 그리고 늦지 말고. 술 마시고 왔다가는 죽는다."

집안 모임이 있을 때마다 빠지지 않는 충고인 '멀쩡하게 입고 다녀라'는 대체 언제쯤 막을 내릴까? 나 역시 공장에서 사람 입으라고 만들어서 파는 옷을 입을 뿐인데, 그리고 대한민국 땅에서 그걸 입는 인간이 나 하나는 아닐 텐데 왜 만날 엄마는 내가 어디 가서 넝마라도 주워 입고 올까 봐 안달인 걸까? 그래, 뭐 옷은 그렇다 치고(엄마가 원하는 건 정장을 떨쳐입은 나겠지. 후줄근하거나 말거나) 술 마시고 간다는 건 또 무슨 소리인가. 장담컨대 나는 가족 모임에 술이 취해서 '다들 이렇게 멀쩡한 얼굴로 앉아 있지만 난 당신들의 마음속에 들어 있는 악마를 안다고요' 따위의 드라마 같은 장면을 연출한 적이 단 한 번도 없었다. 그런데 엄마는 늘 내가 술을 마시고 인생의 절반쯤은 취기로 산다고 생각한다(언젠가 집에서 맥주를 마시며 원고를 쓰고 있었더니 엄마가 와서는 "넌 일도 술김에 하냐?"고 한숨을 쉬셨다).

아무튼 나는 12시 제사를 지루하지 않게 음식이나 집어 먹고 조카녀석들에게 "그래, 학교는 다닐 만하냐?" 따위의 전혀 교육적이지 못한 소리나 하면서 버틸 수 있는 시간인 10시에 큰집에 도착했다. 엄마는 새언니를 한번 보더니 나에게 눈을 흘기며 말했다.

"집에서 탱탱 노는 년이 그래 이럴 때 일찍 와서 승원이 어미 좀 도우면 어디가 덧나냐?"

물론 나는 가볍게 무시하며 새언니에게 "아, 언니 수고가 많네요. 일찍 오려고 했는데 오늘따라 원고 마감이 겹치는 바람에. 하하하!" 하고 인사를 했다. 새언니는 큰집 작은오빠의 아내인데, 큰오빠네가 미국으로 이민을 가버리는 바람에 집안의 실질적인 맏며느리가 되었다. 그리고 공교롭게도 새언니의 나이는 나와 동갑이다. 그래서 엄마는 나만 보면 새언니와 비교하지 못해 안달이다. 새언니가 어떤 사람이건, 어떤 생각을 하고 사는 사람이건 다 소용없다. 그녀는 결혼을 했으므로 무조건 제대로 된 인생을 사는 사람이고, 나는 나대로 뭘 하건 결혼을 하지 못했으므로 무조건 실패한 인생이다. 엄마의 법칙에 따르면 그렇다. 세상에는 결혼을 한 성공 케이스의 여자와 결혼을 하지 못한 실패 케이스의 여자가 존재할 뿐이다.

전을 좀 집어 먹고 있으려니 새언니가 앞치마를 풀고 커피 두 잔을 만들어 방문을 두드렸다(큰오빠네 방인데 나는 제사 때면 무조건 내 방처럼 편하게 쓴다. 말을 안 해 그렇지 내 낯짝만 보면 심란해 하는 가족들도 아마 고마워하고 있을 것이다).

언니는 마치 할 말이 있는 사람처럼 들어와 놓고선 한동안 다른 소리를 했다. 일은 잘되는지, 책 팔아서 돈은 좀 벌었는지(이런 질문을 받으면 사흘은 내리 심란하다) 등등. 그러다 언니는 본론을 얘기해야겠다고 생각했는지 나를 보며 말했다.

"아가씨, 결혼할 거예요?"

이 질문은 백만 스물한 번쯤 받았지만 이번에는 좀 다른 뉘앙스였다. 그러니까 여태의 '너 그따위로 살다가 어디 결혼이나 하겠니'의 필을 전혀 담지 않은, 약간은 '그걸 정말 하려고?' 같은 걱정이 섞인 듯한……. 역시 내 예감은 맞아떨어졌다. 뒤이어 언니가 털어놓은 결혼생활은 결코 만만하지 않았다.

시집을 오자마자 실질적 맏며느리 역할을 하게 되어 제사 많고 모임 많고 행사 많은 우리 집안에서 늘 그 먼 지방에서도 아이를 데리고 올라오는 건 언제나 새언니의 몫이었다(오빠는 일이 너무 바빠 제사 직전에야 도착하곤 한다). 오자마자 눈썹이 휘날리게 작업복과 앞치마를 착용한 채 언니는 제사를 지내기 직전까지 부엌에서 종종거렸다.

게다가 언니는 워킹맘이다. 조금 무리를 해서 아파트를 장만했는데 오빠의 월급만으로는 부족했던지 언니도 벌어서 살림에 보태야 하는 형편이었던 것이다. 그래도 언니는 제사에 빠진 적이 단 한 번도 없었다. 늘 꼬박꼬박 월차를 내고 올라왔다. 그것도 어린 조카를 들쳐 업고 말이다.

"아가씨, 내 생각에는요, 결혼은 조금 손해인 것 같아요. 여자한테는

요. 물론 내가 못나게 살아 그런 건지는 모르겠지만요."

잔손이 많이 가는 조카는 이제 다섯 살이다. 하지만 남자 아이라 그런지 잠시도 가만 있지 않는다. 새언니 말로는 사내아이를 키우면 엄마가 반은 깡패가 된다고 했다. 거기다 아이가 낮밤이 바뀌어서 밤에 퇴근한 언니를 붙잡고 늘어져서 잠도 잘 못 잔단다. 새언니는 너무 힘들다고 했다. 체력적으로도 정신적으로도 한계에 자주 부딪힌다고. 하지만 엄마라는 이름, 아내라는 이름, 그리고 며느리라는 이름은 절대 그 한계에서 잠시라도 쉴 수 있도록 하지 않는다고 했다. 새언니는 집안일도 하고, 직장도 다니고, 아이도 돌보아야 하며, 또 틈틈이 먼 시댁도 한걸음에 달려와야 하는 것이다.

비록 경험해 보지 못했지만 말만 들어도 힘들 것 같았다. 만약 결혼 후의 삶이 온통 일, 일, 일이라면 대체 뭣 때문에 결혼을 하는 걸까? 결혼하면 여자들이 기대봄 직한 밥벌이의 지겨움에서 해방된 것도 아닌데 말이다.

새언니는 특히나 엄마로서의 역할을 힘들어했다. 결혼을 하고 애를 낳아보니 알았단다. 자기가 애를 별로 안 좋아한다는 사실을 말이다. 하지만 자기 자식이고 또 자기가 낳았으니 어쩔 수 없는 일이라고 했다. 새언니는 온전하게 자신만의 인간은 이미 잃어버렸다고 했다. 이제 자신에게는 자기 이름 석 자가 아닌 누구 아내, 엄마, 며느리만 남아 있다고 했다. 평생을 그렇게 살 생각을 하니 끔찍하다고 했다.

만약 내가 지금이라도 늘 어른들이 말하는 그 멀쩡한 남자를 만나서 결혼을 한다면 새언니와 크게 다른 삶을 살까? 드라마에서 보는 것처럼 그렇게 살랑살랑 백화점이나 다니고, 취미생활이나 즐기고, 친구들과 오찬 모임 같은 걸 가지면서 우아하게 살 수 있을까? 재벌 집안의 남자와 결혼하지 않는 한 이 땅에서 그러긴 힘들 것이다.

아니, 저렇게 남자 하나 잘 만나 팔자 늘어지게 살 수 없기 때문에 결혼을 고사하고 싶은 게 아니다. 힘들게 산다 하더라도 적어도 내가 나 자신으로 살고는 싶다. 하지만 이 땅은 결혼한 여자에게 너무 많은 역할을 기대한다. 거기다 자기 자신까지 잃어버리지 않으려고 아등바등한다면 정말이지 벌서듯 바쁘게 살아야 할 것이다. 나는 도저히 그럴 자신이 없다.

간혹 주위에 결혼을 하고 일도 하는 여자들을 보면 늘 긴장하며 사는 것 같다. 일도 집안일도 어느 것 하나 놓치면 끝장이라는 강박관념이 그녀들의 인상마저 바꾸는 것 같다. 뭔가 해내야 한다는 고단함이 얼굴에 서려 있다. 그들이 느긋하게 풀려 있는 건 단 한 번도 본 적이 없다. 심지어 술에 취해서도 그녀들은 집에 전화해서 아이며 남편의 상태를 체크하곤 했으니까.

하지만 말이다, 또 가끔은 내 또래의 결혼한 여자들을 보면 참 대단해 보인다. 그들은 인생에 있어 큰일 하나를 해낸 것 같다. 더 이상 남자를 찾아 하이에나처럼 눈을 부라리며 살지 않아도 되고, 세상에 나의 분신을 내어놓았으니 외롭지도 않을 것이다. 거기다 나이가 들면 품에 파고들고 싶게 마련인 가족들과 더욱 단단한 결속력을 지니게 된다(내 경우 이런 식으로 계속 밀려나면 아마 호적에서 파일 날만 남을 것이다).
그녀들에게는 우리에게서 볼 수 없는 안정감과 무언가 큰일을 겪고 치
러낸 인간의 여유가 보인다. 그래서 그녀들은 어지간한 비바람이 몰아
쳐도 끄떡없을 것 같다. 가랑비만 와도 폭삭 젖어버려서는 안절부절못
하는 우리들과는 확실히 다른 것 같다.

결혼은 해도 후회하고 안 해도 후회한다고 한다. 그래서 사람들은
이왕 할 후회 해보고 하는 게 더 낫지 않느냐고 말한다. 하지만 나는 잘
모르겠다. 이 땅에서 또 한 명의 새언니가 되어 살 자신이 아직은 없다.
그녀들이 가끔 부러워지는 날도 있지만 아직까지는 그냥 내 인생이 나
한 사람에게만 집중되었으면
좋겠다.

OBLADI OBLADA

얼마 전 결혼한 내 친구의 블로그에 갔더니
대문에 다음과 같은 글귀가 있었다. '나 자
신을 잃지 말자'. 그 글을 보고 좀 걱정이
되어서 전화를 했더니 역시나 그녀는 우울
해 하고 있었다. 자기 자신을 잃지 않고 산
다는 것이 너무 힘들다고 했다. 그녀에게
주어진 역할들은 밑도 끝도 없는 일들의 연
속이었고 그 안에서 그녀는 서서히 시들어
가는 것 같았다. 물론 결혼해서 잘 사는 여
자들도 많다. 그러나 나는 아직까지는 나
자신을 잃지 말자는 말을 주문처럼 되뇌어
야 겨우 내 자신을 지탱할 수 있는 일을 하
기가 두렵다.

나잇값을 하는 법

얼마 전 여동생과 함께 옷을 사기 위해 할인 매장에 갔다. 마침 작년에 눈여겨봤던 진 원피스를 70% 할인된 가격에 팔기에 나는 사이즈를 확인한 다음 탈의실에서 입고 나왔다. 치마 길이도 적당하고 사이즈도 잘 맞아서 나는 그 옷을 사려고 했다. 적어도 여동생의 말을 듣기 전까지는 그랬다.

"너 그거 입으면 어려 보이려고 발악하는 걸로 보일 거야. 우리 제발 나잇값 좀 하자, 언니야."

순간 나는 작년에 내가 이 옷을 얼마나 사고 싶어 했는지, 그리고 70%가 디스카운트된 가격은 또 얼마나 착한지를 까맣게 잊어버렸다. 어려보이고 싶은 것도 아닌 어려 보이기 위한 발악이라. 적어도 남의 눈에 그렇게 추한 모습으로 비쳐지긴 싫었다.

세상에 꽃무늬 이외의 천은 없다는 듯 온통 꽃무늬에 촌스러운 디자인으로 가득한 일명 아줌마 표 옷들을 보면서 과거의 나는 생각했었다. '대체 저런 걸 누가 사 입지?' 그러나 이제는 조금 알 것 같다. 그런 옷은 그 나이에 맞는 나잇값을 해야 하는 사람들이 사 입는 것이다.

어쩌면 그들도 좀 더 젊어 보이는 옷을 입고 싶은지도 모른다. 그러나 그건 무지하게 관리를 잘해서 20대인지 30대인지 구분이 가지 않는 40대 여배우들이나 가능한 일이다. 그냥 집에서 살림하고 자식들 뒷바라지하느라 퍼진 몸매에, 얼굴은 민증보다 더 확실하게 나이를 드러내고 있는 아줌마들에게는 그야말로 꿈같은 일일 것이다.

예전에는 젊은 애들 사이에서 유행하는 옷을 입고 지나가는 나이 든 여자들을 보면서 나도 한두 번쯤은 속으로 혀를 찼다. '왜 저렇게 나잇값들을 못 하지? 거울 안 봐? 자기 딸이라면 모를까 저게 지금 저 나이에 어울린다고 생각해?'

그렇지만 지금은 다르다. 그녀들을 보면 어른들이 말하는 '몸은 늙었지만 마음은 청춘' 이라는 말이 무슨 소리인지를 알 것 같은 나이가 된 것이다.

언제부턴가 화장품 하나를 사도 안티 에이징이나 안티 링클 제품이 아니면 쳐다보지도 않게 되었다. 물론 나도 알고 있다. 그런 화장품을 바른다고 해서 세월과 주름의 안티로 살 수 없다는 것을 말이다. 하지만 그것마저도 하지 않으면 안 될 것 같은 불안감, 그리고 '그런 걸 바르고 주름이 사라진다고 믿으면 혹시나 플라시보 효과라도?' 하는 생각이 드는 것, 그건 어쩔 수 없는 일이다.

어쩌다 서비스업에 종사하는 사람들이 입에 발린 말로 어려 보인다, 그 나이로 안 보인다고 말하면 "에이, 뭘요!" 하면서도 입가에서

스멀스멀 기어 나오는 웃음을 참을 수가 없다. 그런 날은 정말이지 거울 앞에 서면 서른을 넘긴 내가 아닌 갓 스무 살 무렵의 내가 서 있는 것 같다.

그런데 솔직하게 말하자면 대체 왜 어려 보이고 싶은 건지는 나도 잘 모르겠다. 어디 가서 연하 남을 꼬시고 싶은 것도 아니고, 그렇다고 해서 나이가 들어 보이면 끝장인 일에 종사하는 것도 아닌데. 정말 나는 왜 어려 보이고 싶은 걸까?

지난달 후배는 매번 하던 나이트클럽에서의 생일 파티를 이제 회관으로 옮겨야 할까 보다고 심각하게 얘기했다. 나이트클럽에 가면 물 흐리는 나이가 되었다는 게 이유였다.

한참 텔 미 춤이 유행했을 때, 나이트클럽에서 솜털이 보송보송한 여자 아이들이 일제히 그 춤을 추는 걸 보고는 나도 모르게 '좋을 때다' 는 생각을 했더랬다. 이제 나에게는 지나가 버린 그 좋은 때를, 정작 본인들은 전혀 알지 못해 차라리 무심한 그 젊음 앞에서 나는 참 초라하게 느껴졌다. 그리고 그 무렵부터 나는 더 이상 나이트클럽이라는 곳을 가지 않게 되었다.

이제 내 친구들은 모이면 좀 더 강력한 방법으로 젊음을 유지하는 법에 대해 얘기한다. 뱃살에 붙어 있는 지방을 빼서 볼에 넣는 일명 '빵빵이' 나 보톡스는 더 이상 놀라울 것도 없다(볼 살이 빠지면 나이 들어 보인다. 그래서 서른은 다이어트도 맘대로 못 한다. 볼 살 빠질까 봐). 그런 걸로도 해결되지 않는다면 남은 건 딱 하나, 말 그대로 주름을 물리적인 수술로 땡기는 것뿐이다. 미소를 지을 수 없어도, 웃고 있어도 우는 것처럼 보인다 하더라도 주름만 없앨 수 있다면 그것도 괜찮지 않을까라는 생각을 언젠가는 하게 될지도 모르겠다.

그렇지만 다시 폭풍과도 같던 20대로 돌아가고 싶지는 않다. 다만 그 시절의 외모를 유지하고 싶은 것일 뿐. 그런 시절은 인생에 있어 한 번이면 족하다.

그러나 지금의 나이 든 이 모습 그대로의 내가 좋다고 생각하기에는 아직까지 미련이 많다. 좀 더 이곳에 속하고 싶은데, 여기에서 못 해본 것도 너무 많은데 벌써부터 열외로 밀려나는 것 같아서.

아직도 20대처럼 노는 30대 친구들을 보면서 우린 가끔 철이 덜 들었다, 나잇값을 못 한다는 얘기들을 한다. 그렇지만 우리도 잘 알고 있다. 우리 역시 철이 덜 들었고 나잇값 같은 건 하는지 못하는지 생각도 못 하고 산다는 것을 말이다. 다만 그어진 금을 벗어나지 않으려고, 금을 넘으면 들어먹는 건 욕뿐이라는 생각에 그저 입 다물고 얌전히 정해진 길을 따라 걸을 뿐이다.

30대라는 이 어중간한 나이의 우리들은 아직 20대의 기억에서 완전히 벗어나지 못했다. 손만 뻗으면 언제든 다시 잡을 수 있을 것만 같다. 아직은 늙었다, 혹은 나이 들었다는 이유로 포기가 되는 40대까지 무려 몇 년이나 남았는데 하는 생각에 자꾸만 아쉬워진다. 다시 시작하기에는 늦은, 그렇다고 포기하기에는 이른 나이. 30대의 어중간한 삶은 그렇게 이쪽도 저쪽도 아닌 길에 서 있다.

내가 아는 놀기 좋아하는 선배 언니는 그런 말을 했었다. 20대 때는 놀고 싶어도 돈이 없어서 못 놀았는데 30대가 되니 돈은 있어도 놀 곳이 없더라는. 그때에 가지지 못했던 것들을 살 수 있는 돈이 생겼는데 이제는 그 물건들이 말한다. 당신에게는 어울리지 않는다고. 가지 말라고. 20대에게 양보하라고.

내가 그 진 원피스를 깨끗이 포기하고 선택한 것은 회색의 무난한 원피스였다. 그렇지만 나는 아직 한 번도 그 원피스를 입은 적이 없다. 예쁘지 않아서도 어울리지 않아서도 아니다. 다만 그걸 입으면 그 속에서 진 원피스를 갈망하던 나를 볼 것 같아서다. 그날 나는 내 여동생에게 어쩌면 조금 부끄러웠는지도 모른다. 나잇값을 하지 못한다는 건 사람을 채신없게, 또 부끄럽고 송구스럽게 만들 수도 있다.

'내 나이가 어때서?' 라고 말하며 내 멋대로 살기에는 난 용기가 없다. 만약 세상이 손가락질을 한다면 나는 당장 내 나이에 꼭 맞는 얼굴과 모습을 하고서는 얌전히 내 나이를 드러낼 것이다.

하지만 나이가 들었다는 것은 예쁜 옷과 탱탱한 피부를 포기하는 것만이 전부는 아니다. 언제부턴가 노래방을 가면 나와 내 친구들은 누가 묻지도 않았는데 "야, 이제 늙어서 그런지 신곡은 모르겠더라야." 하면서 앞장을 뒤적인다. 뒷장을 봐봐야 가수도 노래도 전부 생소할 뿐이다. 가끔씩은 너무 뒤처지는 게 아닌가 싶어 가요프로그램을 보기도 하지만 이제 더 이상 아무 노력 없이도 서태지의 랩을 다 외울 수 있던 나는 없다. 이해할 수 없는 노랫말과 멜로디, 그보다 더 이해

불가능한 복장을 한 아이들의 쌩 쑈에 가까운 퍼포먼스를 보다가 뉴스로 채널을 돌려버리는 내가 있다. 어쩌면 겉모습의 나보다 마음속의 나는 내 나이에 더 잘 적응을 하고 있는지도 모르겠다.

아직은 20대 끝자락으로 봐주길 원하는 30대의 나는 오늘도 세수를 하고 안티 에이징에 안티 링클 제품을 잔뜩 찍어 바른 채 컴퓨터 앞에 앉아 있다.

어느 날 손가락에 생긴 상처가 유난히 오래 낫지를 않아서 이상하다고 엄마에게 물었을 때 엄마는 그게 나이가 들었기 때문이라고 했다. 난 그냥 엄마가 농담을 하는 거라 생각했다. 하지만 돌계단에 넘어져서 얼굴을 갈아버린 조카가 일주일도 안 되어서 흉터 하나 없이 말짱한 얼굴로 나타났을 때, 나는 그게 농담이 아니란 걸 알았다. 젊다는 것은 그만큼 상처에 대한 회복력도 빨랐다.

이제 느리게 낫는 생채기들에 이어서 장기도 하나둘씩 말을 듣지 않을 때 즈음 나는 젊어 보이고 싶다는, 혹은 어려 보이고 싶다는 욕망을 내려놓을 수 있을까? 하지만 적어도 지금은 아닌 것 같다. 나는 아직도 그 진 원피스가 가끔 눈에 밟힌다.

일전에 동안이라고 소문난 어떤 여자 연예인은 어려 보이는 비결을 주름 하나 없는 얼굴이나 옷차림이 아닌 천진하게 웃는 웃음이라고 했다. 생각해 보니 나이가 들고 환하게, 얼굴 주름 같은 건 생각하지 않고 해맑게 웃어본 지가 언제인지 모르겠다.

꽃보다 아름다운 그대들에게

아직은 어리고 아름다운 그대들이여. 세상 살기 참 힘들죠? 나의 20대도 힘들었지만, 그때도 IMF가 터져서 이보다 더 나쁜 시기에 맞물린 청춘은 없을 거라 장담했었지만 내가 보기에는 지금 그대들이 그때의 우리들보다 조금 더 힘든 것 같습니다.

가끔 찾는 대학 도서관에서 오직 취직을 위해 이 아름다운 젊음을 책상머리에 저당 잡히고 있는 그대들을 볼 때마다, 편의점에서 시급 몇천 원에 소모되는, 돈을 주고도 다시 살 수 없는 젊음을 묶어둔 채 고운 손으로 바코드를 찍는 그대들을 마주할 때마다 나는 참 미안한 마음이 듭니다. 그대들에게 이 계절은 얼마나 잔인할까요?

지금 저는 20대를, 아주 오래전이라고 표현하기에는 뭐하지만 이미 지나왔습니다. 만약 누군가가 다시 20대로 돌아가겠느냐고 묻는다면 괜찮다고 말하고 싶어요. 그 젊고 아름답던 시절이 가슴 아리게 그립지 않은 건 아니지만 그때의 치열함을, 고민을, 분노를 다시 겪어낼 자신이 없네요. 모르고 지났으니 그냥 지나왔지, 이미 알고 있는 지금은 다시는 되돌아가고 싶지 않다는 것이 제 솔직한 심정입니다.

그대들에게 누군가는 '88만 원 세대' 라는 이름을 붙였더군요. 88만 원. 제가 처음 20대를 맞이한 그 시기에도 보수가 좋은 아르바이트 자리를 구하면 받을 수 있었던 돈을 이제 막 세상에 나온 그대들이 알바비가 아닌 월급으로 받게 되다니, 이건 참으로 분노를 넘어 경악을 금치 못할 일입니다. 지금의 살인적인 물가를 생각할 때 그 88만 원은 당신들이 살아 나가기에 너무 턱없이 부족해 보입니다.

당신들은 우리보다 훨씬 경쟁이 심한 10대를 보냈고, 더 지옥 같은 입시 전쟁을 치렀으나 고작 그 대가가 88만 원이라니요. 아니, 그 88만 원조차 보장받지 못하고 취업 준비생으로 몇 년을 더 보내야 할지도 모르는, 혹은 언제 잘려 나갈지 모르는 임시직이라는 사실에는 할 말이 없어집니다. 누가 그대들을, 인생에서 그렇게 아름다운 시간들을 저런 잔인한 숫자들과 맞대면하도록 만들었을까요?

어떤 이들은 당신들이 체제에 너무 쉽게 굴복했다고, 투쟁하지 않고 그저 주어진 것에 아무 고민 없이 순종했기 때문이라고도 하고, 또 어떤 이들은 당신들보다 먼저 세상을 산 우리들의 책임이라고도 합니다. 그러나 나는 솔직히 잘 모르겠습니다. 그게 당신들만의 잘못도 또 우리들만의 잘못이라고 하기에도 어딘가 부족한 것 같습니다. 이제 누구도 당신들에게 젊어서 좋겠다느니 청춘은 인생의 꽃이라느니 하는 말을 쉽게 하지 못할 것 같습니다. 그러기에는 당신들이 겪어야 할 시련들이 너무 크니까요. 젊은 패기로만 이겨내기에는 그 시련들은 너무 가혹해 보이기만 합니다.

　저는 당신들을 가르칠 주제도, 또 더 잘해 보라고 채근할 주제도 되지 못합니다. 지금의 나도 그렇지만, 돌이켜 보건대 20대 때의 나는 더더욱 그러했습니다. 죽자고 공부하지 않아도 되고, 좋은 학벌이 없어도 적어도 밥은 먹고 살 수는 있는 마지막 기차를 타고 왔기에 지금의 저는 당신들보다 조금 덜 고통스럽게 30대가 되었습니다. 그대들에게는 참 미안하지만 내 개인적으로 보자면 지금 이 시대에 20대가 아닌 것을 무척이나 다행이라고 생각합니다.

　오늘 삼겹살 집을 갔다가 우연히 그대들이 노는 모습을 지켜보았습니다. 그런데 그대들이 노는 모습은 왜 그렇게 재미없고 맥 빠지게 보이던지요. 예전의 우리들처럼 오늘 마시고 죽자는 다소 치기 어린 열정도, 지금 이 자리가 즐거워서 죽겠다는 표정도 찾아볼 수 없었습니다. 그대들은 나이 든 우리들보다 훨씬 얌전하게, 또 조금은 우울하게 노는 듯 보였습니다. “저 나이 때는 뭘 해도 미치는 나이인데, 요즘 애들은 왜 저렇게 미적지근하다니?” 우리 일행 중 누군가가 이런 말을 했을 때 나는 그대들에게 가만히 다가가서 말하고 싶었습니다. 술을 마실 때만큼은, 적어도 친구들과 어울려 놀 때만큼은 내일 같은 건 생각하지 않아도 괜찮다고 말입니다. 오늘 세상이 끝날 것처럼 좀 논다고 해서 내일 취업이 안 되는 건 아니라고 말입니다. 물론 같잖은 참견이나 위로에 불과하겠지만, 나는 그렇게 그대들이 풀 죽어 있는 모습을 보는 것이 안타까웠습니다.

우리가 20대를 보냈던 그 시절에는 온 세상이, 그리고 온 거리가 전부 우리들의 것이었습니다. 지금의 내 나이 또래가 보면 '니들이 대한민국 전세 냈냐?' 싶을 정도로 우리는 그렇게나 시끌벅적하게 골목골목에 젊음을 뿌리며 쏘다녔습니다. 특별히 뭔가 할 것이 있는 것은 아니었지만 집에서, 혹은 요즘의 그대들처럼 도서관에서 보낼 수 없을 만큼 우리의 피는 뜨거웠습니다. 당신들 역시 그처럼 뜨겁고 젊은 피를 가졌을 텐데, 그리고 싶지 않아 그러지 않는 게 아닐 텐데 세상은 이제 막 학교 공부에서 벗어난 당신들에게 자격증을 대비한 문제집이나 공무원 입시 책을 던져주며 미래를 위해 또다시 젊음을 공부로 소진하라고 말하는군요.

물론 우리들이 20대이던 그때에도 취업의 문제, 진로의 고민이 없었던 것은 아닙니다. 그때도 취업은 무척이나 힘든 일이었으며 앞으로 내 인생이 어떻게 굴러갈지는 그야말로 캄캄절벽과 같았습니다. 그런데 그 끝날 것 같지 않던 터널을 어떻게건 지나오고 나니 그런 생각이 듭니다. 우리가 생각하는 것처럼, 혹은 사람들의 협박처럼 인생의 승부는 그렇게 빨리 끝나지 않는다고 말입니다.

20대의 끝자락에서 저는 정말이지 난감하기 그지없었습니다. 다니던 직장에서는 해고 통지서를 받았고, 나이는 먹었고. 이제 더는 갈 곳도 물러설 자리도 없다고 생각했습니다. 그런데 참 뜻밖의 곳에서 동아줄이 내려왔습니다. 아주 오래전부터 그냥 해보고 싶다고 막연히 생각하며 혼자 해왔던 일이 저를 굶지 않게 해주었거든요. 아무도 제가 그 일을 할 것이라고, 심지어 저조차도 그저 꿈만 꿨을 뿐 실현 가능성은 없을 것만 같던 일이었는데 말이지요.

제가 운이 좋았을까요? 아, 물론 운이 좋았습니다. 그런데 그냥 운만 있었던 것은 아니었습니다. 저는 계속해서 그 일을 좋아했습니다. 좋아하는 거 누가 못 하느냐고 말할 수도 있겠지만 그게 10년, 20년을 넘기려면 거기에도 약간의 노력이 필요합니다. 지금 저는 당신들에게 어쭙잖은 제 무용담을 늘어놓으며 충고를 하려는 것은 아닙니다. 지금보다 더 노력하고 애를 쓰라는 말을 하는 건 더더욱 아닙니다. 다만, 너무 빨리 인생이 완성된다고 생각하지 말기를 바랍니다. 그리고 한번 무언가가 정해졌다고 해서 마지막까지 그렇게 인생이 진행된다고 미리 걱정하지 않기를 바랄 뿐입니다.

지금 당장 무언가가 되어 있지 않으니 불안하지요? 벌써 취업이라도 된 친구들을 보면 아마 갑갑함에 가슴이 터질 것 같을 것입니다. 이대로 내 인생이 별 볼일 없이 흘러가는 것은 아닌지, 그 친구들과 나는 이제 출발점이 완전히 다른 곳에서 경주를 해야 하는 건 아닌지 걱정될 것입니다. 그런데요, 살아보니까 그렇더라고요. 인생은 뭔가 하나를 잘못한다고 해서 끝장나지도 않고, 또 인생이 달리기나 마라톤처럼 그저 조금이라도 앞서 달리고 빨리 달리는 게 다는 아니더라고요. 물론 인생의 목표가 오직 좋은 대학-대기업 취직-높은 연봉-안정된 노후 생활 보장이 전부라면 그들이 앞설 수 있습니다. 하지만 인생이란 게, 비록 그대들보다 아주 더 많이 산 것은 아니지만 조금 앞서 살아보니 그게 전부는 아니더란 것을 알게 되었습니다.

물론 열심히 공부해서 좋은 회사에 취직하는 것, 중요합니다. 그게 아무 소용 없다고는 감히 누구도 말하지 못할 것입니다. 하지만 그게 모든 사람들의 인생 전부를 결정짓는 가장 중요한 요소는 아니라는 말을 하고 싶습니다. 지금 당장 남보다 좋은 대학에 들어가지 못했다고, 또 좋은 직장에 원서를 들이밀 만한 성적이 아니라고 해서 그대들의 인생이 끝나는 것은 아닙니다. 그대들의 미래는 그렇게 단편적인 몇 가지 사실로만 결정되는 단순한 것이 아닐 테니까요.

그대들에게 부탁하고 싶은 게 있습니다. 자기가 정말 뭘 하고 싶은지, 그리고 무엇을 할 때 가장 행복한지를 오래오래 생각하라고 말하고 싶습니다. 한때가 아닌, 조금 시간을 두고 스스로에게 질문을 해서 답을 얻길 바랍니다. 어떤 이들은 쉽게 답을 얻을 수 있겠지만 어떤 이는 도무지 내가 뭘 좋아하는지 모를 수도 있을 것입니다. 만약 아무리 생각해도 내가 하고 싶은 일이나 좋아하는 일이 떠오르지 않는다면 경험을 해보길 바랍니다. 책상 앞에 앉아 공부만 한 사람은 자신이 목공일을 좋아한다는 사실을 알 수 없습니다. 또 동물을 기르는 일에 남다른 흥미를 느낀다든지 하는 일은 경험해 보지 않고는 알아낼 수 없는 일들입니다. 물론 이게 제대로 되자면 고등학교 다닐 때 충분히 이것 저것 경험해 보고 적성에 맞는 대학을 가거나 아니면 대학 대신 바로 취업을 택해서 직접 부딪쳐보든지 하는 게 맞겠지만 불행하게도 우리의 현실은 그렇지 않습니다. 그러나 지금 그대들도 결코 늦은 것은 아닙니다. 인생은 생각보다 아주 길기 때문입니다. 열 살 때는 스무 살만 되어도 뭐든 할 수 있는 어른일 것 같다가 막상 스무 살이 되어도 별반 달라진 게 없는 것처럼, 30대가 되었다고 해서 이미 인생의 행로가 완전하게 정해지는 것은 아니더라고요.

만약 질문의 답을 찾아냈다면, 그리고 그 답이 선생님, 부모님, 혹은 어른들과 다르다 하더라도 끝까지 믿고 따라가길 바랍니다. 그들은 당신에게 최선의 선택을 위한 조언을 해줄 수는 있겠지만 그대들의 인생을 대신 살아주지는 않을 것이기 때문입니다. 무엇보다 내 행복에 관여된 문제입니다. 내가 어떻게 해야 행복한지 나 자신이 아닌 선생님이나 부모님이 알 수 있을까요?

그대들이여, 부디 미리 지치지 않길 바랍니다. 상황에 치여서 제일 중요한 나 자신의 목소리도 듣지 못할 만큼 스스로를 닦달하거나 채찍질하지 않길 바랍니다. 그대들은 경주마가 아닌 인간입니다. 비록 지금 세상이 그대들에게 그리 환한 길을 열어주지 않는다 해도 너무 일찍 좌절하지 않길 바랍니다. 그대의 인생은, 그리고 행복은 온전히 그대의 것이기 때문입니다.

힘내세요. 아직 당신은 젊고 어립니다. 당신이 세상을 바꾸어놓을 수는 없을지 모르겠지만 당신의 인생은 당신이 결정하고 바꿀 수 있습니다. 행복은 그렇게 거창하지 않더라고요. 많은 돈과 큰 집, 그리고 좋은 차가 있다면 분명 좋겠지만 그런 게 아니라 하더라도 인생이 무조건 불행하지는 않습니다.

당신들. 꼭 봄처럼 젊고 싱그러운 당신들. 동생 같고 때론 동지 같아 안아주고 싶은 당신들. 정말이지 당신들이 환하게 웃는 날을 기대하겠습니다.

언제부턴가 해마다 취업 대란이라는 말이 나오긴 했지만 요즘 들어 부쩍 더 심해진 것 같다. 오죽하면 '일자리 창출'이 아닌 '일자리 나누기'라는 말이 다 나오겠는가. 거기다 비정규직 노동자들 문제까지 더하면 정말이지 절망스럽다 못해 한탄스러운 시절이다. 언젠가 뉴스를 봤더니 각 대학의 수석 졸업생들조차 30% 정도는 취업이 되지 않는 상황이라고 했다. 이제는 이 악물고 열심히 해서 공부를 잘한다고 해서 무조건 취업이 보장되는 시대도 아닌 것 같다. 부디 이 어려운 시기를 겪는 그들이 절망하지 않기를 바란다. 제발 높은 어른들이 어딘가에는 희망이 있다고, 그들이 선거 때마다 목 터지게 외치는 그 푸른 공약들을 좀 지켜주면 좋겠다.

작가의 말

책을 준비하면서 내내 그런 생각을 했었다. 안 그래도 살기 힘든 싱글들에게 뭔가 가르치려고 들지는 말아야지, 잔소리는 하지 말아야지. 평소 참견하기 좋아하지만 책에서만큼은 좀 참아야지. 그러나 결과물을 보니 내가 얼마나 참았는지는 잘 모르겠다. 다만 이 책이 누군가에게 상처가 되는 일만큼은 절대 일어나지 않았으면 좋겠다.

나는 수많은 싱글들에게 언니임을 자처할 마음은 없다. 그저 그네들보다 나이가 많다고 혹은 조금 더 먼저 무언가를 경험했다고 해서 '그래, 이 언니한테 다 털어놔 봐' 혹은 '언니가 한 수 가르쳐줄게' 라는 분위기를 무엇보다 내가 너무 싫어한다. 그냥 동시대를 함께 살아가는 싱글의 한 예라고 봐주면 좋겠다. 이럴 수도 있고 저럴 수도 있구나 하는 유연한 사고를 갖고 이 책을 대해 준다면 나는 독자에게 더 바랄 것이 없다.

첫 번째 책도 그랬지만 이번에도 역시 내 여동생들의 도움이 컸다. 그녀들이 아니었다면 아마 이 책은 세상에 좀 더 보잘것없는 모습으로 나왔을 것이다. 또 내게 책을 낼 수 있는 기회를 주신 은행나무 출판사 관계자 분들, 특히 오랜 원고 수정 과정에서 항상 나를 응원해 주고 도와주신 윤지현 씨께, 서평을 써준 서민 교수, 인터뷰어 지승호 님, 번역가 최필원 님, 방송인 표진인 님, 〈딴지일보〉 김용석 편집장님, 힘들 때마다 조언을 구했던 박훈희 에디터, 애플북스 윤수진 씨, 그리고 원고의 일부를 쓸 수 있게 허락해 준 〈연애통신〉 관계자 여러분께도 감사의 말을 전하고 싶다. 끝으로 내가 일일이 나열하지 않아도 내 고마움을 의심치 않을 그들에게도 진심으로 고맙고 미안하다.

이 글을 쓰는 시점에서 아직은 내 글이 책의 형태로 만들어지지 않았다. 그래서 요즘은 거의 매일 약간은 구름 위를 걷는 것 같은 설렘 속에서 살고 있다. 컴퓨터로 꽤 오랜 시간 글을 쓰고 살았지만 그래도 글은 역시 종이 위에 있을 때가 제일 아름답다는 생각을 해본다.

싱글, 오블라디 오블라다

1판 1쇄 인쇄 2009년 9월 7일
1판 1쇄 발행 2009년 9월 17일

지은이 · 박진진
펴낸이 · 주연선

책임편집 · 윤지현
편집 · 이진희 이신혜 김준하
디자인 · 정혜욱
마케팅 · 김호 장병수 윤우성 노재용 김류미
관리 · 구진아

도서출판 은행나무
121-839 서울특별시 마포구 서교동 384-12
전화 · 02)3143-0651~3 | 팩스 · 02)3143-0654
등록번호 · 제 10-1522호(1997. 12. 12)
www.ehbook.co.kr
ehbook@ehbook.co.kr

ISBN 978-89-5660-311-7 03810